第一章

抖落思想的尘埃
——《野草》本事考

阎晶明 / 著

箭正离弦

《野草》全景观

人民文学出版社

图书在版编目(CIP)数据

箭正离弦:《野草》全景观/阎晶明著.—北京:人民文学出版社,2020(2021.11重印)
ISBN 978-7-02-016495-0

Ⅰ.①箭… Ⅱ.①阎… Ⅲ.①鲁迅著作研究—文集②鲁迅(1881—1936)—人物研究—文集 Ⅳ.①I210.97-53②K825.6-53

中国版本图书馆CIP数据核字(2020)第127535号

责任编辑　赵　萍　李　宇
装帧设计　李思安
责任印制　徐　冉

出版发行　人民文学出版社
社　　址　北京市朝内大街166号
邮政编码　100705

印　　刷　三河市鑫金马印装有限公司
经　　销　全国新华书店等

字　　数　232千字
开　　本　880毫米×1230毫米　1/32
印　　张　10.5　插页3
版　　次　2020年9月北京第1版
印　　次　2021年11月第3次印刷

书　　号　978-7-02-016495-0
定　　价　59.00元

如有印装质量问题,请与本社图书销售中心调换。电话:010-65233595

目 录

自序　　　　001

第一章　抖落思想的尘埃
——《野草》本事考　　　　001
1. 北京的风景与环境　　　008
2. 故乡绍兴的影迹　　　025
3. 现实世相与人物"原型"　　　036
4. 作为"赠品"的"器物"　　　050
5. 文史典籍的散布　　　060
6. 结语：为什么会有本事考？　　　089

第二章　箭正离弦
——《野草》的诗性与哲学　　　　093
1. 本事是缘起、元素，但不等于就是题材　　　095
2. 阐释《野草》注定要面对的困局　　　103
3. 《野草》的表达"格式"　　　109
4. 从"肩住黑暗的闸门"开始跋涉　　　113

5. 本事的升华：从"自言自语"谈开　　118
6. "梦七篇"的延展及技巧　　125
7. 《野草》的高频率词语　　130
8. "虚妄"中的力量与理想（上）　　133
9. "过客"的相遇、对峙、告别　　146
10. "虚妄"中的力量与理想（下）　　150
11. "'世纪末'的果汁"：外来影响与鲁迅的创造　　158
12. 余论：没有终点的阐释　　166

第三章　"阿，这赠品是多么丰饶呵！"
　　　　——《野草》的发表、出版与传播　　169

1. 为什么叫《野草》　　173
2. "老虎尾巴"与《野草》　　182
3. 《野草》的发表和《语丝》　　185
4. 当《野草》在《语丝》频频遇上"周作人"　　198
5. 《野草》的初版与早期流变　　207
6. 《野草》翻译的难点　　218
7. 余论：必须要做的辨正　　225

末章　逐篇简释：一点理解的"语丝"　　249

附录一　鲁迅关于《野草》的自述辑录　　315
附录二　主要参考书目　　326

自 序

这本小书终于在这个最特殊的春天完成了。防疫隔离带来生活上的种种困难和不便,但也因此在行动上突然安静了下来,可以有较多的时间坐拥书房了。也是在这种特殊的日子里,终于把一年多前就开始动笔,却一直停留在开头部分的书稿写完了。在各种揪心与焦虑中,这点小小的收获对自己而言却是十分珍贵的。

《野草》是理解的畏途,长期以来,我并不敢去触碰这一话题。2017年11月,我参加了在复旦大学举办的"纪念《野草》出版90周年国际学术研讨会"。参加这次会议的私心,是想弥补从未参观过复旦校园的缺憾,好友郜元宝教授特意以此满足了我的愿望。然而我对《野草》素无研究,为了参会,赶写了一个发言提纲。那大意,就是希望《野草》研究能从"诗与哲学"的强调中回到本事上来,关注和研究鲁迅创作《野草》的现实背景,特别是分析和研究《野草》诸篇中留存的本事痕迹即现实主义成分。然而这个本来是送给真正学者们的建议,却成了我自己准备着手研究的起点。从那以后,我就开始了大量的阅读和写作准备。

这不是一本关于《野草》的学术著作，想通过自己的描述牵引出围绕在《野草》周围的各种故事，以引发更多读者阅读《野草》的兴趣，拓展理解《野草》的思路。如何能把故事讲得生动、饱满、复杂、清晰，在丰富的信息中提出具有学术意义的话题，这是努力的目标，但可能也是未必实现了的理想。本书从《野草》的本事缘起，考察《野草》的成因；也从诗性和哲学以及艺术表达的角度，探讨鲁迅对本事的改造、升华和艺术创造；还试图从《野草》的发表、出版流变，观察《野草》的传播史。"箭正离弦"，是对《野草》营造的环境、氛围，情感流动的起伏、张力，以及鲁迅思想的玄妙、精微所做的概括。"箭正离弦"是一种状态，它已开弓，无法收回，但它的速度、方向、目标并未完全显现。它比箭在弦上更有动感，比离弦之箭更加紧张。《野草》里的情境，一个接一个的相遇、对峙、告别，各色人物的内心涌动，仿佛就是正在离弦的箭，令人期待，让人紧张，也有许多不解、迷惑。鲁迅的文字，《野草》的语言，那种张力有如弓、弦、箭的配合，力量、精细、速度、苍远，读之总被深深地吸引，放下又很难认定已然清晰掌握。这就是它的魅力，也是它引来无数阐释的原因。就我自己而言，阅读中感受到的，远远大于、多于、深于写在纸面上的，尽管我自己也知道话已说得实在很多了。面对《野草》和阐释《野草》之间，有时也会产生这样一种感觉：当我沉默着的时候，我觉得充实；我将开口，同时感到空虚。

不能指望这里有完成理解《野草》的现成答案，谈论《野草》的乐趣，在于每个人都会依个人的审美去感受去理解，这也是本书想要表达的观点。感谢所有为我这一次写作提供过各种帮助的亲朋好友；感谢认识的、不认识的学者们的研究成果带给我的启发和帮助。理解《野草》仍然在路上。

是为序。

2020 年 5 月 9 日

一直想寻找一种理解《野草》的方式,也一直在寻找表达这种理解的情境。《野草》是可以看到鲁迅心跳的写作结果,《野草》是有空间感、画面感的,《野草》也有时间上的纵深与沉浮,《野草》是一种状态的书写。越是深读,越能感受到鲁迅写作时的"小感触"和把这些"小感触"写下来的冲动。难以平复的情绪,深邃到极致的思想,那是有可能转瞬即逝的幻觉,是不可能重复回来的情景。《野草》是诗,是哲学,是被压抑的激情,又是这种激情借助文字的点燃和释放。我想起鲁迅《好的故事》的结尾,那正是对迅速用文字抓住幻觉与神思的一种真切描写:"我真爱这一篇好的故事,趁碎影还在,我要追回他,完成他,留下他。我抛开了书,欠身伸手去取笔,——何尝有一丝碎影,只见昏暗的灯光,我不在小船里了。"

　　这就是写作。

　　《野草》是鲁迅文字里唯一没有留下手稿的作品结集,如果能见到,我想《野草》的字迹应该会感觉有一些异样吧。神思不允许人慢条斯理去琢磨,不知道《野草》的手稿是不是更飞动一些。我决定用笔记录下而不是用键盘敲击出我对《野草》的感悟,因为我想,也许这样会更接近《野草》,更接近鲁迅。

　　《野草》有强烈的明暗对比,有急速的动感。读《野草》,让我想起看过的电影《至爱梵高》,那种油画般的画面,在画布上演绎人与故事的行动,我以为,如果能用这样的手法去将《野草》拍摄成电影,一定会有动人的视觉效果。比如《颓败线的颤动》,如果摄制成类似的动漫电影,会产生怎样的凄美啊。"一间在深夜中紧闭的小屋的内部,但也看见屋上瓦松的茂密的森林","然而空中还弥漫地摇动着饥饿,苦痛,惊异,羞辱,欢欣的波涛……"。一对母女正在为忍受饥饿而挣扎。镜头随后会随着梦境切换到多年以后的场景,还是在"一间深夜中紧闭的小屋的内部",一场残忍的、残酷的、令人心惊、酸楚、悲哀的对话正在进行。一个"垂老的女人""口角痉挛",接着是平静,再接着是冷静,最后,她"遗弃了背后一切的冷骂和毒笑","她在深夜里尽走,一直走到无边的荒野","她伟大如石像"的形象在荒野上矗立,但她在颤动,四周的一切都在汹涌,有如木刻,有如雕塑,又有如一幅令人悲恸的油画。这是鲁迅的审美,更是只有鲁迅可以写出的美感。

　　读过很多关于《野草》的研究文章,从前的,现在的,日本的,欧美的,我看到令人尊敬的学者在阐释《野草》意义上所做的努力,感受到《野草》在美学上为后来者带来的诱惑。这包含《题辞》在内的24篇长短不一的作品集,引出了不知超过它多少倍的难以计数的阐释。这些阐释的努力,透着真诚,传递着各自独特的感受。但我又觉得,从总体上,对《野草》的阐释有时觉得有过度之嫌,有时又觉得还有很多空白。也许最大的矛盾在于,《野草》是跃动的、不确定的,但研究者总在试图确定它、固化它,《野草》的呈现方式也如"野草",具有"疯长"的特点,但研究者想要找出它们共同的规律和特点,使其秩序化,使之成为散文诗这一新文体的范式甚至"标准"。《野草》

要表达的究竟是什么？鲁迅本人其实有过说明甚至是想逐篇解释，但后来者不会完全采信作家本人出于谦逊的表白，生生地要去拔高它的意义，为它附加上太多的主题。我敬重这些阐释的努力，但又时常会觉得我所感悟到的与这些阐释之间，还有很多空白地带，我必须依靠自己的微薄之力去填补这些"空白"，为这些我感受到的断裂地带铺路搭桥。于是就有了这一理解《野草》的小小的写作行动。

但我又深知，其实我做的这些努力，正是前人阐释《野草》时的缘由和出发点。每个人都因为感到别人的解释不能完全满足自己的阅读感受，都想把自己独到的理解写下来，结果，其实，在总体上未见得都能做到鲜明、独到。我也一样不会跳出这样的局限和窠臼，都在自认为是独特理解，事实上大体是在重复的表达中努力着。这是《野草》留下的谜底，是阐释者的宿命。

这就是《野草》最特殊的地方吧，它诱惑人思考，蛊惑人进入，鼓励人解读，而最终的答案、解释的终点却总是迟迟不能到来，每每让人产生前路更加遥远的迷茫，开始雄心勃勃，其实不过是"过客"之一而已。是的，我也注定一样，解读《野草》，就是一次周而复始的努力过程。尽管如此，我还是无法克制这样的决心，决计要做一回自己的梳理，表达一下自己的理解。

《野草》是理解的畏途，它是横空出世之作，也似乎缺少与鲁迅同期小说、杂文的直接联系，尤其是在文体上，至少此后若干年的研究，它都是一个独立的领域。《野草》有如一次文体实验，一次艺术探索，在对《野草》研究的独立性被不断强化的背景下，《野草》就成了一个特立独行的文本。诗、哲学、生涩难懂、黑暗、悲观……拿附加在《野草》上的这些概念，去比较关于鲁迅同时期的思想、创作的主流结论,似乎有明显的距离。触动我重新理解《野草》的缘由,正是这种看上去越来越割裂的阐释状态。

作为文学家,鲁迅在文体上的创造和他所创造的文体,几乎是后世者努力攀登的巅峰。因为鲁迅,现代小说彻底冲击了市井和文人写作;因为鲁迅,杂文写作在事与理的结合上,在类型化的比附与揭示某一社会通病上,形成了某种特定的套路;因为鲁迅,散文诗写作在抽象与具象的结合上,在诗意与哲理的追寻上,几乎成了一种固定化的写作格式。《野草》里有抽象晦涩难懂的片段,但也有叙事写景兼抒情的,甚至还有《我的失恋》这样的打油诗,还有《过客》这样的诗剧。我于是想到有必要做这样的梳理,即把《野草》与鲁迅所经历的现实之间的关联做一次专门分析,目的不是要否认把《野草》视为"诗与哲学"的结论,而是想要证明,《野草》同时也是现实主义的,《野草》不是天上掉下来的,也不是一种纯粹的文体实验,它是鲁迅创作井喷期的一部分,是鲁迅在小说、杂文里的思想情绪的另一种表达。研究《野草》,也应该把它与鲁迅现实生活的关联,它与鲁迅同时期其他创作的关系建构起来,这会有助于我们更全面真实地认识《野草》的意义与价值,直白地说,有助于调整《野草》就是"诗与哲学"的固化认识,避免研究上的重复和空转,以及阐释上的过度化。

于是我为自己的这一写作拟定了这样一个正副标题:抖落思想的尘埃——《野草》本事考。这题目看上去很学术,想法其实很简单,就是想在《野草》蓬勃的"诗与哲学"背后,寻找一点本来的俗事依据,以证明《野草》其实并非空降的诗文,实是现实生活的泥土里生长出的花草,哪怕"大半是废弛的地狱边沿的惨白色小花"。鲁迅坦言:"我自爱我的野草,但我憎恶这以野草作装饰的地面。"这"地面"究竟象征着什么,研究者已纷纷给出了探究的结论。而我更看重"野草"与"地面"的关系。不让"野草"的"诗性"成为令人憎恶的"地面"的装饰,正是鲁迅要强调的。

我认为,虽然不能把鲁迅作品里的人和故事一一拿来与俗事对位,但面对《野草》,强调一点现实生活中的本事或许是必要的,尤其在《野草》被固化为"诗与哲学"的"合体"的认知背景之下。

我以为《野草》至少在以下几个方面突显出本事元素:北京的风景与环境,故乡绍兴的童年记忆,现实世相与人物"原型",日常生活中有记载的实物,中外文史典籍的引用或提及。

1.北京的风景与环境

《野草》里全部23篇正文创作于1924年9月至1926年4月,其间鲁迅均生活、工作在北京,居住在宫门口西三条21号。所有这些作品也都发表于鲁迅支持创办,由孙伏园主持的《语丝》上。《野草》描写的意境,传递的气息,无不带着这一时期鲁迅在北京的生活情状,其中不但可以看到鲁迅眼里的北京大环境、大景观,鲁迅起居的家庭小环境、小景致,也可以见到发生在北京的现实事件对他情绪的影响和触动,进而产生"小感触"的缘由。

开篇的《秋夜》,所有的描写无论怎样奇崛,其实都是鲁迅在自己的写作间"老虎尾巴"这一视角由近及远、由远及近之所见,其中既有情感的深沉涌动,也有实景的逐一展开;《求乞者》反复描写的断墙、灰土,也都是北方秋景的一部分;《雪》里对"朔方的雪花"所做的生动描写,不是亲历亲见,难以写出;《风筝》的开头,第一句就是:"北京的冬季,地上还有积雪……";《淡淡的血痕中》是因为发生在北京的"三一八"惨案而写;《一觉》则描写了"掷下炸弹"的飞机在"北京城上飞行"的凝重氛围。

《秋夜》是一篇美文,即使在写作"技术"都"不坏"的《野草》里也是。这篇包含着大量诗性描写的散文诗,在《野草》的写法里具有"标准版"的意味。那就是,在涌动的诗性语言内部,有一条看似细弱,实则极具吸附性甚至筋骨力道的叙事线索,或称之为写实线索。想象一下吧,鲁迅端坐书桌,面向"东壁",墙上挂着恩师藤野严九郎的画像。那一天是1924年9月15日,中秋节刚过两天(农历八月十七),秋天的北方夜晚,月色相当好,窗外的世界被月色包裹着,让人有向外观望的冲动。孤坐在"老虎尾巴"的作者,心是平静的,也是寂寞的,然而月色让他不能安坐,眼光投向了窗外。1925年12月写下的《腊叶》里:"当深秋时,想来也许有和这去年的模样相似的病叶的罢,但可惜我今年竟没有赏玩秋树的余闲。"那也意味着,写作《秋夜》时"去年"还有。《秋夜》的开头似乎也印证了这一点:"在我的后园,可以看见墙外有两株树,一株是枣树,还有一株也是枣树。""赏玩"之心足矣。

这个开头本身,确也引来无数人的"赏玩"、解读。我也不妨试说一下。首先,这里强调的是"看见"。本来是自己窗外最直接的景观,为何还要说是"看见"?这就是今人所喜欢说的"在场"或"现场感"吧。多年来,历代读者都被这奇怪的修辞:"一株是""还有一株也是"惊得热血沸腾,惊得无言以对,引发出无数猜测、惊叹、质疑、争论。其实,我们应该注意到"看见"二字的重要,如果这个开头是:"在我的后园,墙外有两株树,一株是枣树,还有一株也是枣树",那就不但平淡,而且使得后面的修辞也真正成了多余。视线之下,一个孤寂的人望着窗外发呆、凝视、遐思,这样的情景中,一株接着一株的描写,正是对所见秩序的真切记录。

紧接着,是沿着两株枣树向上仰望:"这上面的夜的天空,奇怪而高,我生平没有见过这样的奇怪而高的天空。"又是"见过",仍然是讲视觉,果真没有见过吗?不是已经在北京生活了十二年吗?正是今天,澄明的天空显得格外奇怪而高,"然而现在却非常之蓝"。这正是中秋圆月的映照下,暗夜里的天空才会有的颜色。这里描写的是自然之美,非常之蓝的夜的天空,是视线可以看到的最远的地方。在几十个星星的映衬下,"似乎自以为大有深意"。

借助繁霜,作者的视线又回到自家的后园,那些不知道名字的花草,在秋夜里本是瑟缩发抖着的,可是在作者笔下,这里却被描写成一个莺歌燕舞的百花园。向窗外观望的人紧紧地盯着一丛花草遥想,生发出那么多脱离秋夜的春景来。

视线离开花草,再次凝望墙外的两株枣树。在月光的投射下,落尽了叶子的枣树似成剪影,特别有质感,有力道,有不服的挣脱的要求,"默默的铁似的直刺着奇怪而高的天空"。这画面当是摄影无法表现,木刻也许更能接近它的深意吧。在刺向天空的树干的上面,原来"口角上显出微笑"的奇怪而高的天空,却不安了。月亮也躲了起来。原本静谧的天地却充满了动感,坐在窗前,他看到了只有自己可以看到的一场"争斗"。那争斗的场面是如此宏阔,而且惊心动魄,连后园的花草都在做梦,并且瑟缩着。秋夜太不安宁了,更不用说还有一个常人也可见到的动态场景:"哇的一声,夜游的恶鸟飞过了。"夜鸟的掠过在常人眼里是极普通的,在鲁迅那里,它却一定是被枣树、天空、月亮、星星间的争斗而惊吓到了。

这是很深的夜,因为作者紧接着说了,"夜半,没有别的人。"凝望了窗外无限的、仿佛想要离去人间的景观,视线又回到了"老虎尾巴"。许多小飞虫在后窗上乱撞,又在玻璃的灯罩上撞得"丁丁地响",这本与奇怪而高的天空无法比拟的细小场景,却又被写成了一场有生命的争斗,纸罩上画着的猩红色的栀子也成为其中的一部分,心绪无限遥远,目光却紧紧收回,盯在了小青虫的"遍身的颜色苍翠得可爱,可怜"上了。这是怎样的收放啊。

最后,一切归于平静,心与身都重新回到自我,"我打一个哈欠,点起一支纸烟,喷出烟来。"鲁迅的形象再一次回到读者眼中。

关于天空、枣树、月亮、星星……后人附加了太多寓意,这里不能列数了。但这是只在鲁迅眼里呈现的景观,这是对秋夜的一次浑然天成的景观描写。它很浪漫,也颇具象征,但它同时也是,甚至首先是一种写实。

也许还可以还原得更具体一点。关于枣树,鲁迅不但强调了看见,而且也强调了是墙外。墙外,就说明这两株枣树并不是鲁迅寓所后园的组成部分,而是墙外"可见",是属于邻家的树木。所以接下来的描写,也主要写两株树的枝干,是视线可见的部分。中秋月夜下的两株枣树,给鲁迅如此强烈的印象,这是身临其境的发现和感触,也或许还因为有别的原因。

墙外的可以看见的两株枣树是别人家的,其实鲁迅新居的院子里也有两株枣树。其中一株是在一入院门的地方,出入必须经过,另外一株是在要进后园的门口,也是眼中常见的景观。可以说,《秋夜》描写的是邻家的枣树,但对枣树的观察,描写的精细精到,应该也包含着鲁迅平日里在自家院内所见两株枣树的情形。

鲁迅在砖塔胡同61号时的邻居俞芳,在多年后的回忆文章《第一次到鲁迅先生的新屋做客》中描写了1924年春夏之际访问鲁迅新屋时所见到的情形。其中就有"新屋的前半部分是四合院,院子的东南角有株枣树,西北角也有一株枣树,两株枣树遥遥相对"的描述,进而写道:"太师母说,这两株树结的枣子的滋味还没有尝过,如果好吃,一定请你们来吃,万一味道不好就做蜜枣,还是好吃的,也要请你们来吃。"

许广平在致鲁迅信中描述了初访鲁迅新居的印象。"'尊府'居然探检过了!归来后的印象,是觉得熄灭了通红的灯光,坐在那间一面像坐在那间一面镶玻璃的室中时,是时而听雨声的淅沥,时而窥月光的清幽,当枣树发叶结实的时候,则领略它微风振枝,熟果坠地,还有鸡声喔喔,四时不绝。"(鲁迅、许广平《两地书·十三》)许广平这里描述的"枣树",应该是指鲁迅院子里的。

至于墙外的两株枣树,卫俊秀在《鲁迅〈野草〉探索》里说:"据说,在这后园的北墙外,有一株槐树,槐树的北面和西南面方向,各有一株枣树,生长在一家白姓的住宅的中央,可惜已于一九四〇年被主人伐掉了。"卫先生是如何得此信息的,我未有机会请教,尽管大约四十年前我在陕西师大求学时,也曾有过近距离表达敬意的机会,可惜那时还根本不可能请教这么尖细的问题。长期在北京鲁迅博物馆供职的王得后先生曾撰文谈道:"民国十二年(1923年)十月鲁迅买房时的《转移报告表》记载:'东至吴姓,西至连姓,南至官街,北至张姓。'连姓者就是原先的房主,名海,满族,曾经的'护军'。"却未见有白姓。而那两株枣树如今又在哪里呢?面对众多来参观者的共同提问,王得后先生"总是笑着说,那是'墙外'的呀,是邻居家的,没有了"(王得后《北京鲁迅故居的故事》)。

鲁迅的新居里最知名的肯定是"老虎尾巴",这是鲁迅为自己开辟的独立空间,这间在北屋后面接出去的一间小房子,是他独立思考、写作、就寝的地方。据孙伏园介绍,鲁迅购买、装修西三条新居,一直受到教育部同事李慎斋的热情帮助,因为李在教育部做财务工作,所以特别擅长与各类工匠打交道,鲁迅日记也确有多处与李慎斋一起去看房和逛类似于今天的装修市场的记载。孙伏园还说鲁迅曾经对他讲过,"你看李先生这种人真是好朋友,帮我那么多日子的忙,连茶水都不喝我一口。"据孙伏园介绍,"李先生替鲁迅先生在北房之后接出一间房子去,用玻璃窗,近乎画室,作为鲁迅先生的写作场所。"事实上,鲁迅为新房所画的草图里,就有此空间。据萧振鸣《鲁迅与他的北京》介绍,"老虎尾巴"是当时北京本地人对这类加盖房屋的叫法,许钦文说类同于上海的亭子间。鲁迅本人则称"老虎尾巴"为"绿林书屋"。伟大如鲁迅,其战斗的檄文,深沉的小说,优美的散文诗,大多是在北京的"老虎尾巴"和上海的亭子间里完成的,怎能不让人唏嘘感慨。孙伏园还认为,《秋夜》"似乎是鲁迅先生坐在老虎尾巴中的创作的第一篇"(孙伏园等《鲁迅先生二三事——前期弟子忆鲁迅》)。我查阅了《鲁迅著译编年全集》,发现孙伏园的判断确有道理。从1924年5月底搬入西三条,除了书信日记,鲁迅的写作主要是围绕《嵇康集》所写的序和考证文章,考订演讲稿《娜拉走后怎样》,以及赴陕西的讲稿《中国小说的历史的变迁》,创作上的第一篇属于《秋夜》,当属无误。

  "老虎尾巴"是独属于鲁迅个人的天地。他在回复许广平信谈到许的各种印象描述时,倒没有谈枣树、鸡声,而只特意说:"在未得到十六来信以前,我还没悟到已被'探检'而去","但你们的研究,似亦不甚精细,现在试出一题,加以考试:我所坐的有玻璃窗的房子的屋顶,是什么样子的?后园已经到过,应该可以看见这个,仰即答复可也!"许广平在下一信中确也做了答复:"那房子的屋顶,大体是平平的,暗黑色的,这是和保存国粹一样,带有旧式的建筑法。至于内部,这也可以说是神秘的苦闷的象征。"此是佳话。无论如何,"老虎尾巴"与《野草》的渊源实在太深,而以"在我的后园"开篇,也很有迁入新居后的兴奋和纪念意义。

在追寻意义的深广之前,一定要先理解本事的真实,方能更深刻理解鲁迅如何能从寻常中见出非凡。即使如"老虎尾巴"中的那盏煤油灯吧,也先后在《秋夜》和《好的故事》里出现,而且真正地起到了点睛之笔的作用。

说到煤油灯,那也是可以展开一说的话题。鲁迅的"老虎尾巴"里确有一盏煤油灯而非虚构,这有若干鲁迅生平的影集资料可以作证。《秋夜》里,借它描写了小青虫的"舍身取义",《好的故事》里又因"石油又不是老牌"且将燃尽,因而在昏沉的夜里,让"我"看见一个梦幻中的"好的故事"。这盏看似进口的煤油灯,是有玻璃罩的。小飞虫在玻璃的灯罩上撞得"丁丁地响",也是一种写实,符合通用的常识。但说有"两三个却休息在灯的纸罩上喘气",却不知是怎样的情形,应该也是某种写实,可惜无图做证。

写于九天后的9月24日的《求乞者》,同样是一幅北方秋天的景象。"还未干枯的叶子"是一种标识,"送秋寒穿透我的夹衣"是另一种。更突出的是反复强调的灰土。"踏着松的灰土","四面都是灰土","灰土……灰土……"。日本学者丸尾常喜说:"反复描写的土墙、灰土、微风、路人的景象,应该是深秋北京的实景吧。"(丸尾常喜《耻辱与恢复——〈呐喊〉与〈野草〉》)的确,从1912年5月来到北京,鲁迅对北方、对北京的第一观感,就是泥泞的道路和满世界飞扬的灰土。1912年5月5日，鲁迅这一天下午三点半从天津坐火车出发，晚七点抵达北京。"途中弥望黄土，间有草木，无可观览。"这也是鲁迅日记的开篇，"无可观览"的黄土成了唯一可记录者。毕竟是第一次来到北方，并且有长住下去的可能，漫漫黄土灰尘无疑成了他最直接的印象。直到1929年5月，鲁迅由上海回北京探亲，在致许广平信中，他说："我于空气中的灰尘，已不习惯，大约就如鱼之在浑水里一般，此外并无什么不舒服。"可见，灰土、灰尘，是他对北京风物最感不悦的一点。1934年8月22日在致美国学者伊罗生信中，谈毕正事，还不忘加问一句："姚女士好，北平的带灰土的空气，呼吸得来吗？"

说到灰土和狂风，尤其是狂风中搅动着灰土，鲁迅的记忆太强烈了。《呐喊》里的《一件小事》是这样描写北京城风景的，"这是民国六年的冬天，大北风刮得正猛"，"不一会，北风小了，路上浮尘早已刮净，剩下一条洁白的大道来"，"他满身灰尘的后影，刹时高大了，而且愈走愈大，须仰视才见"。叙事是伴随着风推进的。住惯北方的人自然会认同鲁迅的描写。《求乞者》中八次出现灰土，其中四次写作"四面都是灰土"。

《野草》里，虽非具体的记事，却又在叙事和抒情上结合得最完美的文章，是《雪》。这篇不过千字的文章里，鲁迅贯通南北，描写了"暖国的雨""江南的雪"和"朔方的雪花"三种天象。着眼点是雪，因为虽然以"暖国的雨"开篇，但声明的是它"不能变成冰冷的坚硬的灿烂的雪花"的"不幸"。"江南的雪"是滋润美艳的，这是文章叙事的重心，而结尾的百余字，关于"朔方的雪花"的描写，才真正是《雪》的"文眼"，是主题的核心，也是精神张力之所在。寥寥不过百字，把严冬下的中国北方雪景写得生动灿烂,逼真动人,又极富寓意。"如粉","如沙","在晴天之下,旋风忽来,便蓬勃地奋飞,在日光中灿灿地生光,如包藏火焰的大雾,旋转而且升腾,弥漫太空,使太空旋转而且升腾地闪烁"。"是的,那是孤独的雪,是死掉的雨,是雨的精魂"。读到此,鲁迅长居北京的经历,对于朔方风景的感受,都在其中了。可以说,《雪》里所描写的风景,都是鲁迅生活实感的归纳,生长在江南,他对"江南的雪"及与之相关的故事,描写尽可具体。"暖国的雨",或许是来自常识的结论,而"朔方的雪花",无疑是他在北方、在北京看到的自然景象。

《雪》里真正实写且有故事的是"江南的雪"。"暖国的雨"和"朔方的雪花"都作了抒情对象,是直接的象征。然而文章的首尾是呼应的,"朔方的雪花"其实也是"死掉的雨,是雨的精魂"。原来雨和雪如此生死相依。事实上,"江南的雪"也时有雨的影子,"晴天又来消释他的皮肤,寒夜又使他结一层冰,化作不透明的水晶模样;连续的晴天又使他成为不知道算什么,而嘴上的胭脂也褪尽了"。这是多么精微的观察,"不透明的水晶模样"则精微至极。浑然一体的表达,从南国到朔方不同的天象有着相同的关联;天地之大,无不具有共同的精魂。这是一篇以"朔方的雪花"寄托孤独的精神,用"旋转而且升腾"来弘扬万千气象的美文。但"江南的雪""暖国的雨"也绝非简单的衬托,更不是嘲讽的对象。"博识的人们觉得他单调"一句里,调侃的恰恰是"博识的人们",而非"暖国的雨"。

自然景观如此,人又如何不是?能具有怎样的气象、气度、气质,能拥有怎样的境界,甚至拥有怎样的生命境遇,环境是多么重要,不同的生命形态又给世界、给人们带来怎样不同的景观。是的,

"朔方的雪花"甚至就是"暖国的雨"的凤凰涅槃,而"江南的雪"以其滋润美艳,一样带给人们无限的欢乐。

"博识的人们"并非简单的闲笔。以鲁迅的文风,当然是有所指的。其时,鲁迅与陈西滢等"现代评论派"文人学者们论战正酣。随时来一点小讽刺,念念不忘的回响是鲁迅文风的体现。而"现代评论派"者们无论从博士学历、游欧经历还是谈吐文章,无不以"博识"为标签。鲁迅借此小刺一下也是正常不过的事。也因此,"暖国的雨"的生命形态,"江南的雪"的命运轨迹,这些不由自主的状态并不是鲁迅调侃的对象,对此发"单调"议论,倒是一种自以为是的浅薄和狭隘了。

鲁迅是江南出生长大的,但他的性格或者天性里,对北方的风景有着天然的亲切,更容易产生好感,更符合他的审美。北京城市的灰土是他不喜欢的,但北方风景的辽远、壮阔、苍凉,甚至寒冷、狂风大作,都与他心底的美学观更相接近。

在北京观察到的北方风景,在鲁迅的笔下是如此写实,写实中又连带着只有鲁迅拥有的联想,无论写实还是联想,都是奇幻的、辽远的。《秋夜》里有"老虎尾巴"这个固定的视角,《雪》则是辽阔自由的联想。可以说,在北京十年以上的生活经历,南北方之间随处可作对比的熟稔,促成了《野草》的呈现形态。

《风筝》是写童年、写故乡的,但触动鲁迅去回忆的,是在北京见到的情景。北京与故乡的比较,如同《雪》一样,再一次成为支撑文章的两个支点。文章是这样开头的:"北京的冬季,地上还有积雪,黑色的秃树枝丫叉于晴朗的天空中,而远处有一二风筝浮动,在我是一种惊异和悲哀。"紧接着展开的,是发生在故乡的童年故事,然而读了这故事,才知道"惊异和悲哀"的所指。结尾又回北京:"我倒不如躲到肃杀的严冬中去,——但是,四面又明明是严冬,正给我非常寒威和冷气。"

带给"我""寒威"和"冷气"的,果真是北方的冬天吗?不,是发生在故乡的童年的故事,是那故事带来的记忆与身处其中的环境的印合。北京的冬季就这样进入另一个故事,并为这时空都很遥远的故事涂抹上了一层现时的颜色。而且正是这样的涂抹,才使这一单纯的故事有了复杂的色调,更蕴含了难言的情感的苦楚与精神的困境。

再看《野草》里的另外一篇文章《腊叶》。这当然是作者在北京所见的实写,无论《腊叶》是否自况,寓意究竟何在,但它本来的样貌却是生活环境的点滴发现和精细描写。"这使我记起去年的深秋",那不过也是一样的地方和环境,"繁霜夜降,木叶多半凋零,庭前的一株小小的枫树也变成红色了",这无疑是北方的景象,无论是枫树的树叶,还是深秋发生的变化。

创作于1926年4月8日的《淡淡的血痕中》,是根据发生在二十天前的"三一八"惨案而写。鲁迅对此有明确表述:"段祺瑞政府枪击徒手民众后,作《淡淡的血痕中》。"关于"三一八"惨案,鲁迅有过许多的文字,事发当天的日记、杂感,随后的《记念刘和珍君》,等等,都是由这一惨案引发的文字。已经对惨案写了那么多文字,为什么还要再作一篇《淡淡的血痕中》?此文与《野草》在内容上、文体上相吻合、相统一吗?

1926年3月18日,北京各界群众集会天安门,抗议帝国主义列强的无理要求,对中国主权的侵犯。这次群众集会的目的,本是反抗各国通牒，为政府做后盾。然而谁也没有想到，当群众集会后赶到段祺瑞执政府门前请愿时，却遭到执政府卫队士兵的开枪射击，死亡人数竟达47人之多，伤者逾百人。惨案发生后，引起全国上下强烈反应。女师大的两名学生刘和珍和杨德群的名字也在死者名单中，她们又都是女师大国文系的学生。事发当日，鲁迅就有文字表达，那时鲁迅正在写《无花的蔷薇之二》这篇札记式的文章。前三节还在议论陈西滢、章士钊等论敌，从第四节开始，显然是因屠杀事件而愤慨，鲁迅写下"已不是写什么无花的蔷薇的时候了，听说北京城中，已经施行大杀戮了"。他又写道："墨写的谎说，决掩不住血写的事实。"在文章的末尾，在注明日期的同时还特别加了一句："民国以来最黑暗的一天"。在接下来的一周里，鲁迅又写了《死地》《可惨与可笑》，直至4月1日《记念刘和珍君》的完成及几天后的发表，鲁迅对"三一八"惨案的态度达到了制高点。这些文章，包括"伟大的抒情文"《记念刘和珍君》，一方面对段祺瑞政府的残暴进行猛烈抨击，另一方面对见诸报刊的关于学生的请愿行动直接、间接的指责，或显或隐的嘲讽，都给予了有力回击。

《记念刘和珍君》这篇"伟大的抒情文"（许寿裳语）之后写下《淡淡的血痕中》，鲁迅在《〈野草〉英文译本序》中说过："段祺瑞政府枪击徒手民众后，作《淡淡的血痕中》，其时我已避居别处。"这里先要了解鲁迅避居的情况。惨案发生后，鲁迅等支持学生运动的教师受到通缉威胁，为安全起见，鲁迅于3月29日迁移到山本医院。4月8日的日记又记有"下午出山本医院"，15日又有"往山本医院，晚移住德国医院"，17日"夜往东安饭店"，20日"回家一省视"，21日"回家省视，夜至医院"，22日"上午往女师大考试，回家一视"，"晚德国医院回家"。26日却又有"夜往法国医院",30日"夜回家",直到5月1日仍然"晚往医院",2日"夜回家",3日"往德国医院取什物少许",6日"往法国医院取什物"。也就是说,从3月29日到5月6日,鲁迅可谓四处漂泊,而4月8日之所以特殊,在于这一天是他避居后第一次"出山本医院"回家居住。暂时的平安是他回家的原因,因为次日即4月9日,鲁迅在致章廷谦信中说:"五十人案,今天《京报》上有名单,排列甚巧,不像谣言。"又说:"但此外却一无所闻,我看这事情大约已经过去了。非奉军入京,或另借事端,似乎不能再发动。"在这紧张的氛围中,在战争的、政治的更大事件到来之前,鲁迅似乎觉得"三一八"惨案导致的通缉已成过去。但他无法淡忘刘和珍、杨德群等青年学生,于是在这貌似平静的气氛中,在避居医院多日之后回到家中,当晚即写下了这篇《淡淡的血痕中》。

比起《记念刘和珍君》及鲁迅之前关于"三一八"惨案的文章、随感录,《淡淡的血痕中》具有别样的景致。它已经没有了时事评论式的火气。如果孤立地看,一个不知当时事件的人,甚至未必读得出他们之间的关联。它更抽象,象征、隐喻的味道占了主体,也因此它更像是一篇可以纳入到《野草》里的文章。熟悉当时时事背景的读者,却仍然可以读出事件在其中的印迹。文章的标题仍具有强烈的本事色彩。这正是鲁迅的写作风格,作文通常具有本事起因,文章却从来不就事论事。这并不是鲁迅想要让自己的文章更超脱,更艺术。这是天性使然,是美学上的驱使结果。文章还有一个副标题:"记念几个死者和生者和未生者"。"记念"几个死者,基本上等同于《记念刘和珍君》,关键在于后面的"和生者和未生者",将文章的指向拉升到了空前的高度。"生者和未生者",聊聊几个字,涵盖了世间所有的以及未来更多的生命,所以就有了开篇的第一句:"目前的造物主,还是一个怯弱者。""淡淡的血痕中"还是指向时事,副标题则可以让文章的正文直接跨越一时一事,从而进入更大的世界。造物主的超能,"暗暗地使天地变异""使生物衰亡""使人类流血""使人类受苦",然而这个超能的造物主却是一个怯弱者,他竟然敢做不敢当,因为他有四个"不敢"。"不敢毁灭这一个地球""不敢长存一切尸体""不敢使血色永远鲜秾""不敢使人类永远记得"。原来这个无所不能的造物主,却不过也是一个蝇营狗苟的卑鄙者,一边为所欲为,一边又企图抹去自己的作为。造物主与枪杀刘和珍们的军阀比,一点都不高尚,甚至是同类、同谋、同一品性。造物主如何实现这一目的?"日日斟出一杯微甘的苦酒",将人间置于将死欲生的境地,就是他的高明处。而世间的人们却甘愿做这样的"天之僇民",他们咀嚼着"人我的悲哀",却又习惯性地静待新的悲苦的到来。

然而文章并没有就此收束,在造物主的良民中,出现一个叛逆的猛士,这里并没有描写他如何个人奋起或唤醒麻木的、微醉的良民去抗争。其中写到了他是清醒者,他"屹立着""洞见"了,"记得"苦痛,正视牺牲,深知生死,他看透了造化的把戏,他将要起来使人类苏生。这个叛逆的猛士,其实就是鲁迅小说里的狂人,是少有的清醒者,是默默承受痛苦,但敢于肩负道义的"肩住黑暗的闸门"的人,是人世间的脊梁。

鲁迅在此仿佛写了一则哲学寓言,又仿佛是一篇抒情文章,然而我们没办法制止这样的阅读感受,这同样是一篇依然在回应当下时事的战斗的文章。从文章的写法上,它和《雪》有极其相似的风格,所钟爱的赞美的意象,并非文章的主体,都是在最后一段才出现,然而前面的耐心描写都是为最后的一节做较长的铺垫,"朔方的雪花"和"叛逆的猛士"在精神上是一致的。

我们仍然可以从《淡淡的血痕中》看到《记念刘和珍君》的影子,他们既是文字上的,也是意象上的,更有精神气脉上的一致性。比如《记念刘和珍君》里有这样的文字,他们简直就是《淡淡的血痕中》的前奏,或后者是意犹未尽、无法释放后的再一次宣泄。"真的猛士,敢于直面惨淡的人生,敢于正视淋漓的鲜血,然而造化又常常为庸人设计,以时间的流驶来洗涤旧迹,竟是留下淡红的血色和微漠的悲哀。苟活者在淡红的血色中会依稀看见微茫的希望,真的猛士将更奋然而前行。"《淡淡的血痕中》可以说就是抽离了具体的事件,而将在"记念"文中未能充分展开的造物主、猛士意象加以延伸。

鲁迅的杂文是可以把具体的批判对象、论争对手概括成类型化,使之不受限于个人间的恩怨纠缠,而成其看取国民性、审视一个社会阶层的材料,这也是鲁迅杂文至今仍有现实针对性和内在活力的原因之一。《野草》里的本事也常有这样的性质。由于鲁迅超凡的象征手法,写作的旨归常常远超出本事的控制,所以这个底色很容易被忽略,而鲁迅写作的目标又的确不在本事叙述上,这样的忽略就更具合理性了。正在我写这段文字的时候,从手机上看到一个介绍吴冠中美术名作《狮子林》的视频短片。专家认为,吴冠中美术创作的艺术追求和表达方式颇为独特,《狮子林》尤为典型,那就是画家在具象与抽象之间,寻找到一种结合的方式。画面首先带来的是抽象意义上的美感,细品则可见源于写生的实景在其中的存在。吴冠中因此走出了一条既具有强烈的现代性,又深植于传统中国画的独特的艺术道路。此说深得我心,且正好与我想谈论的《野草》,包括眼前的《淡淡的血痕中》有着某种印合。只见《狮子林》的画幅上，占据中心位置的是线条，间杂星星点点的亮色。然而那线条之上，却是三五个小小的亭台，顿使下面的线条"实证"为园林里的假山。一个古旧的江南园林，立刻变化为一种颇具现代感，又不失中国韵致的画面。这种将具象与抽象结合为一体的艺术创作，正是现代气象、中国风格的融合结果。难怪吴冠中对鲁迅崇敬有加，曾说出"一百个齐白石也抵不上一个鲁迅"的名言。

再来看《野草》最末一篇《一觉》。以《一觉》这样的文章作为《野草》的收尾，未必是多么刻意的选择，它写于《淡淡的血痕中》的两天后，即4月10日，也离鲁迅离开北京南下厦门不过还有两个月，以此收束是随意的吧。《一觉》在《野草》里哪一点最特殊呢？我以为正是在于它的纪实性最强，是《野草》里最写实的篇章了。开头第一句是："飞机负了掷下炸弹的使命，像学校的上课似的，每日上午在北京城上飞行。"接下来是写小书斋里的情景，"我"正在编辑青年的文稿，紧接着是关于当时的文学青年创办的刊物《浅草》《沉钟》，写到在北大讲课，最后依然回到"我"的编校，通篇就是一个春日上午的所闻所做所忆。《一觉》的另一本事标识是，《野草》里只有它唯一准确写到了周围的人和事，而非虚化。《浅草》《沉钟》确为实有，"看见进来了一个并不熟识的青年，默默地给我一包书，便出去了，打开时看时，是一本《浅草》。"这个"并不熟识的青年"，正是青年诗人冯至。作为《沉钟》的前身，《浅草》是1923年3月创刊于上海的文学刊物，总共出过4期，冯至是其主要作者之一。而1925年10月，在北京创刊的《沉钟》，则是浅草社成员的接续制作，1925年4月3日鲁迅日记记有"午后往北大讲，浅草社员赠《浅草》一卷三四期一本"。可能因"不熟识"，日记也没有记冯至的姓名。《一觉》如此引入实有的人、物、事,并通篇以叙事为主,似乎不合《野草》笔法,作为收束之作,更有点意外。

不过,的确不是因为要生拔,而是《一觉》在平和中一样表达了叙事之外的题旨。4月8日,鲁迅无法忘却"三一八"的经历,所以写下了《淡淡的血痕中》,同样他也觉得这事情大约已经过去了。到了10日,冯玉祥的国民军和奉系军阀张作霖作战,奉军飞机多次飞临国民军驻守的北京实施轰炸,此一令人悲愤的情形,又成了鲁迅关注的焦点。然而《一觉》之"觉"不在于时事引发的悲愤,恰恰是炮声中独守书斋,感受到中国青年的执着,在军阀混战带来的悲哀里看到了虽然渺小,但弥足珍贵的希望。"这些不肯涂脂抹粉的青年的魂灵便依次屹立在我眼前。他们是绰约的,是纯真的,——阿,然而他们苦恼了,呻吟了,愤怒,而且终于粗暴了,我的可爱的青年们!"再看:"然而我爱这些流血和隐痛的魂灵,因为他使我觉得是在人间,是在人间活着。"这里的青年不正是《淡淡的血痕中》那"叛逆的猛士"的现实所见吗?!就此而言,《一觉》看似平淡的文字下面,却彰显出它是《野草》里最具理想主义、最有亮色、最怀揣希望的散文诗。在这个意义上讲,最写实的《一觉》却恰恰是最浪漫主义的。"流血和隐痛的"中国青年的魂灵,其中流血的应是鲁迅无法忘却的刘和珍、杨德群们,隐痛的则是在《沉钟》的《无题》中表达着觉醒后的苦痛的知识青年。可见,《一觉》不但在精神气脉上与《野草》各篇沟通相连,在语言表达上其实也是写实与抒情两条线并进且互相粘连相容。

完全写作于北京,并在西三条完成的《野草》,北京的实景、实事,无疑是最重要的意象和背景。

2.故乡绍兴的影迹

就地域而言,《野草》还有另外一个现实世界,这就是"故乡",说是绍兴也无不可。当然,全部《野草》的正文里没有出现"绍兴"二字,也没有鲁迅小说里常用的鲁镇,有的是大到"江南",小到"山阴道"的指代。但无论如何,《野草》里时而会闪现鲁迅生于斯长于斯的故乡。

从写景来说,《雪》是其中最集中的一篇了,《雪》写了三个不同地域的景象,围绕的意象就是雪,开头第一句"暖国的雨向来没有变过冰冷的坚硬的灿烂的雪花",这里的暖国所指何处,《鲁迅全集》的注释说,"暖国,指我国南方气候温暖的地区。"我以为这个注释略显含混,因为接下来鲁迅所讲的是"江南的雪,可是滋润美艳之至了",可见暖国并不等同于江南,应该是比江南更南的地方,比如许广平的家乡广东。1935年3月的《漫谈"漫画"》(鲁迅《且介亭杂文二集》)中就说过:"所以漫画虽然有夸张,却还是要诚实。'燕山雪花大如席',是夸张,但燕山究竟有雪花,就含着一点诚实在里面,使我们立刻知道燕山原来有这么冷。如果说'广州雪花大如席',那可就变成笑话了。"鲁迅心目中的暖国,应该就是指广东即岭南地区。

我又想起1926年9月20日,也就是鲁迅刚刚离开北京南下厦门,在致许广平的信中谈到初到后的感受,说:"因为是闽南了,所以称我们为北人,我被称为北人,这回是第一次。"可见鲁迅对北方、南方、南国之差异还是很敏感的。鲁迅还写过《北人与南人》这样的杂文。他也时常会在文章书信里探讨同类问题:"由我看来,大约北人爽直,而失之粗,南人文雅,而失之伪。"(致萧军萧红,1935年3月13日)

强调这一点,对理解《雪》并非无益。《雪》虽然寥寥不足千字,但涵盖的却是整个中国。如果说写"暖国的雨"显露出杂文笔法,对"朔方的雪花"用的是诗性抒发,笔墨最多的"江南的雪"则是纯正的叙事散文。"江南的雪,可是滋润美艳之至了",在这个定位之下,我们读到的是一系列的写实,"雪野中有血红的宝珠山茶,白中隐青的单瓣梅花,深黄的馨口的蜡梅花……"。这是鲁迅随意的想象,还是实有的记忆呢?周作人在《鲁迅小说里的人物》中谈到,鲁迅对自己的故乡一向没有表示过深的怀念,但是唯一对地方气候和风物也不无留恋之意。这样的例子即使在虚构的小说里也可以读到。如《在酒楼上》里,吕纬甫在小酒馆里坐下来眺望窗外的"废园"所见:"这园大概是不属于酒家的,我先前也曾眺望过许多回,有时也在雪天里。但现在从惯于北方的眼睛看来,却很值得惊异了:几株老梅竟斗雪开着满树的繁花,仿佛毫不以深冬为意;倒塌的亭子边还有一株山茶树,从暗绿的密叶里显出十几朵红花来,赫赫的在雪中明得如火,愤怒而且傲慢,如蔑视游人的甘心于远行。我这时又忽地想到这里积雪的滋润,著物不去,晶莹有光,不比朔雪的粉一般干,大风一吹,便飞得满空如烟雾。……"这样的描写极近于《雪》,都是亲见的写实,而非想象式虚构。周作人也曾提供了证据说:"看者在这里便在称颂南方的风土,那棵山茶花更显明的是故家书房里的故物,这在每年春天总要开得满树通红,配着旁边的罗汉松和桂花树,更显得院子里满是花和叶子,毫无寒冻的气味了。"从小说里的"滋润"到散文诗里的"滋润美艳之至","江南的雪"在鲁迅眼里已经给了很准确的定位。

可以想象,没有次年写下的《雪》,鲁迅对江南和北方的雪景之比较,也就停留于《在酒楼上》了,《野草》的写作为他打开了一个更加广大的世界,即使一般的风景也有了更多重的意义。《雪》是一篇对雪景做反转式描写的文章。"朔方的雪花",原来具有战士一般的风采,它的自由放飞,它的洋洋洒洒,它的无边际飞扬以及它的粗暴,它的狂野,让"江南的雪"的"滋润美艳"降格为第二等的景观,就像一个小家碧玉面对一个泼辣的娘子军一样,被夺走了绝大多数风采。

再回到本事。以鲁迅对江南雪景的反复描写,以周作人的旁证文字,可以说,《雪》里的描写主体正是鲁迅对记忆中故乡冬景的记录。在这个意义上讲,《雪》的纪实性极为真切。《雪》的反转在最后。"惯于北方的眼睛"开始对"朔方的雪花"大加赞美。这正与鲁迅当时的心境,与整部《野草》的精神指向相吻合。《在酒楼上》还是"飞得满空如烟雾",到《雪》里就成了"使太空旋转,而且升腾地闪烁"。故乡的雪景固然美不胜收,然而"朔方的雪花"更见品格。

在写作时间上比《雪》晚一周时间,也就是1925年1月24日写成的《风筝》,同样是北京与故乡的交融呈现,都是把关于故乡的叙述包裹在对异乡的简洁描写中。《风筝》从开始描写北京冬季的天空,直接切入对故乡"春二月"的怀念。天空中"有一二风筝浮动",便让人想到故乡的"风筝时节",自然妥帖。北京和故乡始终融为一体。"四面都还是严冬的肃杀,而久经诀别的故乡的久经逝去的春天,却就在这天空中荡漾了。"对儿时的回忆,现实的无可把握的悲哀,也一样交织在内心。《雪》的主体是对"江南的雪"的叙述,它的叙述法是鲁迅最擅长的笔法即类型化、概述性与精微细节的结合,我们可以看到《雪》里没有具体的人物,"孩子们""几个孩子""谁的父亲",鲁迅是用这种类型概述的方式,描写塑雪罗汉的情景。

《风筝》则就不同了,这是见人见事的叙述,是让读者强烈感受到来自鲁迅少年时代,发生在故乡的真实故事。最真实的是故事的核心人物——"我的小兄弟"。"他那时大概十岁内外罢,多病,瘦得不堪,然而最喜欢风筝。"这是小兄弟的基本样貌,按实讲就是周建人。且在基本面上也符合少年周建人的特征。最写实的是小兄弟的风筝故事,要说这是个简单的故事,是可以留下美好记忆的寻常故事,真正的一波三折不是故事本身,而是故事产生的无法磨灭的精神记忆。"我"当年一怒之下踩扁、毁坏小兄弟正在制作的风筝,中年之后悟到这是扼杀儿童天性的错误,"我"想补过,送他风筝。然而他也"早已有了胡子","我"想讨他的宽恕,以为他会说"我可是毫不怪你呵",哪知真正的结局却是,小兄弟对这件事毫无记忆,所以并无怨恨,宽恕是一种不存在的虚无。这才是真正的悲哀和沉重的缘由。

关于"小兄弟"周建人儿时是否酷爱风筝,尤其是否自己偷偷制作并被自己的大哥怒而毁坏,这小小的故事几乎是一个无法对证的悬案。中年后的鲁迅与周作人失和,诱人追寻少年鲁迅与儿时周建人是否也有过一场冲突和暂时的"失和"。

要说周建人少年时喜欢放风筝并非虚构,他自己晚年的记述里就有过描述。那是谈到自己的祖父出狱回到绍兴家中的情形:

> 我祖父回家的时节,正当放鹞的好辰光,我对放鹞发生浓厚兴趣,也早糊好不少个,想拿出去放,不知祖父会怎么说,但还是硬着头皮拿出去,正好祖父在桂花明堂里撞见,他说阿松你放鹞去,我答应了一声,他拿起我的风筝,看我做的风筝特别精巧,都装上风轮(也叫风盘),正面中有倒三角形的线,叫抖线,这样的风筝不会在空中翻跟头的。
> 他问我:是你自己糊的吗?
> 我说:是的。
> 一面担心他会不会责备我贪玩,不务正业。不料他却大大的赞扬起来,说糊的好,又说你身体瘦弱多病,放鹞好,在空地上空跑起来,对身体有好处。我年轻时候会戏棍,多年不戏了,什么时候戏给你看。
> 我听他不仅不反对,而且还赞扬鼓励,高兴极了,玩的更起劲。
>
> (周建人《鲁迅故家的败落》)

这段对话客观上回应了鲁迅《风筝》里的多处描述。一是直接说出了自己儿时喜欢放风筝这一事实,二是在情态上专门描写了自己内心的不安,以及担心祖父认为这是贪玩和不务正业的表现,结果却得到了鼓励。

不知道为什么周建人这里没有提到自己的大哥,根据"贪玩""不务正业"的担心,如果这种担心有事实前因的话,很可能就是之前受过长兄的训斥，留下了心理阴影，而在祖父这里却得到了正名。《风筝》里说"我"的小兄弟多病，瘦得不堪，最喜欢风筝，与周建人自述中祖父的说法如出一辙。周建人晚年也曾谈到过《风筝》话题，说，"鲁迅有时候会把一件事特别强调起来，或者故意说着玩儿，例如他写的关于反对他的兄弟糊风筝和放风筝的文章，就是这样，实际上他没有那么反对的厉害，他自己的确不放风筝，可是并不严厉反对别人放风筝，这是写关于鲁迅的事情的作者应当知道的。"周作人对此也有记述，他说过："他不爱放风筝，这到底是事实，因为我的记忆里只有他在百草园里捉蟋蟀，摘覆盆子，但是记不起有什么风筝。"说到《风筝》，周作人认为，"作者原意重在自己谴责，而这些折毁风筝等事乃属于诗的部分，是创造出来的，事实上他对于儿童与游戏并不是那么不了解，虽然松寿（周建人）喜爱风筝，而他不爱风筝也是事实。"（周作人《鲁迅的青年时代》）两个兄弟如此记述童年的故事，直把《风筝》里的核心情节指向乌有。

　　文章里的"我"怀着祈求原谅的执念，结果却是根本不存在的虚无。压抑了这么多年的负罪感本身却是不存在的，这实在是比得不到原谅更加悲哀，甚至还有点讽刺意味。正如《题辞》里希望"野草的朽腐""火速到来"，"要不然，我是就未曾生存，这实在比死亡与朽腐更其不幸"。这里还有必要区分鲁迅与"我"的身份，即我们不可以把作品里的"我"与鲁迅完全等同。《野草》的一大特征，正是对于个体"我"的自由想象与诗性设定，或许，《风筝》里的负疚感、负罪感，直至赎罪无果的荒谬与悲哀，是鲁迅《风筝》寻求复杂化的结果，这种创作构思或许有生活里的影子，或者就是作者的想象。作者受某种理念、某个阅读过的故事的触动，产生了幻想、联想，假定性的想象一个故事的另一种走向,进而产生心灵上的冲击,一种对后果的另类假设,并恰好与之正在思考的精神问题相契合,他就有可能改造和创造一种情境,改编甚至编织一个故事来表达自己的心绪和思考。这完全符合文学创作的规律和方法。探讨本事的有无,并不会影响读者对《风筝》的理解,本事有无的纠缠正说明了文学创作的复杂性。

《风筝》借助了一个颇有真实感的童年故事来讲述,这一来自童年记忆的出发点,会使表达的主题更显真切,更加痛彻,更加难以释怀。这正是《野草》的复杂性所在,尽管二弟、三弟否认故事的雏形,却也许并非完全杜撰,周建人和其祖父的对话就是证明。

故乡的云飘散在异乡的天空。眼前肃杀的冬景与记忆中故乡的春天无端地幻化为一体,让"我"产生莫名的、强烈的悲哀。1843年9月,马克思在致阿尔诺德·卢格的信中说过:"人类要使自己的罪过得到宽恕,就只有说明这些罪过的真相。"作家认识到一种并不都属于自己的"罪过",并希望通过某种方式去描写、表现,包括寻求宽恕。他于是先有这样的理念,然后去创造一个故事或改变一个故事的走向,使之变成可以得到宽恕的理由。问题是这一真相的揭示并没有使负罪感得到宽恕和释然,反而由于其被变成子虚乌有,陷入更加复杂且无解的困境当中。如今已无须去辩论故事的有无,因为作为文学素材,它已经很好地发挥了作用,达到了想要的效果。这个或许并不存在,或者要简单得多的故事,由请求原谅的亲情表达,到宽恕无由从而陷入彻底的精神困境的故事,是鲁迅综合了少年时期在故乡生活的片段,使之浸泡至中年之后,苦心孤诣酿造于灵魂的"苦酒"中。故乡春天的天空却因内心的眷恋幻化、飘移,融会到北方肃杀的冬天里了,心境变得更加复杂,更添悲凉,然而比这更复杂,更悲凉的,是发生在少年时期的"故乡"的故事。

写出心目中故乡之美的美文,是《好的故事》。它其实不是故事,它在形式上同《雪》《风筝》一样,是一种"封套式"结构,即在一个与中心描写形成反向对比的情境中,处于叙事中心的故事在色彩上变得更加抢眼,更因为这种"封套"的存在,使中心情节的内涵更显复杂。《好的故事》同样采取了"封套式"结构。"我"坐在椅子上看书,却进入了梦境,在短暂的梦游后,又从中醒来。"好的故事"就是这一梦游片段的经历。

《好的故事》里的故乡不是抽象的故乡,也不是泛化的江南,它是具体的,有地理方位的。"我"仿佛记得曾坐着小船经过山阴道。山阴道就是位于绍兴县城西南一带的风景优美的地方。《鲁迅全集》的注释借用《世说新语·言语》的说法:"王子敬云:从山阴道上行,山川自相映发,使人应接不暇。"中国古代诗人陆游等多有诗句称颂这里。《好的故事》赞美了山阴道美不胜收的景观。"我"在梦里乘着小船,山阴道的两边花草树木,茅屋塔寺,农夫村妇,日光闪烁。由于一切都在水中荡漾,鲁迅对这一切美景的描写可谓繁复乱眼,而他始终坚持用一个意象来表达这种美景的动感和笑容,这就是倒映在水中的景物如何随着水面的涟漪时聚时散。时而伸长,时而碎散,这美景是如此迷人而又不定。"我"就要凝视它们,结果却是从梦中惊醒,梦中的美景即刻消散,不复重现,如浮云,如泡影,不可捕捉。

正如周作人所说,尽管故乡的人和事留下的记忆总被涂抹上阴冷、沉重的色调,但故乡的风景大多时却以美的形式记录下来。

鲁迅上海时的年轻朋友、学生徐梵澄曾回忆说,他有一次和鲁迅谈到了山水:"我说我们湖南的山水,如潇湘八景之类,真是好哪!是自古有名。而绍兴……,没有什么吧!"鲁迅的回应却是:"唉!你莫说,到底是'山阴道上,应接不暇',也有些好风景!——先生说。我便默然。"(徐梵澄《星花旧影——对鲁迅先生的一点回忆》)

鲁迅作品中的故乡元素,从地理环境到各色人物,从动物植物到美食衣着,俯拾皆是,即如《野草》也不例外。《好的故事》里写到的乌桕树,据绍兴研究者介绍,"乌桕树在绍兴水乡最常见,它在河两岸,秋天叶子泛红,结下的果子可榨油。""乌桕树和其他景物构成山阴道美丽的图画。"(傅建祥《鲁迅作品的乡土背景》)

除去环境背景,《野草》还有方言俚语的引入。最典型的如《秋夜》里的"鬼䀹眼",据称就是一个典型的绍兴方言词。且"鬼"在绍兴话里呼 jù。也有说应该呼 jū,《绍兴方言词典》又在解释"老鬼"时认为鬼应该呼作 zhū。"鬼䀹眼"的方言含义,是指"一种眼病。眼睛快速地一闪一闪,连续不断地眨"。(傅建祥《鲁迅作品的乡土背景》)《秋夜》里有两处用到"鬼䀹眼"这个词。一处是描写枣树枝干"直刺着奇怪而高的天空,使天空闪闪的鬼䀹眼"。又说"鬼䀹眼的天空越加非常之蓝,不安了,仿佛想离去人间",又有两处用"䀹"来表示星星的闪烁。这种方言式的字词,并非是一种文字修饰,而是因为更能精准地表达语义,故反复地、灵活地运用着。谢德铣的《鲁迅作品方言词典》认为,《秋夜》里的"红惨惨"也是绍兴方言,形容"小红花"因天冷而被冻得颜色惨淡的样子。而《死后》里的"毛毧毧",《复仇》里的"钉杀",《雪》里的"呵着",也都被视为是绍兴方言。谢著还认为,"钉杀"在绍兴方言里还有"注定、肯定和不可改变"的意思。这一释义对我们理解《野草》里"钉杀"的含义也是一种启发。的确,汉译的《圣经》里用的是"钉"而非"钉杀"。

《野草》还有一些专有名词,也体现有绍兴地方色彩。如《好的故事》里的"一丈红"其实就是蜀葵,"夏云头"则是指"夏天的云块"。《一觉》的结尾写道:"烟篆在不动的空气中上升,如几片小小夏云,徐徐幻出难以指名的形象。"《秋夜》里的"小青蝇"就是青头苍蝇。《野草》里还有绍兴谚语,如《复仇》里的"马蚁要扛鲞头",视同于"人多力量大""众人拾柴火焰高"。据《绍兴方言》,这一谚语被记为"蚂蚁扛得起鲞头"。"要扛"和"扛得起"还是有区别的。以《复仇》里路人们纷纷去当看客的样态,这里的"要扛"应是"要去扛"之意,也就是去做不可能之事,并非等同于"人多力量大"。有的方言或口语,还有一定的时代色彩,如《好的故事》里的"石油也不是老牌","老牌"在当时就是专指"美孚石油"。《绍兴方言》里还有"美孚灯"一词,意为"旧时家庭照明用的一种有罩的煤油灯,因燃点美孚洋行的煤油而得名"。同书里还将《颓败线的颤动》里的"瓦松"纳入方言。

作为五四新文学的旗手,现代性是鲁迅创作最突出的特征,《野草》是从主题内容到艺术形式的全面现代性,是让同时代人难以完全理解,让后世者众说纷纭的艺术探索之作。然而,即使是这样,一部作品集里却闪现着地方民俗、方言俚语、故乡风情,这是一种不由自主的流露,也是一种创作上的自觉。比起《呐喊》《彷徨》,比起《朝花夕拾》,《野草》似乎在艺术上更加超拔,在意蕴上更加抽象。然而即使如此,也不应该忽略故乡风物、民俗、方言等在其中的存在。也许,正是感受到《野草》强烈的现代性,使得研究者对地方性的识别造成忽略和认知上的淡漠。

3. 现实世相与人物"原型"

《野草》并非是灵感乍现之作,不少篇章与鲁迅现实生活中的人和事有着或直接或间接的联系。

我们知道,鲁迅从决心走上文艺道路开始,终其一生都在为中国的"立人"而努力,对国民性的批判构成了他思想的主体。对国民性的剖析中,有一个意象始终萦绕在鲁迅心中,这就是愚众的麻木。遇事总想身处事外,如此,则一切事件,哪怕是惨烈的事件,都可以采取围观态度、期待好戏可看、可以热烈讨论、送上嘲笑讥讽。作为匿名的群体,他们就是愚昧的围观者,鲁迅称之为"看客"。"看客"不但是鲁迅愤愤不平、最难释怀的对象,也构成了他始终揪住不放、在其作品中反复出现的意象。

鲁迅决心弃医从文是因为幻灯片事件,"群众"看戏般地围观同胞被砍头的场景深深地刺激了他。"因为从那一回以后,我便觉得医学并非一件紧要事,凡是愚弱的国民,即使体格如何健全,如何茁壮,也只能做毫无意义的示众的材料和看客,病死多少是不必以为不幸的。所以我们的第一要著,是在改变他们的精神,而善于改变精神的是,我那时以为当然要推文艺,于是想提倡文艺运动了。"

(鲁迅《〈呐喊〉自序》)

小说方面,《狂人日记》里狂人对周围世界产生怀疑,证据就是"昨天街上的那个女人,打他儿子,嘴里说道,'老子呀!我要咬你几口才出气!'他眼睛却看着我。我出了一惊,遮掩不住;那青面獠牙的一伙人,便都哄笑起来"。这其实就是"看客"的雏形。《孔乙己》的主要场景,其实就是孔乙己被围观、被哄笑的情形。《药》没有正面写夏瑜被杀的情景,却精细描写了"看客"围观的情形。"老栓也向那边看,却只见一堆人的后背;颈项都伸得很长,仿佛许多鸭,被无形的手捏住了的,向上提着。静了一会,似乎有点声音,便又动摇起来,轰的一声,都向后退;一直散到老栓立着的地方,几乎将他挤倒了。"《阿Q正传》更是频繁出现围观的场面,尤其到小说结尾,阿Q被杀头的时候,围观者和主角阿Q共同把行刑场面当成舞台,创造了一个喜剧式的、滑稽的,然而又是讽刺的,更是悲哀的场面。

在《野草》里,《复仇》以及《复仇(其二)》对"看客"心态及其行为的描写,与小说、杂文在表现与批判对象上形成一体。《复仇》的写作起因就是因为"憎恶社会上旁观者之多,做《复仇》第一篇"。小说和杂文里写的是戏剧的"看客",还见识了非常态事件的发生,《复仇》里的"路人们"却什么都没有看到,于是乎抱怨无聊,在旷野里裸着全身,捏着利刃的一男一女,并没有做任何对垒、杀戮的动作,他们几乎是故意做"无事"的表演,让围观的路人们产生无戏可看的无聊。

这也许是《野草》艺术上的某种整体性特征,真正要表达的主题在笔墨上并不是最多的,占据文字最多的描写,或许是为了寥寥几笔点睛之笔而设置。《复仇》里占据文章主体的是一男一女的旷野形象。鲁迅用较多笔墨描写他们急欲、将要拥抱、厮杀,从人的皮肤之浅,皮肤下鲜血奔涌,利刃一捅即破的危机,"战争"的状态箭在弦上,一触即发。然而他们没有,他们也不拥抱,也不杀戮,而且也不见有拥抱或杀戮之意,他们就这样有点儿无聊地并立于旷野之上。如果就写到此,那真是不知所云了。然而还有一条线索,就是路人们的存在。他们闻讯赶来,为的是要看一出好戏,无论这两个赤身裸体的男女是拥抱还是杀戮,都会是一出大戏。真正的无聊属于路人们,这是一种以无聊对抗无聊,以无趣嘲弄看戏者的状态。占据作品主体的是两个特殊男女,文采最吸引人的是对皮肤下面血脉偾张的描写,意境是旷野中的雕像般的形象。文章的主旨却是对路人们的嘲讽。这样两类完全分离的人群,在艺术上如何能够成为一体?就像精微描写了持刀对立的两个男女皮肤下的热血奔涌,对路人们的样态也做了相同的刻画。当他们想看戏不成,顿觉无聊之际,鲁迅这样写道:"路人们于是乎无聊,觉得有无聊钻进他们的毛孔,觉得有无聊从他们自己的心中由毛孔钻出,爬满旷野,又钻进别人的毛孔中。"两种极相反的人,描写的笔调却有着奇妙的统一。鲁迅之所以用《复仇》为题,看上去是持刀男女要如何冤冤相报,事实上是出于对"看客"式的路人的愤怒,因而以此无聊为"复仇"手段。

直到1934年5月16日,在致郑振铎信中,鲁迅还这样写道:"不动笔诚然最好,我在《野草》中,曾记一男一女,持刀对立旷野中,无聊人竞随而往。以为必有事件慰其无聊,而二人从此毫无动作,以致无聊人仍然无聊,至于老死。题曰《复仇》,亦是此意。但此亦不过愤激之谈,该二人或相爱,或相杀,还是照所欲而行的为是。"

《复仇(其二)》写于《复仇》的同一天,它是《复仇》的延伸。但这一延伸并非是对同一类人即无聊的、愚昧的"看客"的批判力度的加强和"增补"。这一回的旁观者并非完全超然事外,并非全然无聊。他们同时也是直接的谋杀者。《复仇(其二)》取材于耶稣被钉十字架的故事。鲁迅身在中国,却要"仿写"这样故事,而且是以"复仇"为题,从写作的心理上说,是意识到"看客"无所谓正义,没有悲悯,那些看上去有头有脸甚至一样受着苦难的人,却也都愿意往受难者的伤口上撒盐,以此为乐,一副"做稳了奴隶"的嘴脸。《复仇(其二)》于是充满了这种复调笔法。十字架上的受难者淡定地面对残酷的严刑,蔑视痛到极致的痛苦。而那些兵丁们,他们戏弄十字架上的受难者,而他本来是这些兵丁们的"神之子"。"路人都辱骂他,祭司和文士也戏弄他,和他同钉的两个强盗也讥诮他。""他"如何理解和对待这些钉杀、辱骂、讥诮他的人们呢?"他"拒绝喝下减轻痛苦的"没药","他"要"较永久地悲悯他们的前途,然而仇恨他们的现在"。"四面都是敌意,可悲悯的,可诅咒的"。这才是作者的本意。受难者对行刑者、辱骂者、讥诮者施以悲悯,一种精神上的蔑视洋溢在残酷的氛围中。令人窒息的空气中,简直可以听到英雄般的大笑。这些统称为"以色列人"的人们,并非都是愚昧的、麻木的"看客",他们中有兵丁、祭司、文士、强盗,他们自以为自己是胜利者,是侥幸者,然而他们根本无法理解,十字架上的受难者投来的是悲悯的目光。鲁迅如此描写,不是在重写宗教故事,而是联想到自己身处其中的现实。看看作品的结尾:"钉杀了'人之子'的人们的身上,比钉杀了'神之子'的,尤其血污,血腥。"《记念刘和珍君》里有这样的描写:"但是中外的杀人者却居然昂起头来,不知道个个脸上有着血污。"

何其相似。一个钉在十字架上的人用什么来复仇呢？他的武器就是他的灵魂。他对那些羞辱他的人的悲悯、悲哀以及仇恨，这种仇恨含有恨铁不成钢的意味，并非只是对他们的残忍、辱骂、讥诮的仇恨，他视这些人为愚昧，为无知，为自以为是的可悲可怜。两篇《复仇》相加，才能真正理解鲁迅的复仇观。

1925年12月14日，鲁迅写下《这样的战士》，写作的缘起，"是有感于文人学士们帮助军阀而作"。这里的"文人学士"与《复仇（其二）》里的"文士"在批判指向上是一致的。鲁迅并不是站在清流的立场去批判，恰恰相反，与文人学士相比，鲁迅是政府里的公务员，经常被文人学士们拿"官僚"的名号讥诮。鲁迅正是要揭穿正人君子、文人学士这些名号下的虚伪。《这样的战士》并非短兵相接的杂文，而是用寓言式的笔法，为这样的人作了描画。

曹聚仁《谈鲁迅》中抄录了《这样的战士》，然后说："章太炎先生在某次讲演中，说起东京时打笔墨官司的豪兴，言下大有恋恋之意，鲁迅先生当不禁想起陈西滢先生；在战场上遇到敌手，比走入无物之阵总痛快一些。"且看这些人的头衔何其相似："那些头上有各种旗帜，绣出各样好名称：慈善家，学者，文士，长者，青年，雅人，君子……。头下有各样外套，绣出各式好花样：学问，道德，国粹，民意，逻辑，公义，东方文明……。"我曾经在小书《鲁迅与陈西滢》里梳理过鲁迅与陈西滢论战时使用过的各式概念，上面罗列的这些名号也大多出现过。鲁迅构思了一个进入无物之阵的举着投枪的战士，遇见的人物都对他一式点头，而他知道，这点头就是杀人不见血的武器，这些人不但用漂亮的旗号外衣装扮自己，而且用瞒和骗的手段躲避战士的投枪。然而战士不为所惑，一击致命。《这样的战士》

寓言式的写法同《复仇》《复仇(其二)》一样，都是表现独立的、特异的个体，同群众、看客、路人们的紧张关系。这种关系都是在旷野里上演，画面感、紧张度、抒情性、哲理味道浑然一体，而所有这些背后都有一个现实的起因，或一人，或一事，或一种类型，或一个派别，锋芒所向，无不与《呐喊》《华盖集》高度契合。《这样的战士》的"原型"，无疑就是他的论战对手。

说到对人物原型的考订，有一篇作品到可以专门来说说，这就是《立论》。这是一则很短的寓言故事，文章只是在叙述故事，并无象征意味极强的抒情。道理也非常浅显，即讲真话者的遭遇为什么总是不如说谎者？面对别人家的孩子，有人说会做官，有人说定发财，却居然有说孩子将来会死的，招打是可以想象到的。从人情事理讲，三种说法至少有吉利不吉利之分。问题在于，这是一则寓言，这寓言也没有说讲真话就是绝对真理，它一样是个难题，即面对此景，一个人究竟应该如何选择。老师给出的答案是："那么，你得说：'啊呀！这孩子呵！您瞧！多么……。阿唷！哈哈！Hehe！he，hehehehe！'"

"哈哈派"就此成了重点。不过这其实也是有本事来源的。话说1924年夏天，鲁迅应西北大学邀请，从北京出发，一路舟车劳顿，前往西安，为西北大学和陕西省教育厅合办的暑期学校讲学。那次讲学也可以见出鲁迅的演讲风采，其中一条就是他故意不配合当时的陕西"省长"刘振华意欲请鲁迅为其"政绩"送上赞辞的念头。无论面对中小学教员还是士兵，他只讲小说，而且只讲《中国小说的历史的变迁》。他说，我只会讲小说。

这次出行也是鲁迅离京最久的一次，从7月7日出发到8月12

日返京,时长超过一个月。7月7日的日记,有"晚晴,赴西车站晚餐,餐毕登汽车向西安,同行十余人,王捷三招待"。这"十余人"还有王桐龄、蒋廷黻、李济之、陈定谟、夏元、钟中凡、胡小石、孙伏园、王小隐等人。陕西的"邀请方"代表王捷三也与之同行。

王小隐,山东费县人,长期以新闻记者为业,先后在上海、北京、天津、山东任职。当时他是《京报》记者,因此有机会随鲁迅同行。

鲁迅的文章里也确实写到过这个人。那是从西安回到北京以后,鲁迅写了《说胡须》一文,背景就是这次西北行。其中写道:

> 长安的事,已经不很记得清楚了,大约确乎是游历孔庙的时候,其中有一间房子,挂着许多印画,有李二曲像,有历代帝王像,其中有一张是宋太祖或是什么宗,我也记不清楚了,总之是穿一件长袍,而胡子向上翘起的。于是一位名士就毅然决然地说:"这都是日本人假造的,你看这胡子就是日本式的胡子。"

鲁迅显然不大同意这种看法,"因为即使日本人造假一副中国皇帝的像,也未必必须对着镜子做自画像"。"一位名士",就是指王小隐。荆有麟专门写过一篇《哈哈论的形成》,其中说:

> 当时同去的,京报代表是该报记者王小隐(孙伏园那时是代表晨报去的),据鲁迅先生回来时形容,王小隐那次是穿的双梁鞋——即鞋前头有两条鼻梁,当时北京官场中人及遗老多穿此种鞋。——一见人面,总是先拱手,然后便是哈哈哈。无论你讲的是好是坏,美或丑,是或非,王君是绝不表示赞成或否定

的。总是哈哈大笑混过去。鲁迅先生当时说:我想不到世界上竟有以哈哈论过生活的人,他的哈哈,是赞成又是否定,是不赞成也是不不否定,让同他讲话的人如在无人之境。

一个王小隐未必能支撑起一个性格类别,"哈哈派"是性格的外化,同时也是一种处世文化。在军阀混战时期,"莫谈国是"甚至成了一种共识。面对棘手的问题如何应对,"今天天气……哈哈哈"就是最好、最稳妥、最安全的方法。王小隐也许是天生喜欢哈哈,而时事导致的"哈哈派"才更具评说的空间。

除了鲁迅,当时的其他文人也时常以"哈哈派"说事。比如周作人,就写过《哑巴礼赞》(周作人《看云集》),其中就有:"哲人见客寒暄,但云:'今天天气……哈哈哈!'不再加说明,良有以也,盖天气虽无知,唯说其好坏终不甚妥,故以一笑了之。"这里的意思是,不但人间是非不要乱谈,即使天气,随便说好坏也不妥。"今天天气……哈哈哈",一时成为当时社会上的流行语,各自心知肚明的不成文的规矩。这种圆滑的处世原则,既是当时环境造成的,同时也切合了中国传统文化中的处世训诫。冯梦龙的《警世通言》中就曾"有诗为证":"广知世事莫开口,众人面前只点头。倘若连头俱不点,一世无愁亦无忧。"

鲁迅正是看到周围现实,又加上遇到王小隐这样的活标本,更引发了他的思考。事实上,鲁迅对"哈哈派"的认识由来已久,而且终其一生都在文章中加以讽刺。《狂人日记》里就有过描述,狂人面对一个陌生人,这人"满面笑容,对了我点头,他的笑也不像真笑。我便问他,'吃人的事,对么?'"那人却回答:"这等事问他什么。你真会……说笑话。……今天天气很好。"

鲁迅杂文多把"哈哈派"当成某种类型,某种批判对象。1919年在《热风四十》上来就:"终日在家里坐,至多不过看见窗外四角形惨黄色的天,还有什么感?只有几封信,说道:久违其宇,时切葭思;有几个客,说道,'今天天气很好。'"

《说胡须》也对此有过"专论":

> 凡对于以真话为笑话的,以笑话为真话的,以笑话为笑话的,只有一个方法:就是不说话。
>
> 于是我从此不说话。
>
> 然而,倘使在现在,我大约还要说:"嗡,嗡,……今天天气多么好呀?……那边的村子叫什么名字?……"因为我实在比先前似乎油滑得多了。

1933年11月所作的《作文秘诀》,即使只是谈做文章的方法,也不忘联系"哈哈派"。文章说,作古文的秘诀,就是既"通篇有来历",又"非古人的成文"。这种既"事出有因",又"查无实据"的作文法,实在妙不可言。在鲁迅看来,这种做文章的圆滑,"实不过要做得'今天天气,哈哈哈……'而已"。1934年的《看书琐记(二)》同样是谈文学。谈到同一时代、同一国度的人经常也会互相"无话可说"的情形,鲁迅却认为,中国人"发明了"化解这种尴尬的万应灵药,这就是"今天天气……哈哈哈"。写于同年的《忆刘半农君》里,鲁迅道出了对晚年刘半农的反感。他说:"我想,假如见面,而我还以老朋友自居,不给一个'今天天气……哈哈哈'完事,那就也许会弄到冲突的罢。""哈哈派"的态度几乎成为一种修辞。1935年，鲁迅在《文人相轻》里谈到庄子的"此亦一是非，彼亦一是非"说，几乎成了国人用来"作危机之际的护身符"，他又不无讽刺地对这一漂亮哲学的不确定性做了评说，认为即使庄子本人，"不也在《天下篇》里，历举了别人的缺失，以他'无是非'轻了一切'有所是非'的言行吗？要不然一部《庄子》，只要'今天天气哈哈哈……'七个字就写完了"。

说"今天天气哈哈哈"在鲁迅笔下成了某种修辞，因为鲁迅每当遇到圆滑，遇到阳奉阴违，遇到当面嘻哈背后暗箭，遇到明知是非而刻意地、下意识地回避表态，他总会想到"今天天气哈哈哈"这个绝妙的词语。鲁迅在致章廷谦、赵家璧、胡风等人的信中也常信手拈来，以各种口吻、方式，对此"妙语"加以妙用，虽寥寥几笔，却也近乎于寓言。比如他在致胡风信中（1935年9月12日），以一"听"、一"说"两次引用，描述自己的某种境遇。

一"听"：

> 以我自己而论，总觉得缚了一条铁索，有一个工头在背后用鞭子打我，无论我怎样起劲的做，也是打，而我回头去问自己的错处时，他却拱手客气的说，我做得好极了，他和我感情好极了，今天天气哈哈哈……。真常常令我手足无措，我不敢对别人说关于我们的话，对于外国人，我避而不谈，不得已时，就撒谎。你看这是怎样的苦境？

一"说"：

但归根结蒂,我们恐怕总是弄不好的,目前也不过"今天天气哈哈哈——"而已。

如果在别的文章里,鲁迅多是捎带一笔加以讽刺,表达自己对某人某事的态度,《立论》则是专论了一回"哈哈派"。这短短的几百个字提出了一个困局:"立论"之难。应该说《立论》中的两个人物,无论是作为学生的"我"还是老师,都不是"哈哈派",而老师以哈哈说来教导学生,他对此既没有批驳,也没有否认。可见,这种文化传导、蔓延的不可遏制。

最后,需要花絮一下的是,那位一生追求"哈哈论"的王小隐,其结局却令人唏嘘。他最终自缢身亡。原因是抗日烽火燃起,他却为求自保,做起了日伪小官,回老家山东费县做起了日伪县长。终究不能靠"哈哈论"保全。当然,也说明他或许还是知廉耻的。

《腊叶》是《野草》里或许最难懂的一篇。它记事,但记的不过是一片叶子。它抒情,抒发的是为一片枯叶送上的有点关联、又有点游离的感慨。一片夹在书里的枯叶,它又可以称之为木叶、病叶,它意味着、象征着什么?作品对一株树,尤其是对其叶子的描写,可谓精细。仅就其颜色,就写到了青葱、通红、浅绛、绯红、浓绿。专注于一片病叶,还看到叶片上的一点蛀孔,"镶着乌黑的花边",那种对景物的观察之精细,描写之精确,对植物生命变化过程的描写,意味深长。短短四百字,却无疑是一篇上佳的美文。连孙伏园都说,《腊叶》是一篇"简洁、明快、犀利、深刻的散文诗",就阅读者而言,"只注意它的外形与内涵本来也就够了"。

《腊叶》同样是有本事可考,且不止一处,这里先说其一。鲁迅对《腊叶》的写作缘起,留下这样一句话:"《腊叶》,是为爱我者的想要保存我而写的。"可以想象,没有这句自述,《腊叶》可能还容易读懂,也容易分析。然而有了这一说,就有了更特殊的复杂性。

我们还是先来看看孙伏园是怎么叙述的。孙伏园写到,《腊叶》写成以后,他曾问过鲁迅先生,为何要取材于"腊叶"。鲁迅是这样回答的:"'许公'很鼓励我,希望我努力工作,不要松懈,不要怠忽,但又很爱护我,希望我多加保养,不要过劳,不要发狠。这是不能两全的,这里面有着矛盾。《腊叶》的感兴就从这儿得来,《雁门集》等等都是无关宏旨的。"

这里要追问一下,关键人物"许公"是谁?鲁迅在世时,熟悉的朋友当中,姓许的至少有五位,也有人称之为"五许"。孙伏园介绍说:"第一位自然是许季茀先生寿裳,那是先生幼年的朋友,友谊的深挚,数十年如一日的。第二位是许季上先生丹,一位留学印度、研究佛经的学者,先生壮年的研究学术的朋友,可以说是先生的道义之交。还有三位都是较晚一辈的少年朋友:一位是少年作家许钦文先生,一位是许钦文的妹妹许羡苏女士,还有一位则是许广平女士景宋。我常常私议,鲁迅先生的好友当中,姓许的占着多数,'许'字给予先生的印象是最好的。"(孙伏园等《鲁迅先生二三事——前期弟子忆鲁迅》)

鲁迅的追随者曹聚仁也有过这样的说法,可见"许"姓之于鲁迅的特殊性,几乎是一时佳话。曹聚仁曾在《鲁迅与我》当中记述了一件往事。有一回,曹聚仁请鲁迅等人到家中吃饭,座中还有曹礼吾、周木斋、黎烈文、徐懋庸、杨霁云、陈子展、陈望道等人。鲁迅看到曹聚仁书架上"堆积了他的种种作品以及一大堆资料片",知道曹聚仁要为他写传记了。而曹聚仁的反应是:"我笑着对他说:'我是不够格的,因为我不姓许。'"而鲁迅呢,"他听了我的话,也笑了,说:'就凭这句话,你是懂得我的了。'"曹聚仁正因此受到鼓励,"我就在大家没动手的空缺中,真的写起来了"。于是有了后来的《鲁迅评传》。曹聚仁也在文章里讲了鲁迅身旁的"五许",名单同孙伏园的相同。但报完名单后还提及了一个花絮,说"朋友们心中,都以为许羡苏小姐定将是鲁迅的爱人,不过男女之间的事难说得很,我在这儿也不多说了。"曹聚仁这句话,透露了当年的朋友们中,认为鲁迅与比自己小二十岁的同乡许羡苏关系特殊者并不在少数,而这,确也是引出一大串故事的话题,说的也是亦真亦假,颇有几分扑朔迷离。

还是回到《腊叶》,鲁迅所说的"许公"是"五许"中的哪一许呢?孙伏园说:"'许公'是谁,从谈话的上下文听来,我是极其明白的。""决不是其他四位,确指的是景宋先生。"孙伏园确信,鲁迅所说的"爱我者","当然是许景宋先生"。《腊叶》作于1925年12月26日,那时许广平与鲁迅的感情已可称特殊,孙伏园认为,"鲁迅先生知道景宋先生之深,景宋先生又鼓励和爱护鲁迅先生如此之切,我那时便感觉,他们两位的情感已经超出友谊以上了。"

许广平本人呢,确也回应过这一敏感话题,当然他并不是去指认其中的"许公"是哪一"许",而是婉转地说道:"后来据他自己承认,在《野草》中的那篇《腊叶》,那假设被摘下来夹在《雁门集》里的斑驳的枫叶,就是自况的。"鲁迅说文章是为"许公"而写,许广平说其中的腊叶是鲁迅的自况,这可以确证,《腊叶》在鲁迅和许广平的情感史上,具有某种特殊的意味。按照孙伏园记述的鲁迅谈话,在那时,能既鼓励鲁迅不放弃,又关心其多保养,持此矛盾观点的人,只能是许广平,许羡苏还远达不到这样的交往程度。

孙伏园还教给了后来的读者解读《腊叶》的方法。即把病叶看成作者,把作者的口气转给"爱我者",这样好些关节自然解通了。短短的四百字里,既有自况,也有"爱我者"爱护的心情。《腊叶》虽非寓言,也没有强烈的抒情,然而却比其他各篇似乎更有隐喻的味道。《腊叶》作于1925年冬,鲁迅病逝的时间是1936年10月,差不多就是十年的距离。孙伏园认为,《腊叶》中的"将坠的病叶的斑斓,似乎也只能在极短的时间中相对"一语,从事后看,像极了一则"预言";认为"在这对'爱我者'深自谦抑与伤感的口吻中,不觉令人大有所悟,仿佛鲁迅先生真是预言家,预言家不但透达人情物理,连他自身的将来也早已看得清清楚楚的了"。

自然,病叶是不是完全等同于作者,这其实也是可以讨论的,但无论如何,如此写情写物之文,却原来也是人生况味的表达。从这个意义上讲,浪漫主义的《野草》,同时也是现实主义的。象征主义的《野草》,其实也多有本事来源。

4.作为"赠品"的"器物"

《我的失恋》虽然以诗的名义出现在《野草》里,看上去却与整部《野草》的诗意难成一体。但鲁迅倒没有强调它的随意性和打油诗性质,而是很郑重地说,"因为讽刺当时盛行的失恋诗,作《我的失恋》"。

打油诗可以说是鲁迅的一种反向行为,是从形式上强化讽刺,有游戏笔法,却非游戏态度。

支撑全诗的是一种固定格式:"我的失恋"。见证失恋的是实物。格式几乎是固定的,有4种形态,都是"我的所爱"可见而不可及。在山腰,山太高,因而泪沾袍。在闹市,人拥挤,因而泪沾耳。在河滨,河水深,因而泪沾襟。在豪家,无汽车,因而泪如麻。"我"的4种情态:我心惊,我糊涂,我神经衰弱和最后的"由她去罢"。其中夹杂着的是4组实物,都是"爱人"赠我的和"我"回赠的。依次是百蝶巾—猫头鹰,双燕图—冰糖壶卢,金表索—发汗药,玫瑰花—赤练蛇。这4组实物从文字上增添了游戏感。定情物也罢,信物也罢,两相比较,喜感尤多。可是鲁迅的挚友许寿裳先生曾不止一次地评说过,鲁迅在游戏文字背后体现出的是认真而非油滑。他在《鲁迅的生活》一文中说道:"他的真挚,我不用说别的,就在游戏文字里也是不失常态,试读《我的失恋》便可知道。"许寿裳还以《鲁迅的游戏文章》为题,强调了鲁迅常在游戏文字里流露真挚之情的品质。他指出:

> 这诗挖苦当时那些"阿唷!我活不了罗,失了主宰了"之类的失恋诗盛行,故意做一首"由她去罢"收场的东西,开开玩笑。他自己标为"拟古的新打油诗",阅读者多以为信口胡诌,觉得有趣而已,殊不知猫头鹰本是他自己所钟爱的,冰糖壶卢是爱吃的,发汗药是常用的,赤练蛇也是爱看的。还是一本正经,没有什么做作。

要是认真分析,这4样物品可说道的还真不少。许寿裳强调猫头鹰是鲁迅的最爱,依据也是很充分的。猫头鹰与鲁迅之间的关系是多重的。猫头鹰甚至就是鲁迅的象征性符号,某种程度上也是鲁迅的"自况"。沈尹默是鲁迅同时代的文化人物,对鲁迅尊崇有加。他的《回忆伟大的鲁迅》中曾经说,鲁迅"在大庭广众中有时会凝然冷坐,不言不笑,衣冠又一向不甚修饰,毛发蓬蓬然,有人替他起了个绰号,叫猫头鹰。这个鸟和壁虎,鲁迅对他们都不甚讨厌,实际上,毋宁说,还有点喜欢"。把鲁迅比喻为猫头鹰,这不是一两个人,也不是一个特定圈子的说法。我曾读到孙郁先生的一篇文章,他说五四时期沈尹默与钱玄同谈起鲁迅,钱玄同说鲁迅像一只猫头鹰。孙郁认为,虽然不能确认鲁迅自己知道这种说法,但倘若听闻,他也应该不会反对,甚至有点喜欢。他还从鲁迅的发型,表情,衣着,起居习惯,甚至语言特色说起,认为鲁迅确有与猫头鹰吻合的很多元素。

在鲁迅那里,猫头鹰不是作为偶然因素进入他的文章,也远不止出现在《我的失恋》这样的打油诗里。可以说,猫头鹰是鲁迅笔下经常出现的意象。鲁迅有时也把猫头鹰称之为恶鸟、枭、舐枭,对猫头鹰的特性,鲁迅通常谈到的是三点,一是猫头鹰"夜晚工作白天休息"的习性,二是世人视其为不吉利消息的传递者,三是猫头鹰象征的直面惨烈、不惧庸人厌恶的品质。1912年,鲁迅最早的小说、文言体的《怀旧》里,就有猫头鹰出现。一位长者"王翁"讲述长毛故事,绘声绘色,如身临其境,还是小孩儿的"余"(即"我"),却在故事出现古怪的声音"吱吱!汪汪汪!……"时脱口问声音的来源。王翁则说此乃"蛙鸣耳。此外则猫头鹰,鸣极惨厉"。"鸣极惨厉",就成了猫头鹰的突出标识。

在鲁迅杂文和书信里,猫头鹰也时有出现,且有"自况"的意思。因为猫头鹰,还有时会谈涉到与之习性相近的动物,如蝙蝠。在杂文《谈蝙蝠》里,鲁迅开篇就写道:

> 人们对于夜里出来的动物,总不免有些讨厌他,大约因为他偏不睡觉,和自己的习惯不同,而且在昏夜的沉睡或"微行"中,怕他会窥见什么秘密罢。
>
> 蝙蝠虽然也是夜飞的动物,但在中国的名誉却还算好的。这也并非因为他吞食蚊虻,于人们有益,大半倒在他的名目,和"福"字同音。以这么一副尊容而能写入画图,实在就靠着名字起得好。

鲁迅笔法立现。蝙蝠反庸常的习性,其名字可图吉利,正是鲁迅一"正"一"反"的关注点。而之所以说蝙蝠名誉还算好的,那无疑是与猫头鹰作比较而得。

猫头鹰送来不吉祥声音的功能与蝙蝠所具有的"福气",正是人们认知它们的差异所在。不愿意满足庸人们的意图、企图,是猫头鹰的习性;故意给正人君子们"添一点堵",让他们"小不舒服",是猫头鹰式的战斗性体现。这极其符合鲁迅嫉恶如仇的为人态度,也符合他的为文风格。他说,自己写文章,"自然因为还有人要看,但尤其是因为有人憎恶我的文章。说话说到有人厌恶,比起毫无动静来,还是一种幸福。天下不舒服的人多着,而有些人们却一心一意在造专给自己舒服的世界。这是不能如此便宜的,也给他们放一点可恶的东西在眼前,使他们有时小不舒服,知道原来自己的世界也不容易十分美满"。他进而又说:"我的可恶,有时自己也觉得。譬如我的戒酒,吃鱼肝油,以望延长我的生命,倒不尽是为了我的爱人,大大半乃是为了我的敌人,——给他们说得体面一点,就是敌人罢——要在他的好世界上多留一些缺陷。"(鲁迅《〈坟〉题记》)这是只有鲁迅才有的决绝,他激烈却并不杀气腾腾,他确有所指,但又远不是泄个人私愤,报一己私仇。

猫头鹰的送不吉祥之声,与鲁迅所认为的国民心理缺乏的品质,在某种程度上形成暗合。鲁迅的审美,既是他个人的偏好,也是他为国民性注入强心剂的欲求所致。鲁迅的韧性战斗精神让人钦佩,而他所取范例却让人意外,是天津的青皮。鲁迅反对虚伪,强调直率,举例却用了上海的"吃白相饭"者,等等,正与其对猫头鹰的偏爱有某种相似。

不但在文章里经常引用到猫头鹰,作为中国现代美术提倡者,一个对美术绘画有天赋和造诣的艺术家,鲁迅甚至动手绘制过猫头鹰。最著名的有两例,一是理论杂文集《坟》于1927年出版,鲁迅自己做了特殊设计,将一只猫头鹰置于书前。图案的右上方,在整体粗犷无比的封面上,木刻似的立着一只猫头鹰,它梗着脖子,显示着执拗,一只眼睛睁得又圆又大,冷眼却敏锐地观察着周围的世界,另一只眼微闭,透着淡然。另一例,是鲁迅1909年在浙江两级师范学堂任教时,曾在一个笔记本的封面上手绘过一只猫头鹰,这幅"铁线描"颇具专业功力,一直流传于热爱鲁迅的人们当中。我的关于鲁迅的小书《鲁迅还在》,责编就曾将此作为logo置于封底。另一书《鲁迅箴言新编》,责编在选择配图时也将此图列于其中。可见其影响之普及和深远。

鲁迅为什么要在笔记本上描画一幅猫头鹰呢?美术自然是他的爱好与擅长,但选择猫头鹰,不能不说与其天性和当时的境遇有关。许寿裳更早鲁迅一点,即:"1909年初春,因留学经费无着,只好回国谋职并任浙江两级师范学堂教务长,而此时的鲁迅本在东京谋求文艺前景,却因家庭原因选择回国,因为其弟弟周作人那时虽还未大学毕业,却已经和羽太信子结了婚,费用不够了,必须由阿哥支出,所以鲁迅只得自己牺牲了研究,回国来做事。"许寿裳认为,"鲁迅《自传》中,所谓'终于,因为我的母亲和几个别的人很希望我有经济上的帮助,我便回到中国来。''几个别的人'者,作人和羽太信子也。"(许寿裳《亡友鲁迅印象记》)。鲁迅于是在许的引荐下来到杭州教书养家,文艺理想只能暂时不顾了。加之到校任职后的种种遭

鲁迅为《坟》所设计的小画

遇,鲁迅描画猫头鹰于教学专用笔记本上,不能说不是一种心境的表达。

"爱人"所赠的4样,无疑都与都市恋爱相匹配,当属时髦之物。而"我"所能回的,却完全不对位。这既是穷困所致,如"我的所爱在豪家,想去寻她兮没有汽车",也是因为"我"不解风情,即使对"初学的时髦"(《伤逝》语),技巧也未能掌握。所以显得很拙很土,且有点故意捣乱式的别出心裁。然而"爱人"显然不能理喻,"从此翻脸不理我"。但"我"所回赠的4样,虽然与浪漫无关,却又是"我"自己所钟爱的,看上去的游戏味道,其实是心理预期的不对位,信息的不对称所产生的误会。说到底是人与人之间理解的不可能和无法沟通。"我"不解风情,甚至故意调侃,"我的所爱"也理解不了"我"的幽默,而可能只当是"我"在搞恶作剧。百蝶巾是色彩斑斓的物件,也是女子表达爱意的常用信物。双燕图应该是一幅画,或也是一块方巾,双燕图也是中国画中的常见意象。当代画家吴冠中就有一幅《双燕图》曾因拍出数亿元人民币的天价而闻名天下。金表索,是富家标志,玫瑰花则是爱情赠予的永恒主题。"爱人"的身份,包括诚意可以见出,而"我"的回报却有点拿不出手或有恶搞嫌疑。仿佛是公主和穷小子的一出可能有暂时幸福,最终却注定悲剧的故事。

鲁迅喜欢吃甜食,日记中有购"滋养糖""糖一袋"的记录,有时朋友来访也会"赠糖一盒",可见喜欢吃糖是有名的。冰糖壶卢是他喜欢的,除许寿裳的说明外,晚年接受增田涉采访时也曾谈到过。发汗药是鲁迅对某一类治疗发热症药物的概括称呼,我曾专门探讨过鲁迅的疾病史,在寻找、整理材料时可见,胃痛、牙痛、肺病之下,发热是他身体时常会表现出的症状。他自1912年来到北京就水土不服,"头痛身热""下午大发热,急归卧""热未退尽"等表述,"似感冒""似受凉""似中寒"等记述,不时出现在日记与书信中。到了1934年,更是因为疲劳疑似感染"西班牙流行感冒",持续发热,让他的身体渐走下坡路。每遇发热,似乎也没有更多的办法,就是吃药卧床而已。所吃之药,则以发汗药为主。鲁迅所用退热药,以"规那丸"为主,如1913年10月28日日记有"发热,似中寒,服规那丸"。据《鲁迅全集》注释,"规那丸,即奎宁丸,日记里又做鸡那丸,金鸡纳小丸,金鸡纳丸,鸡那霜丸。当时用作退热药。"症状严重时,他也会超量服用,比如1914年5月12日日记,"下午大发热,急归卧,并服鸡那丸两粒,夜半大汗,热稍解"。到13日,"热未退尽。服规那丸四粒"。药量不断加大。到14日白天,再上北京医院问诊,"云热已退","服规那丸"。除了规那丸,鲁迅也服阿司匹林等用于退热。总之,服用发汗药,似也是鲁迅伴随性的行为。《我的失恋》里,当"我"回赠发汗药时,对方怎么可能理解,它比双燕图、金表索还要重要呢,结果必然是"从此翻脸不理我"。

  再说赤练蛇。首先,蛇也是猫头鹰之外,鲁迅的自画像之一。鲁迅属蛇,据说在北京砖塔胡同居住时,邻居俞家小姑娘就给鲁迅起了绰号,叫作"野蛇"。这首诗里所说的赤练蛇,据《鲁迅全集》注释:"一作赤链蛇,生活于山林或草泽地区。头黑色,鳞片边缘暗红色,体背黑褐色,有红色窄横纹。无毒。"蛇是鲁迅文章里常见的。早期文言论文如《摩罗诗力说》就多处提到蛇。《〈呐喊〉自序》中说过,"这寂寞又一天一天的长大起来,如大毒蛇,缠住了我的灵魂了。"这是鲁迅的人生态度,当寂寞来袭如毒蛇时,不妨将此毒蛇视为朋友,与之共处。所谓"纠缠如毒蛇,执着如怨鬼"似的韧性战斗,也由此生发。在《写在〈坟〉的后面》里,更是称"即使是枭蛇鬼怪,也是我的朋友,这才真是我的朋友"。

然而这个寂寞中生发出来的意象,这个与鬼怪相提并论,常人因"杯弓蛇影"即吓得失魂落魄的动物,怎么可能当做礼物而被"爱人"接受呢。对蛇的翻脸,事实上也是对寂寞的不可能理解。鲁迅以此为喻,表达出爱恋之虚假和真爱之难以获得。

1927年1月11日,鲁迅致许广平信中说过,"这即使是对头,是敌手,是枭蛇鬼怪,我都不问;要推我下来,我即甘心跌下来,我何尝高兴站在台上?我对于名声,地位,什么都不要,只要枭蛇鬼怪够了,对于这样的,我就叫做'朋友'。"

鲁迅的文字里多处出现蛇。赤练蛇在《故事新编》的首篇《补天》里也出现过。尤其是散文《从百草园到三味书屋》,"相传这园里有一条很大的赤练蛇","长妈妈曾经讲给我"的故事更加惊悚:

先前,有一个读书人住在古庙里用功,晚间,在院子里纳凉的时候,突然听到有人在叫他。答应着,四面看时,却见一个美女的脸露在墙头上,向他一笑,隐去了。他很高兴;但竟给那走来夜谈的老和尚识破了机关。说他脸上有些妖气,一定遇见"美女蛇"了;这是人首蛇身的怪物,能唤人名,倘一答应,夜间便要来吃这人的肉的。他自然吓得要死,而那老和尚却道无妨,给他一个小盒子,说只要放在枕边,便可高枕而卧。他虽然照样办,却总是睡不着,当然睡不着的。到半夜,果然来了,沙沙沙!门外像是风雨声,他正抖作一团时,却听得豁的一声,一道金光从枕边飞出,外面便什么声音也没有了,那金光也就飞回来,敛在盒子里。后来呢?后来,老和尚说,这是飞蜈蚣,它能吸蛇的脑髓,美女蛇就被它治死了。

　　结末的教训是:所以倘有陌生的声音叫你的名字,你万不可答应他。

　　这故事很使我觉得做人之险,夏夜乘凉,往往有些担心,不敢去看墙上,而且极想得到一盒老和尚那样的飞蜈蚣。走到百草园的草丛旁边时,也常常这样想。但直到现在,总还没有得到,但也没有遇见过赤练蛇和美女蛇。叫我名字的陌生声音自然是常有的,然而都不是美女蛇。

如此赤练蛇赠予"爱人",充满了玩笑与戏谑的味道。在《野草》里,实物或器物的描写,当然不限于《我的失恋》。猫头鹰在《秋夜》《希望》里也都曾出现。《墓碣文》写到了蛇,《死火》以蛇为比喻。其他一些具有关键性、整体性意象的"物"也应被记住。比如《风筝》里的风筝,《过客》里的"一片布",《死火》里的"死火",《狗的驳诘》里当然还有狗,等等,不一而足,那些花草昆虫,则更是随处可见。

5.文史典籍的散布

《野草》里讲到的和未讲到却与之有关的中外古今文史典籍,也不在少数。大体可以分成三种情形。一是有些篇章本身源自或脱胎于某种典籍,如《我的失恋》,有副标题曰"拟古的新打油诗"。研究者公认这个"拟古"实有所指,即东汉时那位天文学家、地震仪的发明者张衡的文学代表作《四愁诗》。《复仇(其二)》的故事则来自于《新约全书》的有关记载,鲁迅并未回避这一故事的原料,但其中国化现代化个人化的"创意写作",使其保持了原创性和艺术上的独特性。《一觉》则直接以现代刊物展开话题。二是有的文章点到一些书目,论者一般并不谈起,如孙伏园就说过,鲁迅自己也认为,《腊叶》里出现的《雁门集》是"无关宏旨的"随意一笔。但即使不特别夸大,作为一种构成要素,也还是有一说之必要的。《好的故事》提到了唐代时的类书《初学记》,《死后》又提到了"嘉靖黑口本"的《公羊传》。三是有的文章并没提及具体的书目文章,但颇有可考之处。且这方面已有很多精彩论述,如《希望》里提到的匈牙利诗人裴多菲的名句"绝望之为虚妄,正与希望相同",究竟出自裴多菲的哪一篇作品,开掘进去,方知别开生面,大有讲究。又如《风筝》里说"我"毁掉小兄弟的风筝,直至中年,"我不幸偶尔看了一本外国的讲论儿童的书,才知道游戏是儿童最正当的行为,玩具是儿童的天使",这本"不幸偶尔看了"的外国书,是哪一本呢?

《我的失恋》标题上已经注明,是"拟古",可知自有出处,这出处即是东汉时张衡的《四愁诗》。略加对照即可见出,鲁迅的"拟古",在形式上十分彻底,直接就是工对式的"唱和"或"模拟"。张衡的《四愁诗》全诗如下:

> 我所思兮在太山。
> 欲往从之梁父艰,侧身东望涕沾翰。
> 美人赠我金错刀,何以报之英琼瑶。
> 路远莫致倚逍遥,何为怀忧心烦劳。
> 我所思兮在桂林。
> 欲往从之湘水深,侧身南望涕沾襟。
> 美人赠我琴琅玕,何以报之双玉盘。
> 路远莫致倚惆怅,何为怀忧心烦伤。
> 我所思兮在汉阳。
> 欲往从之陇阪长,侧身西望涕沾裳。
> 美人赠我貂襜褕,何以报之明月珠。
> 路远莫致倚踟蹰,何为怀忧心烦纡。
> 我所思兮在雁门。
> 欲往从之雪雰雰,侧身北望涕沾巾。
> 美人赠我锦绣段,何以报之青玉案。
> 路远莫致倚增叹,何为怀忧心烦惋。

全诗总共4段,每段7句。鲁迅的《我的失恋》如出一辙,可谓古今千年之穿越"唱和"。不过,恋爱态度还是有着鲜明的差异。古人张衡那是真的为爱而不得发愁、烦忧。他是那样想投入地爱一回,自己所思的美人赠"我"四样宝物,而"我"何以报之呢?那同样是四样对等的上好之物,非常上档次了,一律都是珠宝玉器,诚意可见。当然,这四样拿得出手的玉器,都因"路远莫致",美人并未能拥有。这也正是我所心烦、心伤之所在,"四愁"可谓样样椎心。

再看鲁迅的《我的失恋》,形式上是对张衡《四愁诗》的对位,但创作目的不同,"是看见当时'阿呀阿唷,我要死了'之类的失恋诗盛行,故意做一首用'由她去罢'的东西,开开玩笑的"。也就是说,鲁迅的"拟古",到了最后一句却成了弃古、抛古,来了一个180度的急速转弯,张衡的4段以心烦恼、心烦伤、心烦纡、心烦惋结尾,感情走向是同向的、平衡的。而鲁迅笔下的"我",如果说使我心惊,使我糊涂,使我神经衰弱,还基本上能与张衡的失恋之愁对位的话,最后一下"由她去罢"的急速逆转,则是一次彻底的颠覆,是突然的猛击一掌,是故意的无所顾忌。这里面有调侃、戏虐的味道,也有了无牵挂的洒脱和抵抗。

《我的失恋》作于1924年10月3日,那时鲁迅与许广平还未走近,"我可以爱"还未能从鲁迅心里激活。打油诗写成这样,于"公"于"私"实在也太合情合理了。于"公",鲁迅的审美趣味肯定与流行的所谓失恋诗格格不入;于"私",鲁迅自己处在无奈的痛苦中,他不太可能接受"阿呀阿唷,我要死了"的哭哭啼啼。因此,这个"拟古"是形式上的"拟",真正的诗眼就是最后一句"由她去罢"。当然,这最后一句并非完全的跳跃和反转，它是有铺垫的。这铺垫，首先在于使我心惊、使我糊涂、使我神经衰弱，本身就不完全属于情感状态，而是每况愈下地由心情转向认知，再转向感官反应。其次是爱人赠"我"的礼物，跟张衡的"美人"所赠四样，在品质上不相上下，属于同类。而"我"所回赠之物，却是吓人之物，不可理喻到了无厘头的地步。《我的失恋》于是就成了不是有爱而不可得，而是自我拆毁式的毫无希望，失恋不是爱而不得的结果，实在是恋爱之前就确定了的，因此事实上不存在"我的失恋"，而只有"我"的对失恋的开开玩笑。

《复仇（其二）》形式上是对《新约全书》之《马可福音》关于耶稣被钉十字架故事的改写。鲁迅的改写，突出甚至增加了十字架上的受难者在受难过程中的心潮涌动。

十字架上的受难者是被污名冤枉致死的，这一点，置其于死地的大祭司很清楚。他赴死之前受到了兵丁们的戏弄、羞辱、欺凌，然而他拒绝用没药调和的酒来减轻被钉死的痛苦。十字架上的受难者受到的残酷与残忍，来自好几个方面。"路人都辱骂他，祭司长和文士也戏弄他，和他同钉的两个强盗也讥诮他。"有必要对比一下鲁迅对圣经故事的"增""删""繁""减"。首先，耶稣的名字甚至都没有出现，代之以"他"，也留有"神之子""以色列的王""人之子"等信息。其次，审判并决定钉死"以色列王"的重要人物彼拉多并未出现，在彼拉多面前诬告耶稣的祭司长被突出。这都说明，鲁迅不是要重复一个宗教故事，他强化了由戏弄开始的一切残忍行为。这方面的信息几乎没有丢失，更突出、增加了十字架上的"他"如何面对这些戏弄与欺凌。他一言未发，但内心却燃烧着悲悯和仇恨的火焰,这在原故事里是没有的。受难者不肯喝那用没药调和的酒以减轻痛苦,原故事只说"他却不受"。鲁迅强调他不肯喝下,是要保持清醒,为的"是要分明地玩味以色列人怎样对付他们的神之子",更进一步,"而且较永久地悲悯他们的前途,然而仇恨他们的现在"。原来的故事没有情感状态的描写,鲁迅是借异国的火种来批判眼前的现实。因为这种悲悯和仇恨,"神之子"凛然面对死亡,尤其是死亡之前经受的痛苦和煎熬。"这使他痛的柔和,痛的舒服。"原故事也没有描述受难时的痛楚过程。鲁迅自己依靠想象做了强化,但比残忍更强调的,是受难者的悲悯、凛然、从容和内心的傲视。从"痛的柔和"到"痛的舒服",到"碎骨的大痛楚透到心髓了,他即沉酣于大欢喜和大悲悯中。"

鲁迅保留了原故事里围观者的辱骂,这正好印合了他对中国国民性解剖里反复指出的"看客"心态。除了路人们的辱骂,还有就是祭司长和文士的戏弄,和他同钉的两个强盗的讥诮。原故事里,那些各色人等所进行的言辞攻击及理由,在《复仇(其二)》里并未提及,鲁迅重在表现这些人的嘴脸。"看哪,和他同钉的……"这是怎样的让人悲哀。"四面都是敌意,可悲悯的,可诅咒的。"感受是如此矛盾甚至分裂。

在这样的描述里,鲁迅省去了宗教故事里的一些对话,突出了两种力量的对比。同样被钉杀的两个强盗都不忘讥诮受难者,这样的特殊"看客",岂止是愚昧可以定论。而且鲁迅特别指出的文士的戏弄,与他正在与文人学者进行论战的现实处境,有某种潜在的联系。

路人们是盲众,是"看客",同样被钉的强盗也来加入,更让人悲悯。这种悲悯,是建立在对群众未来的前途而发出的哀其不幸;就他们眼前的行为,则更多的是怒其不争。文士们的戏弄,更让人产生对软刀子杀人的憎恶。不是受难本身,而是受难过程中所见到的群像,让人产生情感上的联系。于是他抽出故事的主体框架,为受难者加上了内心情感涌动的描写,传递出复仇的冲动与畅快。而这个"复仇"的概念,也是鲁迅独有的。从这个意义上讲,两篇复仇故事的主题是一致的,即真正的复仇不是刀枪相对的报仇雪恨,也不是父仇子报、冤冤相报的循环往复,而是让"看客"无戏可看的无聊,对自以为得到满足的"看客"们的怜悯,以及对刽子手们的蔑视。

基督教故事里的文士,与鲁迅周围的文人学士颇有相近处。据说,圣经时代的文士是律法经书的抄写和注释者。《马太福音》"谴责文士和法利赛人"一节,曾有连续的段落,对这类人进行批判,且都以"你们这假冒为善的文士"开头,而其中对这些人"喜爱筵席上的首座,会堂里的高位"的评价,一定切中鲁迅对周围一些文人学士的看法,遂产生了依此创作一篇作品的冲动。

查鲁迅书账,他于1925年2月21日购买《新旧约全书》一本,是写《复仇(其二)》整整两个月之后。鲁迅阅读《圣经》应该在更早时期,只能说,写作《复仇(其二)》,让他再次对此书感到兴趣,遂有购买记录。

《复仇(其二)》里省却了耶稣的名字,并强化了他的"人之子"身份。事实上,鲁迅写到耶稣不但次数多,而且时间早。早在1908年的文言论文《文化偏至论》《摩罗诗力说》里就曾提及。1923年12月26日,鲁迅在北京女子师范学校演讲,其中讲到"耶稣去钉十字架"

的故事。1919年所作《暴君的臣民》里,已经叙述过耶稣受难的一个细节,并由此引发出自己的"随感"。

  暴君治下的臣民,大抵比暴君更暴;暴君的暴政,时常还不能餍足暴君治下的臣民的欲望。
  中国不要提了罢。在外国举一个例:小事件则如 Gogol 的剧本《按察使》,众人都禁止他,俄皇却准开演;大事件则如巡抚想放耶稣,众人却要求将他钉上十字架。
  暴君的臣民,只愿暴政暴在他人的头上,他却看着高兴,拿"残酷"做娱乐,拿"他人的苦"做赏玩,做慰安。自己的本领只是"幸免"。
  从"幸免"里又选出牺牲,供给暴君治下的臣民的渴血的欲望,但谁也不明白。死的说"阿呀",活的高兴着。

  这足见鲁迅当时知晓耶稣受难的所有环节。《复仇(其二)》没有写巡抚彼拉多这一笔,实是作品的主旨并不在此。
  的确,我们考证本事,但不能把《野草》当成纪实。有些元素未必有实质意义,不过只是信笔一提而已。不过,罗列出来的必要总还是有的。譬如《腊叶》里的《雁门集》。开头即是"灯下看《雁门集》",中间又是"去年的深秋",把摘下来的"病叶","夹在刚才买到的《雁门集》里"。查鲁迅1924年书账,确实没有买《雁门集》的记录,全部书账里也没有。所以才有"无关宏旨"的说法吧。可以说,把一片"病叶"夹在哪本书里并不重要,不过也许某种巧合吧。但鲁迅为什么要在此提到一本也许自己书架上并没有的书呢?

《雁门集》,是元代诗人萨都剌的诗词合集。作为诗人,萨都剌有着与许多诗人相同的命运。综合文学史家的观点,萨都剌一生为官却始终官阶很低,他本人并不在意官场的得失,而更愿意做一个诗人。他的诗也以关心民间疾苦,表达自己旷达人生态度为突出特点。作为一篇自况文章,把这样的"病叶"夹在也许并不在手边甚至书架上也没有的《雁门集》里,也是有点蹊跷吧。《雁门集》也许并不存在,连那片"病叶"是实有还是虚构,或许也一样值得问一下。重要的不是有一片"病叶"夹在书里,即使只是在观望、观察中触景生情,一样可以引发同样的情愫,其余的大都可以尽情想象和虚构了。这就如同有没有曾经毁坏过小兄弟的风筝一样,事实的有无是一方面,而这一方面的有无,夸大的程度,都不影响想要表达的情感力度和思想深度。这正是整部《野草》里的本事与诗以及哲学之间的奇妙关系。

如果说《雁门集》与"病叶"的自况,我是猜测他们有某种气质上的相近,那么,出现在《好的故事》里的《初学记》,则应是一种明显的反衬。关于《好的故事》,先要说一下它的写作时间。这是一篇文末标注时间有误的作品,因为"1925年2月24日"的写作时间,却晚于这篇文章在《语丝》上的发表日期"1925年2月9日"。鲁迅1925年1月28日的日记里有"作《野草》一篇"的记载。一般认为,这一篇即是《好的故事》。但为什么标错的时间是24日呢?不妨再大胆假设一下。这一假设与其前一篇的《风筝》有关。这一年的旧历新年即春节,有点像我们刚刚过去的2020年春节,来得很早,1月24日即是大年初一。这一天,鲁迅日记的全文是:"晴。旧历元旦也,休假。自午至夜译《出了象牙之塔》两篇。"并无写《风筝》的记录。大年初一,鲁迅"自午至夜"都在翻译。写作《风筝》，或许是午夜之后、译稿完成以后的结果。假设《好的故事》写于1月28日，这一天是春节的正月初五，依旧在浓厚的节日氛围中，文章描写的氛围也特别切合："鞭爆的繁响在四近，烟草的烟雾在身边：是昏沉的夜。"以"鞭爆的繁响"一句，即可知节日正当其时。

某种意义上说，《好的故事》与《风筝》在本事上具有统一性。即二者都是在这一春节期间写成，而且都写到了身处其中的北京和记忆中的故乡。写法上都是以眼前的北方景象和节日气氛，让人情不自禁想到远在江南的故乡。因为风筝，北京和故乡在心中连接。

《好的故事》通篇没有"故乡"二字，也没有说到北京。但显而易见，这是一篇在梦中回到故乡的梦幻式散文诗。现实种种是如此坚硬，但睡梦中的片刻却享受了归乡的满足。虽然没有"故乡""绍兴"等字眼儿，但"小船""山阴道"，沿途的满目风景，无疑就是诗人的故乡。而且与周建人描述过的当年与大哥一起尽兴而游的情形高度吻合。

"我要追回他，完成他，留下他"。于是，"我抛了书，欠身伸手去取笔"。这里所抛的书，叫做《初学记》。那么问题来了，这本《初学记》也是"无关宏旨"的随意一写吗？

首先，不同于《雁门集》，《初学记》并非首次出现于鲁迅的文字里。最早是在1913年，这一年3月1日，鲁迅日记就有"往琉璃厂"，"购《初学记》一部，16册。二元二角"。1914年正月十三，又有"得二弟所寄书籍四包，计《初学记》四册……"。此外，鲁迅在《汉文学史纲要》等文章里，也提到过这本《初学记》。

其次,《初学记》是一部类书,是由唐人徐坚等编辑而成。据说是唐玄宗为了让其儿子学诗作文时能引用经典典籍而命人编辑而成,目的就是为其皇子初步学习使用,使其作文时引经据典,以显示学问。这样的书,按理说学术的、文学的价值未必高,不过能看出皇权的趣味和传学的要求。在《好的故事》里,"我"大过年的捏着这样一本书,在"昏沉的夜",在昏暗的灯下阅读,情形是多么反差,格格不入的意思跃然纸上。于是就有了"我闭了眼睛,向后一仰,靠在椅背上;捏着《初学记》的手搁在膝髁上"。进而又有"我在蒙胧中,看见一个好的故事"。接着展开的是梦境,是梦境里的故乡山水,那是自然的,天然的,明亮的,亲切的,令人神往的。当"我"从梦中醒来,又是"我无意识地赶紧捏住即将坠地的《初学记》,眼前还剩着几点霓虹色的碎影"。毫无疑问,鲁迅是刻意把《初学记》与"好的故事"对立起来看待的。一本"皇子"读物让人昏昏欲睡,才有了梦中的幻境。书里的典故、金句,与梦中的幻境截然对立。虽然不能说鲁迅对《初学记》有什么捎带式的讥讽,但它的格调与梦中所见不搭是显而易见的。

这种例子在《野草》里也不是孤证。《死后》里提到一本书:《公羊传》。尽管是"嘉靖黑口本",难得的明版本,但言语中似带讽刺。

"您好?您死了么?"

是一个颇为耳熟的声音。睁眼看时,却是勃古斋旧书铺的跑外的小伙计。不见约有二十多年了,倒还是一副老样子。我又看看六面的壁,委实太毛糙,简直毫没有加过一点修刮,锯绒还是毛毵毵的。

"那不碍事,那不要紧。"他说,一面打开暗蓝色布的包裹来。"这是明板《公羊传》,嘉靖黑口本,给您送来了。您留下他罢。这是……"

"你!"我诧异地看定他的眼睛,说,"你莫非真正胡涂了?你看我这模样,还要看什么明板?……"

"那可以看,那不碍事。"

我即刻闭上眼睛,因为对他很烦厌。停了一会,没有声息,他大约走了。但是似乎一个马蚁又在脖子上爬起来,终于爬到脸上,只绕着眼眶转圈子。

鲁迅在北京上海时购买各类旧书籍、碑帖之类,是最大爱好。且日记显示,当时的北京和上海都有一处"博古斋"的去处,这里的"勃古斋"应是略改而已。《公羊传》相传是战国时齐人公羊高解释《春秋》"大义"的书。对于在"青年必读书"里倡导"少读,甚至不读中国书"的鲁迅而言,这样一部讲经说法的书,他持何种态度呢?1924年10月的《文学救国法》里,曾提《春秋公羊传》的"订正",以嘲讽"中国之弱,是新诗人叹弱的"一说。1934年9月12日,在致日本友人增田涉信中称:"研究曼殊和尚一定比研究《左传》《公羊传》等更饶兴味。"调侃之意也可以读出。这样一本书出现在《死后》这样一篇奇崛的作品里,用于衬托死后都被人硬塞这种"明版书"的荒唐和无奈。

寻找《野草》里的点滴踪迹,对于理解《野草》的帮助分明可见。有些作品并没有明确说过什么书名,但按文字信息探究下去,也各有意味在其中。

先说一例浅显的。《风筝》里,"我"年少时"折断""踏扁"小兄弟的风筝。离别很久,"我"已是中年之后,"惩罚终于来到了","我不幸偶尔看了一本外国的讲论儿童的书,才知道游戏是儿童正当的行为,玩具是儿童的天使"。一本书的不经意面对,使整个故事出现反转。这当然也许只是作文法的需要,随意点染罢了,就如同故事本身是否存在也有争议一样。但鲁迅读过甚至翻译过类似的文章倒是事实,而且我以为其中的观点说不定就在这一过程中识得。

1913年鲁迅即翻译日本人上野阳一的文章《儿童之好奇心》。文中对儿童好奇心的研究可谓全面。其中即有:"试察弦管纸鸢,必经童子之手,始生动作者,斯亘古今东西,无不愉悦之矣。"同年所译同一作者文章《社会教育与趣味》里边,又有专门的"玩具"一节。1914年,鲁迅又译有日本人高岛平三郎的实证类文章《儿童观念界之研究》。作者通过在特定学校学生中就绘画爱好所作调查,进而考察儿童观念、倾向、偏好,其中"游戏类"排列第五的是"放纸鸢","玩具类"排第一的是"纸鸢",作者还说:"故玩具之在平日,占儿童观念界虽甚多,儿童亦视之为至乐,而一入教室,则占据识域,顿有零落之概矣。"

可以推断,鲁迅在《风筝》里所说的外国书,大致就应该在上述所议的作品当中,至少其中的观点非常符合他的思考。

对于儿童如何健康成长,如何在保持完好心性中成熟发展,一直是鲁迅思考的问题。具体如早期在教育部任职的职责,扩大如对国民性改造的思考,凡事都有"从娃娃抓起"的想法。《风筝》之后,这种思考仍未停歇。1933年8月12日杂文《上海的儿童》认为:"童年的情形,便是将来的命运。"并说道:

中国中流的家庭，教孩子大抵只有两种法。其一，是任其跋扈，一点也不管，骂人固可，打人亦无不可，在门内或门前是暴主，是霸王，但到外面，便如失了网的蜘蛛一般，立刻毫无能力。其二，是终日给以冷遇或呵斥，甚而至于打扑，使他畏葸退缩，仿佛一个奴才，一个傀儡，然而父母却美其名曰"听话"，自以为是教育的成功，待到放他到外面来，则如暂出樊笼的小禽，他决不会飞鸣，也不会跳跃。

两天后的14日，又在杂文《我们怎样教育儿童的？》一文中，因为谈到孔乙己，而联想到中国自古以来对儿童的教育如何以压抑其天性为主，并提出：

中国要作家，要"文豪"，但也要真正的学究。倘有人作一部历史，将中国历来教育儿童的方法，用书，作一个明确的记录，给人明白我们的古人以至我们，是怎样的被熏陶下来的，则其功德，当不在禹（虽然他也许不过是一条虫）下。

这些都足以见出，一只风筝引起鲁迅内心沉重思考的可能性了。不管事实的有无或事件紧张的程度有多大出入，这样的思考和感情，确实具有高度的艺术真实性。

如果对《风筝》里的一本外国书的提及难免猜测，那么，对《希望》里的一句话的追究，却是多方坐实而且大有寓意的。

《希望》作于1925年1月1日，在新年的第一天写下如此诱人的题目,鲁迅是要重振心情了吗? 然而,这又是一次标题与正文之间的分裂,一次相互的逆反以及标题的悬置。《野草》诸篇里,凡重复两次及以上的句子,必是重点。重要的事情至少说"两遍"。《希望》里被重复的句子是:"绝望之为虚妄,正与希望相同。"这不但是《希望》的高潮,之前的所有文字都在向这个高潮涌动。全文出现了9次"希望",但"希望"是什么呢?"是娼妓",是虚妄,甚至连绝望都不过是虚妄而已。说《野草》是诗与哲学,莫过于这句话了。我在写作过程中尽量避免引用各路学者的阐释,但此处不得不借用日本学者北冈正子的论述来完成。首先,我认可她的一个结论:"奏响这《野草》主题曲的是这意味深长的一句——绝望之为虚妄,正与希望相同。"(北冈正子《鲁迅:救亡之梦的去向——从恶魔派诗人论到〈狂人日记〉》)其次,北冈正子关于这句话出处的考证与理解也极具说服力。关于她在这方面的研究,尤其是收在书中的两篇相关文章,我曾以《历史尘埃里折射梦想纹路》为题,写过一篇书评文章。这里只谈一下她对《希望》里引用的这句哲理之言的出处作一介绍。需要说明的是,北冈正子文章里反复强调,寻找出这句话出处的,是匈牙利汉学家高恩德。当然,我们从《鲁迅全集》的注释里已经读出同样信息,不知道注释者是否和何时获悉了高恩德的考证成果并认可与接纳之。至少1958年版的《鲁迅全集》并未对这句话作注解。李何林在20世纪70年代《鲁迅〈野草〉注解》里,对这一句子的注解也是只针对"虚妄"一词指出:"虚妄,佛家语,无实曰虚,反真曰妄。就是既不真也不实,不真实不存在。"这里其实忽略了一个问题,匈牙利诗人裴多菲如何使用了佛家语? 当然,中国学者也一直在为这句话的出处搜寻着。1980年,兴万生在《鲁迅研究(2)》发表《鲁迅著作中引用裴多菲诗文新考》,其中介绍,早在1977年,他就为此向中国驻匈牙利大使去信咨询,朱安康大使的回复是:"遵嘱向匈牙利老师查对你所需要的那句译文,经过多次反复,最后终于查到:这句话来自裴多菲散文著作《旅行书简》。"兴万生的文章还指出,这位"匈牙利老师",正是高恩德。而且这一信息"为新版《野草》注释工作补了一个空白"。

注释和信息的重点是两条。一是"绝望之为虚妄,正与希望相同",并非是裴多菲的一句诗,而是出自他的一封致朋友的书信。二是这句话本来夹杂在裴多菲的叙事中,通常的读者很容易忽略,然而鲁迅抓住了,提炼了,改造了,浓缩了,升华了,这是真正的超凡和让人惊诧之处。《鲁迅全集》的注释如此表述:

"绝望之为虚妄,正与希望相同",这句话出自裴多菲一八四七年七月十七日致友人凯雷尼·弗里杰什的信:"……这个月的十三号,我从拜雷格萨斯起程,乘着那样恶劣的驽马,那是我整个旅程中从未碰见过的。当我一看到那些倒霉的驽马,我吃惊得头发都竖了起来……我内心充满了绝望,坐上了大车,……但是,我的朋友,绝望是那样地骗人,正如同希望一样。这些瘦弱的马驹用这样快的速度带我飞驰到萨特马尔来,甚至连那些靠燕麦和干草饲养的贵族老爷派头的马也要为之赞赏。我对你们说过,不要只凭外表作判断,要是那样,你就不会获得真理。"

(译自匈牙利文《裴多菲全集》)

即使有三次省略,仍然可以看出这一描述的繁复程度。而北冈正子认为，"鲁迅切断了行文前后的关联，译成一个独立的语句：'绝望之为虚妄，正与希望相同。'由于仅凭这一句，便能表达出完整的意思，所以过去一直被推测为是一个诗句，真是把人骗得好漂亮。"这是对鲁迅创造性引用的极致赞叹了吧，她由此坚信，"这句话在《希望》里已经离开了裴多菲而成为鲁迅自己的话语。"也许还应强调，事实上，鲁迅在抽离、凝练这句话时，并未将裴多菲的叙述场景全部抛开，他很诗意化地想象诗人说出这句深奥绝句时的情景。"桀骜英勇如 Petöfi，也终于对了暗夜止步，回顾着茫茫的东方了。"提升是全方位的。这就是鲁迅，他不但"把人骗得好漂亮"，而是"骗"得很彻底。可以想象一下，没有这句话的抽离和创造性转化，《希望》的意味，可能就是另外一种情形了。

最后要说说《野草》里的最后一篇《一觉》。前面所述，都是中外典籍或经典诗文。《一觉》里提到的，是作者正身处其中的文坛上的两种刊物。这样的刊物放到前述的许多书里，肯定是不成比例的，因为它们影响小，寿命短，传承的可能性几乎没有。然而他们有如野草，顽强地生长、坚持，保持着生命的活力，见证呵护、维护它们的人们所做的努力。它们是鲜活的、有呼吸有温度的，具有极强的现实的标志作用。鲁迅非常看重这样的生命，就如同他多年后对白莽的诗的评价：东方的微光，林中的响箭。

《一觉》里记述的事项似乎是最分裂的。从飞机炸弹开始到受赠《浅草》，又到《沉钟》，中间穿插着自己编校文稿的生涯片段。而在这"形散"中的"神不散"者，是鲁迅要强调的"青年"二字。说到青年，那是让鲁迅热血沸腾的字眼，也是让他时而失望并颇受刺激的词语。默默地做着小事情，为了灵魂而坚守着的可爱的青年们，他们的魂灵依次"屹立在我眼前"。可以说,借助围绕在这两个小小刊物周围的青年,鲁迅不吝赞词,送给他们毫无保留的首肯和称赞。作品突出了"青年的魂灵屹立在我眼前"的意象,表达出"我爱这些流血和隐痛的魂灵"的深厚感情。因为他知道,这些魂灵代表着未来,代表着希望,有如"肩住黑暗的闸门"的担当者,虽然落后却非跑至终点而不止的竞技者,一样是火种的传递与接续。其实,《浅草》《沉钟》本身是否具有这么强大的意义和能量,除了鲁迅,其他的人是否也这么看,那真是另外一个话题。重要的是鲁迅在他们身上所赋予的寓意、所寄托的热望,总共出刊四期,存活了两年时间的《浅草》,时断时续艰难维持的《沉钟》,围绕着它们的青年,在鲁迅眼里,正是万千坚忍不拔的理想者的形象。

作为五四中后期出现的文学刊物,《浅草》于1923年3月在上海创刊,是自费编辑出版发行的同人刊物,第2期后便不能如期出版,1925年2月停刊。1925年10月创刊于北京的《沉钟》,是《浅草》的接续者。《一觉》里所讲的"在北京大学校园预备室里送给我一本《浅草》"的"并不熟识"的青年,正是浅草社的成员冯至。鲁迅在多年后的1935年,称其为"中国最杰出的抒情诗人"。冯至在《鲁迅与沉钟社》的回忆文章里,曾就浅草社到沉钟社的缘起、变革、转换、兴衰,特别是鲁迅与其关系做了回忆。文章也强调了鲁迅对他们的关心和鞭策。"鲁迅除了谈论文学与时事外,对我们也提出批评,他说:'你们为什么总是搞翻译、写作,为什么不发议论?对些问题不说话?为什么不参加实际斗争?'这是对我们最大的爱护。"1929年5月,鲁迅由上海到北京探亲,冯至、杨晦、陈炜谟等同人到鲁迅北京家中访问,"鲁迅那天的谈话,很大部分都谈的是在这大动荡的时代,一些青年人使他感到失望。"鲁迅始终把这些热爱文学的青年,当做是中国的,请来交流,并且给予鼓励和支持。

1935年,鲁迅选编《中国新文学大系·小说二集》,其中就选了《浅草》《沉钟》发表的部分作品,他在序中专门就此做过较长的论述,不妨截来一阅。

一九二四年中发祥于上海的浅草社,其实也是"为艺术而艺术"的作家团体,但他们的季刊,每一期都显示着努力:向外,在摄取异域的营养,向内,在挖掘自己的魂灵,要发现心里的眼睛和喉舌,来凝视这世界,将真和美歌唱给寂寞的人们。韩君格,孔襄我,胡絮若,高世华,林如稷,徐丹歌,顾璒,莎子,亚士,陈翔鹤,陈炜谟,竹影女士,都是小说方面的工作者;连后来是中国最为杰出的抒情诗人冯至,也曾发表他幽婉的名篇。次年,中枢移入北京,社员好像走散了一些,《浅草》季刊改为篇叶较少的《沉钟》周刊了,但锐气并不稍衰,第一期的眉端就引着吉辛(G.Gissing)的坚决的句子——"而且我要你们一齐都证实……我要工作啊,一直到我死之一日。"

但那时觉醒起来的智识青年的心情,是大抵热烈,然而悲凉的。即使寻到一点光明,"径一周三",却更分明的看见了周围的无涯际的黑暗。摄取来的异域的营养又是"世纪末"的果汁:王尔德(OscarWilde),尼采(FrNietz—sche),波特莱尔(Ch-Baudelaire),安特莱夫(LAndre—ev)们所安排的。"沉自己的船"还要在绝处求生,此外的许多作品,就往往"春非我春,秋非我秋",玄发朱颜,却唱着饱经忧患的不欲明言的断肠之曲。虽

《浅草》封面

是冯至的饰以诗情,莎子的托辞小草,还是不能掩饰的。凡这些,似乎多出于蜀中的作者,蜀中的受难之早,也即此可以想见了。不过这群中的作者们也未尝自馁。陈炜谟在他的小说集《炉边》的"Proem"里说——"但我不要这样;生活在我还在刚开头,有许多命运的猛兽正在那边张牙舞爪等着我在。可是这也不用怕。人虽不必去崇拜太阳,但何至于懦怯得连暗夜也要躲避呢?怎的,秃笔不会写在破纸上么?若干年之后,回想此时的我,即不管别人,在自己或也可值眷念罢,如果值得忆念的地方便应该忆念。……"

自然,这仍是无可奈何的自慰的伤心之言,但在事实上,沉钟社却确是中国的最坚韧,最诚实,挣扎得最久的团体。它好像真要如吉辛的话,工作到死掉之一日;如"沉钟"的铸造者,死也得在水底里用自己的脚敲出洪大的钟声。然而他们并不能做到,他们是活着的,时移世易,百事俱非;他们是要歌唱的,而听者却有的睡眠,有的搞死,有的流散,眼前只剩下一片茫茫白地,于是也只好在风尘顸洞中,悲哀孤寂地放下了他们的箜篌了。

无论是冯至的回忆,还是"序"中的论述,都与我们从《一觉》里读到的感受接近。鲁迅关心、关注文学和作家作品,支持刊物的生存发展。关心围绕在这些刊物周围的青年的成长,鼓励、支持他们参与到社会斗争当中,而不要"咀嚼着身边的小小的悲欢,而且就看着小悲欢为全世界"。他对同样在《浅草》上发表过作品的废名的评价就认为,"可惜的是大约作者过于珍惜他有限的'哀愁'",所以"就只见其有意低徊,顾影自怜之态了"。

《一觉》的真正主题正是"青年"。他认为沉钟社"却确是中国的最坚韧,最诚实,挣扎的最久的团体"的评价,一如他在广州时致李霁野信中所言:"看现在文艺方面用力的,仍只有创造,未名,沉钟三社,别的没有,这三社若沉默,中国全国真成了沙漠了。"就此而言,我们就不难理解,"我"收到一本《浅草》之后,发出那样意味深长的感慨,这感慨有着穿越历史、直抵人心的力量,至今仿佛仍在回响:"阿,这赠品是多么丰饶呵!"

在我就要收束这一节的叙述,合书之际,却又在《野草》的最后一页看到一条注释:"托尔斯泰"。是啊,《一觉》里,鲁迅为比喻《浅草》和《沉钟》的生命力顽强,借用了一种叫"野蓟"的植物,"野蓟经了几乎致命的摧折,还要开出一朵小花,我记得托尔斯泰曾受了很大的感动,因此写出一篇小说来"。是的,这仍然是一个不应该忽略而过的典籍细节。

这篇小说是指托尔斯泰的中篇小说《哈吉穆拉特》,我按照鲁迅的指引阅读托尔斯泰的这篇晚年之作,再回过来看鲁迅的简洁阐释,不得不叹服,这又是一个类似于"绝望之为虚妄,正与希望相同"的创造性转化。

野蓟,即牛蒡花,是哈吉穆拉特在被追杀的途中,于荒漠里所见的一朵花。他的感慨及托尔斯泰的寓意可谓恰切。鲁迅在借用时既保持了小说原来的含义,又进行了适度的"改写"。一是小说里的一朵花到了鲁迅笔下,变成"草木在旱干的沙漠中间,拼命伸长他的根,吸取深地中的水泉,来造成碧绿的林莽"。借一朵花而想象出"林莽"。二是把小说里的英雄想象成"疲劳枯渴的旅人",形象立刻脱出小说原来的社会情境,而变成《野草》里的"过客"式人物。三是作家的感慨也已自主化:"这是如何的可以感激,而且可以悲哀的事!?""感激",也是《过客》里被反复讨论过的词,用在这里还是可以理解的,但为什么同时又是可以"悲哀的事"?鲁迅接着引用了《沉钟》的"无题",表达出社会的混沌、阴沉、离奇、变幻,简直比荒漠里的静穆还要让人难忍,一个无处可走的旅人,看到一朵花就觉得遇到了暂时肩息之所,这小小的慰藉固然是让人感激的事,然而其虚幻和无用又同时是怎样的令人悲哀!这一层意思应该是鲁迅借托尔斯泰的故事之壳生发出的特别意义,当然说成是对托翁小说理解上的深化也可以成立。无论如何,这样一篇民族感、历史性标识特别明晰的小说,一个小小的细节,被鲁迅拿来,进行了完全契合于《野草》格调的改写。联想到《复仇(其二)》对圣经故事的改写,《希望》对裴多菲书信的改写,鲁迅视野的广博,理解的深邃,引用与转化的创造性表达,确实达到了令人称奇、叹服的境界。

像《我的失恋》那样的含着打油诗味道的作品,明确标注了"拟古",格式、趣味颇多相近和对位处。有的作品也有让人联系到古人的或外国的作品,不过因为表达的依据包括题材格式大相径庭,则不怎么被人关注和提及了。不过,我这里仍然愿意把相关资料记录下来,而且也的确以为,这些资料虽无法成为打开理解《野草》的一个窗口,但也不能说没有启人之处。

《影的告别》是《野草》从行文到主题都颇难理解的一篇。其异样和极端给人横空出世之感。大约去年吧,我读到日本学者丸尾常喜的《耻辱与恢复——从〈呐喊〉到〈野草〉》一书。在谈到《影的告别》时,提到东晋诗人陶渊明就有过"形影"之间互相对话的"诗三首"。

形影神三首(并序)

贵贱贤愚,莫不营营以惜生,斯甚惑焉;故极陈形影之苦,言神辨自然以释之。好事君子,共取其心焉。

形赠影

天地长不没,山川无改时。
草木得常理,霜露荣悴之。
谓人最灵智,独复不如兹。
适见在世中,奄去靡归期。
奚觉无一人,亲识岂相思。
但余平生物,举目情凄洏。
我无腾化术,必尔不复疑。
愿君取吾言,得酒莫苟辞。

影答形

存生不可言,卫生每苦拙。
诚愿游昆华,邈然兹道绝。
与子相遇来,未尝异悲悦。
憩荫若暂乖,止日终不别。
此同既难常,黯尔俱时灭。
身没名亦尽,念之五情热。
立善有遗爱,胡为不自竭?
酒云能消忧,方此讵不劣!

神　释

大钧无私力,万理自森著。
人为三才中,岂不以我故。
与君虽异物,生而相依附。
结托既喜同,安得不相语。
三皇大圣人,今复在何处?
彭祖爱永年,欲留不得住。
老少同一死,贤愚无复数。
日醉或能忘,将非促龄具?
立善常所欣,谁当为汝誉?
甚念伤吾生,正宜委运去。
纵浪大化中,不喜亦不惧。
应尽便须尽,无复独多虑。

应当说,至少说明这种"形""影"对话的方式是古已有之,像"影答形"里的"憩荫若暂乖,止日终不别。此同既难常,黯尔俱时灭",与《影的告别》里的"然而黑暗又会吞没我,然而光明又会使我消失"颇有相近的意思。当然了,陶渊明探讨的是近乎佛家的人生常理,是抽象、说教的推论、辩论。《影的告别》就大异其趣了。

说到陶渊明,鲁迅与之确实渊源不浅。1915年的鲁迅书账里,陶渊明的名字就出现多处。"仿苏写本""仿宋本""景宋本""袖珍本"的《陶渊明集》齐聚书斋,《陶渊明诗》也有多个版本。买来的,受赠的,送人的,似成小小"热点"。鲁迅杂文里也时常会谈及陶渊明,拿他举例,意在说明一个观点,没有什么完全的山水诗人,也没有什么纯粹的闲适,生存是第一位的。条件和地位决定了风雅的有无。有代表性的如《魏晋风度及文章与药及酒之关系》,说陶渊明,"他的态度是随便饮酒,乞食,高兴的时候就谈论和作文章,无尤无怨。所以现在有人称他为'田园诗人',是个非常和平的田园诗人。""但《陶集》里有《述酒》一篇,是说当时政治的。""据我的意思,即使是从前的人,那诗文完全超于政治的所谓'田园诗人'、'山林诗人',是没有的。完全超出于人间世的,也是没有的。"1935年,杂文《病后杂谈》又说道:"'采菊东篱下,悠然见南山',是渊明的好句,但我在上海学起来就难了",所租的房子、院子,每月总得一两百,水电在外……"所以"雅要地位,也要钱,古今并不两样的"。同年发表的《隐士》又说:"所以虽是渊明先生,也还略略有些生财之道在,要不然他老人家不但没酒喝,而且没有饭吃,早已在东篱旁边饿死了。"1936年的《题未定草(六至九)》又强调了世人只看重陶渊明"隐"的一面,却忘记了"这'猛志故常在'和'悠然见南山'是一个人,倘有取舍,即非全人,再加抑扬,更离真实"。进而"我每见今人的称引陶渊明,往往不尽为古人惋惜"。从1915年读、谈陶渊明,这20年间,鲁迅经历了太多,但有一条认识没有改变:归隐的背后也有功利,风雅的名号后面是地位。说的严肃、正规点就是:一要生存,二要温饱,三要发展。

说到写作上的相似或相同,我还看到一例,不妨也借来记录,无论如何,这也是众多研究中努力寻找新意的体现。李欧梵的《铁屋中的呐喊》有专门讨论《野草》的论文,其中就谈到,鲁迅的《墓碣文》让他联想到一首英文诗,他说:"值得注意的是这首诗和Stephen Crane的一首诗非常相像,虽然我不能证明鲁迅读过Crane的这首诗。"原诗(汉译)如下：

> 在沙漠里，
> 我看见一个家伙，裸着，像兽一样，
> 他蹲在地上，
> 手里拿着他的心，
> 并且吃着。
> 我问：朋友，这好吗？
> 他回答：这很苦，很苦。
> 但我喜欢它，
> 因为它苦。
> 因为它是我的心。

李欧梵没有在正文里讲述这个发现，而是作为一条注释不确定地聊备一说。我也无力探究这种关系线索，但我更倾向于确认一点，"抉心自食"可能是某种人类学、宗教学意义上的隐喻吧，作家拿来各自诉说，真不必强调谁有"发明权"。但这种追究式的研究，不正是本事考要做的"微言"中寻"大义"的事吗？

这一章总是要在收束的时候又发现新料。既然是本事考，就意味着要遵守两条，尽管这两条听起来多少有点矛盾：尽可能准确，努力使之确凿。尽可能丰富，把各种可能性都囊括进来，当然要说明自己的不确定，也许说不定能启发了别人。沿着这样的想法，我又补充了上面这两条：一条是古人的，中国的陶渊明；一条是现代的，转述了美国的李欧梵的不确定的注释。

这就可以了吧,从基本事实到尽可能确凿,再到不确实的联系,再做下去,就可能离本事考渐远而接近索隐派了。我也的确这样告诫自己。不过,最后,还得再来"补一刀",这一"刀"并不狠,但的确关乎一把刀。丸尾常喜书里说,鲁迅的《影的告别》里暗藏着"杀机",这杀机既有"杀人"也有"自杀"。1925年3月18日,鲁迅在致许广平信中说:"我的作品太黑暗了,因为我觉得惟'黑暗与虚无'乃是'实有',却偏要向这些作绝望的抗战,所以很多着偏激的声音。其实这或许是年龄和经历的关系,也许未必一定的确的,因为我终于不能证实:惟黑暗与虚无乃是实有。"(鲁迅、许广平《两地书·四》)。再往后看,《两地书》里确有些记述接近了这个话题。鲁迅5月30日信中谈到了"死"。"例如我是诅咒'人间苦'而不嫌恶'死'的,因为'苦'可以设法减轻而'死'是必然的事,虽曰'尽头',也不足悲哀。"许广平在6月1日的回信中,则谈到了"刀"。这"刀"据说是到鲁迅家中造访时看到的,鲁迅用来护身的武器。然而许广平却提示道:"褥子下明晃晃钢刀,用以克敌防身是妙的,倘用于……似乎……小鬼不乐闻了!"

鲁迅在6月2日的回信中回应:"短刀我的确有,但这不过是为夜间防贼之用,而偶见者少见多怪,遂有'流言',皆不足信也。"我曾经在一篇谈论鲁迅与酒关系的文章里讲过,酒对鲁迅而言,常常是谈得多喝得少,之所以谈得多,主要是在《两地书》里,许广平以劝"少饮"体现关心,鲁迅则以少喝或不喝,甚至喝了也无妨来回应这种关心体贴。由此推论,关于"刀"的谈论也远未达到需要担心"自杀"与"杀人"的地步,关心而已,体贴罢了。不过,鲁迅的确也和别的人谈论过这一敏感话题,1926年8月24日在致李秉中信中说过这样的话:"我常常想到自杀,也常想杀人,然而都不实行,我大约不是一个勇士。"这听起来很有点可怕,然而"都不实行"才是重点,话题而已,虚拟罢了。

关于鲁迅的刀,的确还有些别的证据,许广平在《鲁迅和青年们》里边也谈到过。"先生病时,据他的同乡讲,他房里有两把刀,一把就放在床褥下面,他很孝顺他的母亲,如果他的母亲不在,在这可悲愤的环境里,他可能会自杀。"但又说:"这毕竟是一种传说。"(许广平《十年携手共艰危——许广平忆鲁迅》)最早知道鲁迅身边有刀的,是他的三弟周建人。周建人在《鲁迅故家的败落》里有这样的记述:

> 大哥从日本带回来一盆日本水野栀子,就放在明堂里。另外,就是一个日本景泰蓝小花瓶和两把短刀——两把短刀中,一把短些,两边有刃,做短剑形,装有黄漆的木头短柄,有黄漆木套,是在日本留学不久,因为觉得样子有趣买来的,他送给我玩。另一把长些,做刀形,式样很旧,两面平的,没有血槽,装一个白木头的柄和套。套的两半合拢,用白皮纸条卷拢粘住,是一点不牢固的。大哥说这一把刀是日本一个老武士送给他的。他怎么与那老武士认识,我没有问他,听他所讲的情形猜想起来,也许是他的房东或近邻,所以常遇见的吧!老武士告诉他,这刀曾经杀过人的。除刀面略有锈斑以外,别的地方光滑且亮,但我疑心钢质并不怎么好,因为把它戳在板壁上,拔下来时,刀头有点歪。

《影的告别》里并无刀的意象,《墓碣文》里有"抉心自食"但用的是毒牙。有"利刃"的是《复仇》,而且《复仇》的描写,实际上从一开始就有一个特别视角:利刃。"人的皮肤之厚,大概不到半分,鲜红的热血,就循着后面,在比密密层层的爬在墙壁上的槐蚕更其密的血管里奔流,散出温热。"这是第一段的开头。"倘若用一柄尖锐的利刃,只一击,穿透这桃红色的,菲薄的皮肤,将见那鲜红的热血激箭似的以所有温热直接灌溉杀戮者。"这是第二段的头一句。这尖锐、残酷、逼真,恐怕没有学过解剖学是描述不到位的。当然其后的描写是逐渐趋冷,让"看客"们看一幅无聊的、没有杀戮也没有拥抱的情景。"捏着利刃""干枯地站立着",成了文章的突出意象。在另一篇《这样的战士》里,战士举起的,则不是短兵相接的利刃了,而是一掷即可致命的投枪。人常说,鲁迅杂文是匕首,是投枪,《野草》里果真是有匕首,也有投枪,而且写作《野草》的"老虎尾巴"的枕头下,还真的有一把"明晃晃的钢刀"。

补上这一"刀",关于《野草》的本事考,就真的该结束了。

6.结语:为什么会有本事考?

　　对我而言,写这种考证式的文章,绝非长项。在鲁迅研究里,想提出哪怕一粒米大的人所未见的材料,几乎也是不可能的。但我还是想坚持沿用这一概念,不是因为我可以完成好,而是想强化这一概念在理解《野草》时的助力作用。以往关于《野草》的评价,最突出的是研究相对还不够充分,他的小说杂文不用说了,这几年对他的翻译和文学史研究也都给予相当重视,出了很多成果。相对而言,对《野草》的阐释似乎还是偏少。在并未达到充足的研究中,还有这样一些明显的倾向,即对《野草》的阐释出现明显的差异,一种是把《野草》理解成鲁迅参与社会斗争的产物,把写作《野草》时的鲁迅看成是五四出现低潮,鲁迅的战斗更加孤独,在他还未找到更先进的理论,未看到更大的进步力量的时候,他要肩住的黑暗的闸门就更加沉重。作为孤独的个人,他依然努力抗争着,绝不放松。但同时,也会产生失望的情绪,甚至有悲观、愤懑、空虚的感受,《野草》就是这种复杂心境的表达。这类研究对鲁迅的理解仍然达到了相当高的程度,对于具体某一作品的阐释,也多有精彩之处。但明显受局限于研究者所处的历史条件和环境约束,有些话语似乎在针对性上并不强。另一种与之有着明显差异,更强调《野草》的黑暗面,强调其与西方现代艺术的直接、间接的联系。侧重对其黑暗空虚的流露及其复杂的寓意,但对与鲁迅战斗、工作、生活的环境的关系却较少涉及。

以上两种分析,前者有把《野草》类同杂文的意思,后者则强调其诗性和现代性。第三种研究,近年来似成主流。这种研究具有综合以上两类观点的意味,综合后的结论,就是强调《野草》是"鲁迅的全部哲学"。思想上是哲学,艺术上是诗,成了大家的基本共识。

相对于《野草》研究的偏冷,持何种观点以及是否周全,也许没有那么值得商榷。也许我们把《野草》太当作散文诗了,忘了它其实来源于鲁迅的"小感触",而这"小感触"大多又源于鲁迅所生活的现实,现实的环境,现实的人际,现实的经历,现实的心境。《野草》的写作没有离开北京,甚至几乎没有离开宫门口西三条的居所。《野草》里也有《朝花夕拾》里的"故乡"的记忆,也有《华盖集》式的现实的战斗,有学养积累的流露,有博览产生的触动,有天上的星月,也有地上的花草,有远古的神话,也有手边的器物。《野草》不是天上掉下来的,也不是灵感的乍现,更不是迷醉后的呓语。《野草》是现实的土壤生长出来的,"吸取露,吸取水,吸取陈死人的血和肉"。《野草》是有呼吸的,这呼吸有北方的灰尘,也伴着江南的烟雨,有树木的清香,也有眼前的血腥,当然,还有个人的心境和梦幻。《野草》就是用奇崛的文字对这一切做的记录和表达,这所有的一切,一旦进入《野草》,就放大了,变形了,变异了,升华了,极致化了,诗意了,抽象了,总之是经作者之心过滤,经作者之笔落地了。我以为,对《野草》的研究和阐释,不能离开这些烟火气。它们有大有小,时大时小,有对人性的解剖,也有对现实的关切,有对强大的人类共性的描写,也有对稍纵即逝的个人梦幻的捕捉。理解《野草》,离不开这些具体的情节,甚至书架上的一册书,书桌上的一盏灯。这就是我所谓的《野草》的本事。比起真正的学者式的、严谨的本事考订,我这里的本事有一点像是概念借用,它不完全符合其本意要求,如果哪位方家就此来较真儿,我是完全应该投降的。但我坚持沿用"本事考",而非其他诸如"现实素材"之类的说法,就是想强化《野草》在这一层面上的价值。我认为这应当成为打开理解《野草》的一把钥匙,推开开放《野草》意义的一扇窗户,是接近鲁迅、理解鲁迅的一个通道。理解《野草》,也应该回到本事,回味本事,从而抖落这么多年来落在《野草》上面的思想的尘埃。当然,思想本身很重要,这正是我接下来想要努力去接近的。

第二章

箭正离弦
——《野草》的诗性与哲学

1.本事是缘起、元素,但不等于就是题材

  我努力从本事的角度探寻鲁迅创作《野草》系列的缘起,但也十分清楚,《野草》的真正价值不在于本事的对位,而在于深邃的思想和超凡的艺术。《野草》主体部分的创作,起始于1924年9月,贯穿1925年全年,1926年初又写了两篇。这一时期是鲁迅创作的井喷期,他的小说、杂文以及学术研究、翻译齐头并进,交错进行;这一时期也是鲁迅社会活动最频繁,编稿负担很重,同时在多所学校兼职授课的时期;这一时期是他经历女师大风潮、"三一八"惨案,为中国青年的牺牲感到悲痛,又为他们的英勇感到欣慰的时期;这一时期还是他与论敌开战,火力最猛、杂文风格彰显、杂文文体渐向成熟的时期;这一时期是他仍然在教育部做被敌手嘲讽和谩骂的"官员",又惹怒上司、被开除也要打官司"官复原职"的时期;这一时期是他与二弟周作人失和,闹得满城风雨,痛苦难言的时期;这一时期也是他无奈出离自己买的八道湾的房子,借居砖塔胡同,又四处看房,最终举债买下宫门口西三条的新屋,有了安居之所的时期;这一时期是他不得已带着深爱的母亲和无爱的妻子朱安寻找新的生活"规律"与"节奏"的时期;这一时期还是他与许广平结识并增进了解与

感情的时期;……在这样的特殊时期,鲁迅的心境、情感、思想的复杂可想而知。他的任何一种文字,无论小说、杂文、散文还是散文诗,都不可能是单色的,它们的复杂性和相互之间的纠缠,为后人解读这些作品带来无数的谜题和困难,当然也形成无尽的诱惑。

所以,不能把《野草》里的某篇理解成是对某一现实事件或生活俗事的记述,哪怕说成是对这件事的隐喻。那样做可能都对理解《野草》的深度、认识《野草》在艺术上的高度形成制约,造成局限。是的,鲁迅说过某一篇作品的写作缘起,但这些缘起未必是文章的核心要义,它们是引子,是导火索。我们必须记住这些要素,从而不要把《野草》解读成无本之木。却也不能揪住不放,究其一点,从而损伤了《野草》的开放性、超越性,忽视或抹去了它的现代性。

有些现实中的人和事肯定影响了《野草》的写作,但如果一定说某一文就是指某一人或事,我以为这样的理解都有可能使格局变小而在小格局中又过度阐释。发生在鲁迅身上的事总有难以理清的复杂性,使之和他复杂的作品产生或有或无的"关联",见仁见智的解读。但非要把哪一篇解读成就是"专指",除非鲁迅自己声明过,否则要慎重。

就说兄弟失和吧。这事发生快一百年了,至今仍然是个谜。要说两人失和时,除了扔书,并未发生撕扯。比起今天我们在电视上"生活"频道看到的兄弟姐妹为了一套房子大打出手、互相指责、对簿公堂,鲁迅的主动避让已是避免冲突的最大牺牲了吧。是他买了八道湾的房,把全家老少接到北京生活。正如鲁迅母亲说的:"办理手续,修缮房屋,购置家具,奔走借贷,都由他一人承担。"(俞芳《我记忆中的鲁迅先生》)最后却又是他被迫搬出,到砖塔胡同租房另住。"兄弟失和"就要在2023年迎来"一百周年",估计少不了又要推出若干文章和"专著"。但我的感受是,这事之所以引来后来者无数的猜测、议论和考究,最重要的原因其实不是别的,是鲁迅与周作人失和后自动做出的共同选择,即对事件本身不解释、不评价、不辩驳。周作人曾写下两篇表明自己态度的文章,一篇叫《不辩解说(上)》,另一篇叫《不辩解说(下)》。他在文章里虽然对鲁迅的挚友,也是他的同乡熟人许寿裳的评论大表不满,认为有失君子之风,但他也认同许寿裳的一个观点,即:坚持对失和不作任何发言,"没有一个字发表",正是鲁迅的伟大处。周作人认为"这话说的对了"。鲁迅的日本青年友人增田涉曾说:"有过鲁迅跟弟弟周作人不和的传闻,但是,我一次也没有从鲁迅的口里听过非难周作人的话。"(增田涉《鲁迅的印象》)而且我们看,凡知此事内情者,似乎都像跟周氏兄弟订了同盟似的,决不乱讲。鲁迅的朋友青年川岛就是其一。发生八道湾冲突的当时,周作人还电话叫来了两个"证人",都是北大的同事,张凤举和徐耀辰,这二人事后也几乎没有爆过什么"猛料"。即使当事人之一,冲突的主要引发者羽太信子,也没有过什么新的胡搅蛮缠的说辞。这些都可以确保二人不再通过文字使冲突升级。

周作人倒是讲起过鲁迅创作中与这场冲突有关系的作品,他举到的主要是《弟兄》,几乎是"实证"式地考论了一番。这是有几分道理的。但他认为鲁迅的《伤逝》也是借了"男女"爱情而表达痛失兄弟之情的痛苦,这样的解读却远远超出了我们的理解范围,而且我觉得也贬损了《伤逝》的诗意以及艺术上的完美。周作人的文字,时有对"恶趣"的欣赏和玩味,这可能与他受日本文学、文化影响太深有关，而且他用曲笔的方式对鲁迅作特别"弯弯绕"式的消解，也是时而能让人感觉到的。周作人把鲁迅小说里的人物，一一到现实生活里对位寻找，虽然不能做小说的正解，但也确实为理解鲁迅小说提供很多的帮助。但周作人每遇到他认为与"事实"不符的人物或情节时，他不说这是虚构，而只说这是诗，说鲁迅是诗人。比如对《父亲的病》，鲁迅写到父亲临死前"我"大声呼喊"父亲"以求挽留其生命，周作人就认为这情节不可能发生，这是诗。但周作人把鲁迅最像诗的小说《伤逝》解读成俗事，也是够能想象的。我认可何满子先生的一个观点，语虽激烈，但道理可通。他认为周作人"晚年以待罪之身，靠拾掇点鲁迅往事卖文为活，吃鲁迅饭了，所作的《鲁迅的故家》《鲁迅小说里的人物》，看似老人怀旧，其实是以考证实事的方法将鲁迅的创作贬为记述琐屑见闻的自然主义作品，导人进入误区，使人忘掉了鲁迅揭示广袤的现实人生的内容和促人疗救世弊的战斗意义。不过用心深曲，不易为人察觉罢了。"（何满子《读鲁迅书》）

但毕竟是兄弟之间的事，错也罢，对也罢，他们的说法总是最有参考价值。真相只在兄弟二人心里。别人的猜想大都是自己瞎操心，自主拉偏架，意义并不大。

再说鲁迅人生中另一敏感话题：朱安。关于朱安与鲁迅，有一种固定认识，即朱安辛苦一生，寂寞一生，一无所有又不知该去怨谁。的确，作为鲁迅的妻子，她几乎没有从鲁迅那里得到任何应该得到的温暖。她的人生干枯到了极点。从八道湾迁居砖塔胡同，开始时只有鲁迅与朱安两个人，但这丝毫没有给朱安任何接近鲁迅的可能。曾经是砖塔胡同的邻居、比朱安年轻三十多岁的俞芳，曾经撰文记述她与朱安有过的对话。对话是知道了鲁迅已经与许广平一同到上海居住的消息后进行的：

> 有一天，太师母（鲁迅母亲——本文注）在午睡，我和大师母站在（西三条）北屋台阶上谈起这事。我说："大先生和许广平姐姐结婚，我倒想不到。"大师母说："我是早想到了的。""为什么？"我好奇地问。"你看他们两人一起出去……""那你以后怎么办？"不料这一句话触动了她的心，她很激动又很失望地对我说："过去大先生和我不好，我想好好地服侍他，一切顺着他，将来总会好的。"她又给我打了个比方说："我好比是一只蜗牛，从墙底一点一点往上爬，爬得虽慢，总有一天会爬到墙顶的。可是现在我没有办法了，我没有力气爬了。我待他再好，也是无用。"她接着说，"看来我这一辈子只好服侍娘娘（太师母）一个人了，万一娘娘'归了西天'，从大先生一向的为人看，我以后的生活他是会管的。"

俞芳说朱安这个比喻给她印象很深，感觉"真有一只蜗牛落地上跌伤了"。只能说朱安用自己一生的悲苦道出了一个听上去一点都不蹩脚的比喻。

朱安一生严守三从四德而毫无回报，只用封建婚姻牺牲者总结似乎对她仍有不公，后人评说时不能不带着同情而又无语。其实，一切都能隐忍的朱安，在一些关键问题上却非常固执，这也是这场不幸婚姻只能以终老画上句号的原因之一。话说最初知道母亲为自己安排了这么一个婚姻，鲁迅虽然不悦，但又不愿违背母亲意愿。他没有提过多要求，就是希望缠了小脚的朱安能放脚，同时能识字。那就意味着，也许鲁迅还是打算事实上接受这一命运安排的。但朱安没有按照鲁迅信中的要求去放脚（有说是其家人未答应）。迁出八道湾时，鲁迅也曾询问过朱安是否愿意回绍兴老家，并保证提供她所需的生活费。朱安对此并没有一哭二闹，而是很冷静地回答："八道湾我不能住，因为你搬出去，娘娘（太师母）迟早也要跟你去的"，"你搬到砖塔胡同，横竖总要人替你烧饭、缝补、洗衣、扫地的，这些事我可以做，我想和你一起搬出去"。如此冷静的"悲情牌"可不是谁都能打的，这是生活的无奈逼迫使然，但的确让鲁迅束手无策。俞芳也不得不感慨："从她处理这件事来说，我发现她不简单，她并不是我一向认为的无知、无识、无忧、无虑的大师母，而是很有主见的人。"她同时也认为，"后来我长大了，每想到这件事，总觉得这对大先生来说，实在是很苦恼的。"

1943年，鲁迅母亲去世。朱安原来设想的"娘娘"过世后"大先生""会管"她的生活，全都与实际结果不符。她是三个人当中最后离开人世间的那一个。朱安一个人在北京苦撑生活，本来有许广平每月从上海寄生活费可以保障，但后来因许广平"生了一场大病"以及汇兑遇阻等原因中断（据许广平致朱安信）。北京文化界传出朱安有要卖鲁迅书籍维持生计的打算，许广平听闻后非常着急，曾去信劝阻。1944年10月，唐弢、刘哲民受许广平及鲁迅生前好友委托去北京力劝。只能吃稀粥和咸菜的朱安知道来意后激动地回应道："你们总说鲁迅遗物，要保存，要保存！我也是鲁迅遗物，你们也得保存保存我呀！"（以上均引自俞芳《我记忆中的鲁迅先生》）这个回应也是十分得要领啊。作为鲁迅的夫人，她仿佛也受过一点感染似的。当然,仍应理解成是其悲苦人生的直言和表白才更对。

即使在鲁迅在世时,周围的人不少青年学生如许钦文等,就对朱安拒绝学习文化感到不解。鲁迅的母亲也没有上过学,但她靠自己学习达到了读书看报的程度。她甚至可以不喜欢《三国演义》而喜欢《三侠五义》,她让鲁迅替她去买《古今奇闻》之类的小说,但对鲁迅的作品却不甚了然。听到别人向她转述鲁迅小说《故乡》的情节,她却认为,这是小说吗,在我们家乡这种事多得很。直至鲁迅去世的消息传来,她在悲痛中"广求关于儿子死后的一切记载",并对别人说:"有些人想遮瞒我,那里瞒得住我,我会看书的。"(许广平《母亲》)

比母亲年轻二十岁的朱安,却至死都不曾识字。从一些记述看,鲁迅对朱安的态度还不只是同情与冷漠就可以概全。也是俞芳记述的,说鲁迅的母亲曾经问过他,朱安有什么不好。"他说和她谈话没味道,有时还要自作聪明。"鲁迅还举了一个例子。"有一回鲁迅说起日本的某种东西好吃,她(朱安)说是的,是的,她也吃过的。其实这种东西不但绍兴没有,就是全中国也没有,她怎么能吃得到?"

总之,"百依百顺"的朱安却在拒绝放脚、拒绝回绍兴、拒绝识字上固执坚持,让这一悲剧一直上演到大家都燃尽了生命的光。

兄弟失和、不幸婚姻,肯定影响了鲁迅情绪,影响了他心底的颜色,影响了《野草》的创作,但说哪一篇就是以此为主题的,我却说不出,也不认为必定有,也不主张那样解读。当然,有一点倒值得说一下,周作人为鲁迅作品里的人物、故事做了那么多不厌其详的考证工作,但我所见过的文章里,对《野草》,除了提到《风筝》里的儿时故事是子虚乌有的"创作"外,却似乎没有做过类似的"考订"。这确也有点奇怪吧。或许他不喜欢这样的文体或风格？不知道他从《野草》中读出了什么。但应该肯定，他对《野草》实际上是很关注的，还是何满子的文章里，曾经引用周作人的一段话，颇有意味：

> 有些本来能够写写小说戏曲的，当初不要名利所以可以自由说话，后来把握了一种主义，文艺的理论与政策弄得头头是道了，创作便永远再也写不出来，这是常见的事实，也是一个可怕的教训……把灵魂卖给魔鬼的，据说成了没有影子的人，把灵魂献给上帝的，反正也相差无几。不相信灵魂的人站得住了……
>
> （周作人《蛙的教训》）

何满子认为这是周作人对鲁迅的指桑骂槐。顺着这一观点，我以为内中"据说成了没有影子的人"似是暗指《影的告别》，"把灵魂卖给上帝的"又似联想到了《复仇（其二）》。何满子认为，到最后，"不相信灵魂的人"才是周作人为自己几年后投敌写下的夫子自道。我也以为有道理。不过这是另一话题了。

《野草》里有许广平，这是鲁迅自己坦诚了的。不过，说《腊叶》就是献给许广平一个人的，显然也不是读者的全部感受。不是鲁迅对"作者意图"的自我流露，一般的读者甚至读不出这层意思。这就涉及如何理解整部《野草》的思想内涵和艺术价值。也正是接下来我们必须要面对的巨大难题。

2.阐释《野草》注定要面对的困局

读了很多关于《野草》的文章以及著作,发现对它的阐释几乎是不可能有定案的难题或谜题。要么因为历史的原因,大家所处的时代背景不同,分析《野草》的主题就大相径庭。要么因为所处地域如不同的国家,文化背景完全不同,大家所读的简直好像就不是同一部作品。即使以上这些要素是趋同的,又会因为个人理解的差异而照样产生分歧,甚至看上去更加不可调和。在这样的情形下,我在自己的行文中想竭力避免引用各种研究者的观点,以免受"干扰"以使自己失去"独立性",也担心变成引文串接的论文。但这的确是个有趣的现象,没有一部作品像《野草》这样,让研究它的同行们个个互相不服气。这当然也是因为鲁迅用了"曲笔"的缘故,同时也是,甚至更是它的饱满性、流动性带给后来者的迷惑,而这种迷惑是以强烈的诱惑为前提的。

大体上看,关于《野草》的研究主要有以下几种情形。20世纪80年代初之前,老一辈研究者把《野草》当成是鲁迅参加社会斗争的产物,到每一篇作品里寻找他与敌人斗争的故事或言辞,寻找他向往光明、战斗不止的气概。90年代以后出现的著作和论文,则更显开放性,更努力接近理解鲁迅个人精神世界的复杂性,更强调《野草》艺术特色的分析。"诗与哲学"的结合成为主流。而海外特别是欧美学者,更看重《野草》作为鲁迅个人精神、情感、心理的反映,尤其是其中表现出的精神世界里的"黑暗面"和隐秘性。日本学者如我读到过的竹内好、丸尾常喜、丸山升、片山智行等人,倒很注意引用以上诸种观点,然后谨慎提出自己的看法。这情景也是十分有趣。

理解《野草》,大家都声明自己的努力是接近鲁迅的原意,但合起来看却纷争很多且似曾相识。比如老一代研究者中,虽然都是强调社会战斗,却时见分歧。李何林是鲁迅研究的前辈,他在20世纪70年代中期就曾出版过专著《鲁迅〈野草〉注解》,在当时及其后产生较大影响。我近来读到他在1982年致卫俊秀的一封信。卫俊秀时任陕西师大教授,1951年就在胡风主阵的泥土社出版《鲁迅〈野草〉探索》一书,是最早的一部关于《野草》的专著。李何林的信应该是给卫俊秀的回信。其中说道:

> 尊著《〈野草〉探索》在解放后不久出版,就当时的水平看,实属难得。我们要历史唯物主义地对待一切著作,不能用七八十年代的水平苛求四五十年代的著作。不同的看法可以提出,缺点也可商量,但不必用刺激性的语言。许杰同志已八十一二岁了,我们认识,他的《〈野草〉诠释》也不一定未从前出各书中吸取养料,至少得到一些启发,包括尊著在内。"打击别人抬高自己"是不好的。

读许杰1981年出版的《〈野草〉诠释》,可知他在书中对卫俊秀早前关于《野草》中如《好的故事》《墓碣文》的解读表示完全不赞同，对李何林关于《墓碣文》的解释也一样不同意。而同时期出版的闵抗生的著作《地狱边沿的小花》，基本上是沿着反驳卫俊秀的观点推进的。他对冯雪峰的《〈野草〉论》也很不以为然。其实，以上诸位的研究，在今天看来应同属一派。分歧不在别的，都在于如何理解某一作品的意象究竟象征着什么，或哪些意象是否就是鲁迅本人的"自况"。有的意象如猫头鹰，有认为是反动的，有认为是战斗的。而有的意象如《秋夜》里的小青虫究竟是积极的还是消极的，莫衷一是。大家都是"社会学派"，却大都互相看不上他人解释。都说自己努力靠近鲁迅的原意，其实未必甲就比乙更接近。都强调对《野草》应多几种理解而不要定于一尊，但每见和自己不一样的理解，大都会认为是不合理的误读。这是历史造成的，同时又构成了对《野草》理解的历史。这也是《野草》本身给阐释者带来的难题，又每每诱惑人去解读它。

其实，为各自索隐式地追究某篇文章里的某个意象究竟意味着什么而坚持，似无必要。有些见解已经自动被"纠偏"。如李何林认为《我的失恋》里的猫头鹰是"恶"的化身，后来的研究者普遍扭转，认为猫头鹰是鲁迅的喜爱之物，它甚至代表了鲁迅的性格。李何林的解释也就"聊备一说"式地"存档"了。而至于《秋夜》里的小青虫是"英雄"还是"反动势力"，《墓碣文》里的"尸体"是比喻自我还是他人，先不说哪一种意见更接近鲁迅，设想，如果鲁迅当年每下一笔即排列好了比喻对象，在象征与现实之间做了严格的确定，那《野草》的散文诗特质，它的自由、疯长的特点，它的想象力、流动感，还怎么能体现出来？那还怎么能成为一次具有探索性、创造性的艺术创作行动？解读《野草》，万不可进入鲁迅批评的看到切开的西瓜就想到分裂的祖国的境地。

对一个试图进入《野草》的研究者来说，他自身的文化准备、学术经历甚至个人人生经验与感受，都有可能折射在对《野草》的解读中，这也是《野草》诱惑人、迷人的地方吧。我这里可以举一个例证。加拿大学者李天明的《难以直说的苦衷——鲁迅〈野草〉探秘》是一本比较扎实的著作，代表了20世纪90年代《野草》研究的新进展，也体现了较为宽广的国际视野。有趣的是，李天明的这部著作分为三章，事实上是从三个维度理解《野草》。第一章为"社会和政治批评"，接近改革开放初期及之前国内学者对《野草》的诠释。第二章为"哲学思考"，近乎90年代后《野草》研究的总体倾向。第三章为"情爱与道德责任的两难"，则似乎在认同《野草》为鲁迅专写婚姻爱情的看法。学术评价是一回事，这种互有交叉的分类法本身，反映出研究者既曾在国内求学，故能够理解众说，又因学术上在海外成长，对"英语世界《野草》研究"也有心得。这种兼具性也带来综合上的难点。有些解读甚至有着明显的不合情理。如他对《风筝》的解释，认为其中被拆毁风筝的"小兄弟"是周作人而非周建人。这不但与通常的解释矛盾，也与年龄差距、"小兄弟"的身体状况（瘦弱多病）不相吻合。日本研究者丸尾常喜曾说："鲁迅的二弟周作人对于松枝茂夫在《周作人先生——传记的素描》里面所作'风筝里的弟弟也许是十岁前后的周作人'的推测，曾经写信说明，《风筝》所说的小弟是建人而非作人，建人小时候喜欢自己做风筝、放风筝，不过鲁迅所说生气并踩扁风筝的事情是鲁迅的虚构。"（丸尾常喜《耻辱与恢复——〈呐喊〉与〈野草〉》）

这也就足以见出,把诸多对《野草》的解释结合起来,矛盾点简直会成为最重要的看点。在解读《野草》时,既要避免完全与现实对位,当成纪实散文,又要防止在"精神"层面上空转,抬举成"无本之木",要协调这二者是很难的。竹内好的论述基本上很周全地讲述了这一难点以及应注意的分寸。他说:"《野草》中的许多文章,是作者根据所经验的具体事件而构思的。"他同时又强调:"文章受到什么事件的触发而作,这对理解作品不是没关系,但也没必要说成是第一要义。《野草》所构筑的是诗的世界,即使与那事件割裂开来,也具有值得鉴赏的价值。"他还建议读者,"难解的地方,与其加入我的臆测,不如让读者自己参照鲁迅其他作品来领会的好。"[《上海鲁迅研究》(2015年春卷)]

《野草》的成文与本事之间,总体上处于怎样的关系,这是一个颇难回答的问题。是缘起,但又不是"第一要义",结合这些要素更容易进入作品内部,但即使没有了解和掌握,作品也一样具有"鉴赏的价值"。这真是不错的辩证法,但认真的读者恐怕很难做到。只是研究者应该意识到,自己的苦心孤诣,说不定也不过是"臆测"而已。

关于文本与作为缘起的本事或"原型"之间的关系,我觉得可以借用鲁迅的散文《藤野先生》中作为文学形象的"藤野先生"和现实中的藤野先生比附一下。二者肯定有直接关系,后者是文章塑造形象的缘起和初始点。但实质上,作品里的形象在精神、道义上赋予的能量和象征的高度,远远超出现实中的人物,不必把二者完全对位理解成同一个人。当然,回过头来关注一下现实中曾经的经历和关系,又会十分有助于理解作家的创作和作品的深意。而《野草》里的成文和本事之间，大多数的关联度可能更弱，分离性也更强。这也就是为什么对《野草》的研究总是穷其力量也难服众，然而仍然有很多人愿意去尝试探索的原因。

3.《野草》的表达"格式"

有必要从最基本的认知上寻找进入《野草》的途径。24篇总共也不过两万字里,句式的构成明显有一些共性特征。从简单的寻找出发,或许可以成为打开《野草》复杂世界的一扇窗户。

1)《野草》的句式里,最多见的是对立。把两种对立的情绪、状态,矛盾的人物、事物组合在一起,集束式地呈现出来,是《野草》里最多的表达法。从《题辞》开始往下,这种"组合"形式随处可见。"沉默""开口","充实""空虚","明与暗,生与死,过去与未来","友与仇,人与兽,爱者与不爱者";"天堂""地狱","黑暗""光明","黄昏""黎明","黑夜""白天","希望""绝望","冰谷""死火","爱憎","哀乐","眷念与决绝,爱抚与复仇,养育与歼除,祝福与诅咒",等等。

2)《野草》的句式里,叠加也是常用到的。这里的叠加其实就是重复,一个词,一句话,一个完整表述,都有可能在同一篇作品里重复出现,产生叠加效果。而且不是语词的简单重复,而是意义的强化与叠加。《题辞》:"但我坦然,欣然。我将大笑,我将歌唱。"出现两次。"友与仇,人与兽,爱者与不爱者"也是,但前后缀有所不同。《秋夜》,对天空的描写反复用"奇怪而高"来强化。《影的告别》,通过重复"我不……"强化态度的决绝,"我不乐意""我不愿去""我不愿意""我不愿住""我不过""我不愿""我不如""我不知道"。《求乞者》,"微风起来,四面都是灰土"出现三次。《复仇》,"捏着利刃"出现三次。《复仇(其二)》,"四面都是敌意,可悲悯的,可诅咒的"出现两次;"而且较永久地悲悯他们的前途,然而仇恨他们的现在"也是两次。《希望》,"绝望之为虚妄,正与希望相同"出现两次;"然而现在没有星,没有月光,没有僵坠的蝴蝶以至笑的渺茫,爱的翔舞"以及"青年们很平安"也各是两次,当然修饰略有不同。《颓败线的颤动》,对梦中的场景描写是重复的,"眼前却有一间在深夜中禁闭的小屋的内部",通过重复,使场景一致的情形下上演截然不同的故事。《这样的战士》,"但他举起了投枪"出现五次之多。

3)《野草》里还有急促感很强的递进。这种递进有时呈并列关系,有轰轰烈烈之感,有时有尖锐的钻入感,坚韧而不可逆。这样的句式占比很大。举几个典型的例证。《题辞》:"过去的生命已经死亡。我对于这死亡有大欢喜……死亡的生命已经朽腐。我对于这朽腐有大欢喜……"《秋夜》:"梦见春的到来,梦见秋的到来,梦见瘦的诗人将眼泪擦在她最末的花瓣上。"《影的告别》:"有我所不乐意的在天堂里,我不愿去;有我所不乐意的在地狱里,我不愿去;有我所不乐意的在你们将来的黄金世界里,我不愿去。"《狗的驳诘》:"我惭愧:我终于还不知道分别铜和银;还不知道分别布和绸;还不知道分别官和民;还不知道分别主和奴;还不知道……"《聪明人和傻子和奴才》:"先生!……我所过的简直不是人的生活。吃的是一天未必有一餐,这一餐又不过是高粱皮,连猪狗都不要吃的,尚且只有一小碗……"这个表达看似平常,事实上非常特别。因为它完全可以改变为一句话,即"我一天最多只能吃到一小碗猪狗都不吃的高粱皮",鲁迅却把它拆分成三个递进式表达,这可能就是散文诗和散文在语言上的不同吧。《淡淡的血痕中》:"他暗暗地使天地变异,却不敢毁灭一个这地球;暗暗地使生物衰亡,却不敢长存一切尸体;暗暗地使人类流血,却不敢使血色永远鲜秾;暗暗地使人类受苦,却不敢使人类永远记得。"这一句非常典型,从句式上是相当整齐的并列关系,但在意义逻辑上却是递进感非常强烈的。

4)在《野草》里,回转也是一种表达方式。朝着一个目标说开去,却接着又回到自身,反向传递中有回转的感觉,压迫感和紧张度陡升。《希望》:"我的心分外地寂寞。""然而我的心很平安……"《雪》:"博识的人们觉得他单调,他自己也以为不幸否耶?""是的,那是孤独的雪,是死掉的雨,是雨的精魂。"《过客》:"我的血不够了;我要喝些血。但血在哪里呢?可是我也不愿意喝无论谁的血。"《失掉的好地狱》:"'这是人类的成功,是鬼魂的不幸……''朋友,你在猜疑我了。是的,你是人!我且去寻野兽和恶鬼……'。"《墓碣文》:"创痛酷烈,本味何能知? ……然其心已陈旧,本味以何由知?"《这样的战士》:"他终于举起了投枪。"但"他终于在无物之阵中老衰,寿终。他终于不是战士,但无物之物则是胜者"。《腊叶》:"将坠的病叶的斑斓,似乎也只能在极短时中相对,更何况是葱郁的呢。""葱郁的"这句是不是有些突兀? 前面的确提到过"当他青葱的时候是从没有这么注意的",但这里的语义却格外复杂了。以鲁迅对植物的深度了解,"青葱"的颜色比"病叶"的"斑斓"更易消逝应该是其基本含义,从隐喻上讲,联想到"病叶"是"自况",含义就更多重了。"病叶"固然会变得"黄蜡",但变数毕竟慢而有限,"青葱的""葱郁的"叶子可能会以更快速度变异吧。既然是"为爱我者要保存我"而写,这样的"辩证"诉说,也应该能给"爱我者"以一丝信心,也给自己一点安慰。《一觉》:"宛然目睹了'死'的袭来,但同时也深切的感着'生'的存在。""而且悚息着静待新的悲苦的到来。新的,这就使他们恐惧,而又渴欲相遇。"以矛盾的方式排列,使矛盾双方形成往复循环而不可扼制。

《野草》是鲁迅在文学语言上的极致表达,种种"技术"的超拔,让人有类似进入"山阴道上"的感觉:"目不暇接"。所用到的手法实在太多,上述所列几种,一是颇具代表性,二是借用普通概念略加概括,以便更好地理解《野草》在文学语言上的基本风貌。《野草》的语言艺术本身是一个无尽的话题,绝不能以这些简单排列概括之。我想用一个不恰当的比喻,回味一下《野草》在语言上呈现出的这些基本风貌。假如把《野草》的文学语言比喻成一条宽阔的大河甚至大海,"对立"就是"快舰激起的浪花";"叠加"就是弄潮儿的身姿;"递进"就是流水的湍急向前,似有摧枯拉朽之势,急促而又逼仄;"回转"就是湍急跃进中形成的旋涡,惊险而有"颤动"感,就如同《颓败线的颤动》里描写的:"惟有颤动,辐射若太阳光,是空中的波涛立刻回旋,如遭飓风,汹涌奔腾于无边的荒野。"与此相关,阅读《野草》,鉴赏《野草》的语言,就是一次海上的冲浪,或河中险滩的漂流,惊险、刺激且又是难得的享受。

4.从"肩住黑暗的闸门"开始跋涉

美国学者夏济安曾经有一篇著名的文章,题为《鲁迅作品的黑暗面》,文章的开头写道:

> 传说中,隋炀帝的统治时期是一个英雄辈出的伟大时代。有的英雄为将来的皇帝唐太宗打天下,有的与他争天下。隋亡之前,隋炀帝邀请所有的造反头领、各路好汉齐聚扬州演武试艺,夺头筹者即被立为"反王头儿",荣誉与王侯相当。其实这只是隋炀帝的阴谋,先借造反者之手,让他们自相残杀,再用预先备好的火炮把剩下的炸死;若还有逃脱的,就在城墙上放下千斤闸,挡住去路,好让御林军在演武场内把他们斩尽杀绝。但隋炀帝天命已尽,阴谋自然未能得逞。首先,并没有多少人在比武中丧命,而后又因为一只老狐从造反头领中救出真龙天子唐太宗,使得预先埋伏的火炮没有如期引爆。最后,千斤闸又被一名大力豪侠托住,十八家造反头领与众好汉因此得以脱险。然而,豪侠虽然力大,仍不堪千斤重负,最终压死城下。

正像夏济安所分析的,"肩住闸门"的故事对于鲁迅"有着特殊的重要意义"。1919年创作并发表的《自言自语》里,就有一则故事以此为内容。

古　城

你以为那边是一片平地么? 不是的。其实是一座沙山,沙山里面是一座古城。这古城里,一直从前住着三个人。

古城不很大,却很高。只有一个门,门是一个闸。

青铅色的浓雾,卷着黄沙,波涛一般的走。

少年说,"沙来了。活不成了。孩子快逃罢。"

老头子说,"胡说,没有的事。"

这样的过了三年和十二个月另八天。

少年说,"沙积高了,活不成了。孩子快逃罢。"

老头子说,"胡说,没有的事。"

少年想开闸,可是重了。因为上面积了许多沙了。

少年拼了死命,终于举起闸,用手脚都支着,但总不到二尺高。

少年挤那孩子出去说,"快走罢!"

老头子拖那孩子回来说,"没有的事!"

少年说,"快走罢! 这不是理论,已经是事实了!"

青铅色的浓雾,卷着黄沙,波涛一般的走。

以后的事,我可不知道了。

你要知道,可以掘开沙山,看看古城。闸门下许有一个死尸。闸门里是两个还是一个?

必须承认，重读这个故事之后，我的内心产生新的震撼和思考。这与夏济安讲的《说唐》里的故事已经大不相同。首先，这里已经有了存在主义哲学的意味，它让人想起克尔凯郭尔的哲学寓言《末日的欢呼》。"一场大火在某剧院的后台突发。一个小丑跑出来通知公众。众人认为那只是一个笑话并鼓掌喝彩。小丑重复了他的警报，他们却喧哗得更加热闹。因此我认定世界的末日将在所有聪明人的一致欢呼中到来：他们相信那不过是一个玩笑。"鲁迅在《古城》里所写的"少年"与"老头子"的对话如出一辙。要说这就是鲁迅的讽刺的话，还不是。鲁迅还加了一句很符合"时事"的话语：

老头子拖那孩子回来说，"没有的事！"
少年说，"快走罢！这不是理论，已经是事实了！"

这"少年"，有一种"穿越"到五四的感觉。这才是鲁迅要讽刺的。这一"理论"说，也让这个寓言故事回到了鲁迅所处的现实。对鲁迅而言，对大众的关切、对未来的思考甚至超过了对英雄的歌赞。就在这个寓言故事的结尾，我们读出了这种鲁迅味道。"你要知道，可以掘开沙山，看看古城。闸门下许有一个死尸。闸门里是两个还是一个？"也许那个"少年"英雄还救出去一个"孩子"，给未来留下希望，也许那个"孩子"在最后一刻被那"老头子"拽了回去也未得救，少年英雄就白白地、当然也同样是以英雄的方式死在了闸门下。这样的思索，这样的理念，从《说唐》甚至克尔凯郭尔那里都不会读到。

鲁迅在1919年所作的《我们现在怎样做父亲》里讲过："从觉醒的人开手，各自解放了自己的孩子。自己背着因袭的重担，肩住了黑暗的闸门，放他们到宽阔光明的地方去；此后幸福的度日，合理的做人。"这几乎是鲁迅终其一生的理想。英雄的壮举，都是"自己背着因袭的重担"，在这样的自我牺牲而解救他人的行动里完成。进而言之，解救出来的人如何对待英雄，甚至逃离之后是否反身还要嘲笑英雄受难，这也是鲁迅所要思考的。他有时候说自己不愿通过呐喊而叫醒"铁屋"里沉睡的人，原因有二：一是醒来以后无路可走更加痛苦；二是得救的人反身做了看客，甚至嘲笑、辱骂、加害解救自己的英雄，这让人产生多么大的悲哀是无法想象的。

在《野草》里，这样的思索得以延伸，使之更加尖锐。最典型莫过于《复仇（其二）》，我一直在想，为什么鲁迅在同一天写了《复仇》之后，立刻要写下《复仇（其二）》？《复仇》是看客"无戏可看"，一对男女以拒绝拥抱或杀戮为武器，以令看客无聊而为致命一击，达到复仇目的。这对鲁迅而言，已足够独特，但还未尽表达，于是有了《复仇（其二）》。在这里，看客们有戏可看了，而且是最能刺激他们的"杀头"。然而眼前这个被"钉杀"的"神之子"，其一生的最高追求，就是为眼前的绝大多数看客从精神上得救。看客们不理解也拒绝接受这一切。更不用说，现场还有造成"神之子"走上十字架命运的刽子手们。他无法复仇，但他用最后的武器，即灵魂的蔑视与悲悯来完成复仇。看客们不会感到这种复仇的存在，即使受难者拒绝喝下减轻痛苦的用"没药调和的酒"的行动，也不会让他们感受到。在死亡来临的那一刻，"神之子""终于还是一个'人之子'；然而以色列人连'人之子'都钉杀了"。那么，可怜、可悲、可恨的"以色列人"，他们胜利了、得意了。但唯有一个前提必须做到永远无知，方能使他们始终保持这样的得意，那就是受难者内心永久的悲悯。

相比较而言,鲁迅关注的不是一个"神之子"受难的故事,而是"人之子"的命运。"钉杀了'人之子'的人们的身上,比钉杀了'神之子'的尤其血污,血腥。"这就是鲁迅一以贯之的观点:作为"神之子"被钉杀,那是死于大祭司和文士们的"敌手的锋刃",其实"不足悲苦";作为"人之子"而死,为"以色列人"而死却又被他们辱骂,这才是真正的悲哀。然而这不是"人之子"的悲哀,更可悲哀的是"以色列人"。一旦行刑者和看客们觉悟到了"人之子"的悲悯和视死如归,一旦他的灵魂和精神被读懂,受难的价值,死亡的意义就呈现了。"爱人不觉他被杀之惨,仇人也终于得不到杀他之乐:这是他的报恩和复仇。"活着时是"悲悯和仇恨",以死实现"报恩与复仇","人之子"必须是一个"无泪的人"。(参阅鲁迅《杂感》)鲁迅在深沉的夜里写下这样的故事,真正完成了他所理解的完整的"复仇"观。

"背着因袭的重担","肩住黑暗的闸门",放未来之子到宽阔光明的地方去,这是何等壮烈的英雄之举,"此后幸福的度日,合理的做人",又是多么直接、明白的理想。然而英雄注定是孤独的,悲愤的。这"幸福"和"合理",有可能换来的是被救者拒绝光明,或反身嘲弄英雄。"先觉的人,历来总被阴险的小人昏庸的群众迫压排挤倾陷放逐杀戮。"(鲁迅《寸铁》)让他们"无戏可看",或以悲悯之心"复仇",似乎就成了英雄最后时刻的武器。因此,两篇"复仇"主题,可不是中世纪意义上或武侠小说里的冤冤相报的复仇,它执着于作家身处其中的现实,饱含着他内心积郁的"哀"与"怒",最后以悲悯和决绝实现自我释然、解脱、超越。

5. 本事的升华：从"自言自语"谈开

　　长期以来,研究者大多把《自言自语》当成鲁迅后来创作的一些散文或散文诗的雏形,甚至看作某种素材,这有一定道理,但不能当成定论。《自言自语》自有其独特价值。就以"肩住闸门"的故事为例,鲁迅对原来故事的改写已经有了新的"创意",它更开放、更或然,具有"现代性"内涵。

　　关于《自言自语》与《野草》之间的关系,值得考量。《自言自语》作于1919年8、9月间。其时鲁迅正在为了购买八道湾房屋奔波。这显然是一个具有一定整体构思的有计划写作。8月8日作《自言自语(一)》,实为"序"。这个"序"为后面的六则故事确定了一个叙述人和叙事口吻,即"陶老头子"的喃喃自语。水村夏夜,大树下乘凉的人们谈闲天讲故事。"只有陶老头子,天天独自坐着。"没有人理会他,甚至还讨厌他。"他却时常闭着眼,自己说些什么。""我"就在回家后把这些别人肯定不听,"我"也时而觉得"略有意思",时而觉得"毫无意思"的话记录下来。

　　这是一种叙述圈套。这种"圈套"在文学写作里并不鲜见。在后面六则故事里,寓言性是统一特征。其中《火的冰》《我的兄弟》两篇后来改写进了《野草》,另一篇《我的父亲》则扩充至《朝花夕拾》而成《父亲的病》。我们这里可以看一下与《野草》有关的两篇,重点考察在这一扩展过程中的内涵变数与艺术变奏。

《火的冰》全文如下:

> 流动的火,是熔化的珊瑚么?
> 中间有些绿白,像珊瑚的心,浑身通红,像珊瑚的肉,外层带些黑,是珊瑚焦了。
> 好是好呵,可惜拿了要烫手。
> 遇着说不出的冷,火便结了冰了。
> 中间有些绿白,像珊瑚的心,浑身通红,像珊瑚的肉,外层带些黑,也还是珊瑚焦了。
> 好是好呵,可惜拿了便要火烫一般的冰手。
> 火,火的冰,人们没奈何他,他自己也苦么?
> 唉,火的冰。
> 唉,唉,火的冰的人!

最宝贵的是"火的冰"这一意象的出现。"火"和"冰"是一对不可相容的对立体,但这里与《野草》其他篇章里的对立表述不同,它不是"火"与"冰"两两相异,而是"火的冰",一个矛盾体的统一。火是其本质,冰是其现状。火的热被严酷的冰冻住了,一旦火被激活,冰就只能融化。这一意象是鲁迅性格、心性,当时的内心世界的自我描述。"火的冰"也是鲁迅文章的字里行间带给读者的特殊感受,彻骨的寒与燃烧的热共存于一体。《火的冰》的第二个特殊之处在于最后一句,它将寓言直接拟人化,"唉,火的冰"。紧接着的结束语是:"唉,唉,火的冰的人!"等于直白地表达了它是对人的描述。《火的冰》里没有出现"死火"这一概念,正像《死火》里也没有沿用"火的冰"一样。二者在意象运用以及拟人化上是一致的。《火的冰》是直接的寓言,《死火》则更加复杂。

《死火》的叙述始终由"我"进行,这个"我"在《火的冰》里并没有出现。因为是"我"的叙述,所以诗意化程度更高,各种描写也更艺术化。《火的冰》着眼于物的形状,包括色彩,物的动态,即或"烫手"或"冰手"。这是一种令人"没奈何"的状态,也是一种"苦"的现状,"火的冰的人"就是过着这样的人生。在《死火》里,这种拟人化倒没有了,"死火"即"火的冰"可以与"我"进行直接对话,寓言色彩上升为象征主义。对冰谷环境的描写正是《野草》整体特色的组成部分。从"冰天"到"山麓"再到冰谷,这是一个大的天地。对"死火"的描述也更精细。不只是有颜色的对比,更有对其"前世今生"的判断。原来是"烫手"和"冰手"的直接对比,到这里则有了过程描述。"我拾起死火,那冷气使我的指头焦灼",因为"我"的温度传感,又使"死火"燃烧。"唉,朋友! 你用了你的温热,将我惊醒了。"这让"死火"陷入困境。这样的描写让人想起"铁屋子"里被叫醒的人,幸耶? 不幸? 我们看到,他们进行了一番讨论,最后,是"死火"做出生死抉择,要同"我"一起离开冰谷,哪怕被燃烧殆尽。本来,冲出冰谷的"死火"必然会面临"娜拉走后怎样"的问题,但《死火》急速转向,"有大石车突然驰来,我终于碾死在车轮底下"。这个飞来横祸,引出另一意蕴的出现,而且是非常鲁迅式的。"但我还来得及看见那车就坠入冰谷中。"接下来是特别复杂的表达:"'哈哈! 你们再也遇不着死火了！'我得意地笑着说，仿佛就愿意这样似的。""大石车"怎么和"死火"产生了关联？"我"的死如果有什么价值，那就是"你们再也遇不着死火了"。这正是《死火》的哲学意味。"我"死于"大石车"的碾压，既非"死于敌手的锋刃"般"不足悲苦"，也非死于"病菌的并无恶意的侵入"般的"悲苦"，"我"与"死火"讨论的应该迅速烧尽还是慢慢冻死的困境，在"我"的死亡面前也一样遭遇到了。

《死火》里还有强烈的抒情色彩，然而这抒情又不是简单的歌赞，抒情从一开始就注入悖论式的困境描写，与全篇严密整合，浑然天成。

> 当我幼小的时候，本就爱看快舰激起的浪花，洪炉喷出的烈焰。不但爱看，还想看清。可惜他们都息息变幻，永无定形。虽然凝视又凝视，总不留下怎样一定的迹象。
> 死的火焰，现在先得到了你了。

在这一抒情笔调中，隐含了"死火"困境的更大不确定。虽然火形"全体冰结"，然而一旦被唤醒，立刻就陷入出路何在的致命问题。这正是《死火》无处不在的哲学意味。回转不定却又浑然一体。

《自言自语》与《野草》之间的关联随时可见。如《火的冰》里的这一句："火，火的冰，人们没奈何他，他自己也苦么？"让人联想到的是《雪》对"暖国的雨"不能变成雪花的描写："博识的人们觉得他单调，他自己也以为不幸否耶？"形神皆似。

研究者常认为，《野草》是鲁迅在当时现实中情绪的曲折表达，尤其是其失望、悲凉、空虚的心境。其实，《野草》说到底还是一种艺术创作，反映的也是鲁迅一以贯之的思考和情绪。《自言自语》发表于1919年8月，那时正是五四运动的高潮期，鲁迅已经发表了《呐喊》里的前四篇，而且还有一系列的杂文发表。职业包括兼职都还算顺利，生活上的安排也在有序推进中。《自言自语》首次见报的8月19日，正是鲁迅买成八道湾住宅的当天，日记有"买罗氏屋成"并付款的记载。"火的冰"的困境式思索，应该是鲁迅受西方现代哲学影响，尤其是哲学寓言写作方式的启发而启动的写作计划，《自言自语》的最后一则"七"的文末，注有"未完"字样，表明鲁迅本欲将这样的写作坚持下去，形成一个系列。但为何中断？我以为，鲁迅大概不想让读者真的只去读一个个与现实无关，而只在处世道理层面上去理解的伊索式的寓言故事。《野草》就是对这种写作的一次大的扩充。这一搁就是四五年时间。

写作《死火》的1925年4月23日，距离许广平第一次造访西三条新居的4月12日也就刚过十天。不少研究者认为，《死火》是鲁迅与许广平爱情的寓言。而我坚持认为，《死火》的酝酿早已有之，甚至起始于对《火的冰》未尽其意的不满足。为"死火"赋予怎样的寓意，可能是鲁迅一直在思虑的。我这里还有一个小小旁证。即创作《死火》的前一天4月22日，鲁迅在致许广平信中，就讨论过相似话题：

因为施行刺激，总须有若干人有感动性才有应验，就是所谓须是木材，始能以一颗小火燃烧，倘是沙石，就无法可想，投下火柴去，反而无聊。所以我总觉得还该耐心挑拨煽动，使一部分有些生气才好。去年我在西安夏期讲演，我以为可悲的，而听众木然，我以为可笑的，而听众也木然，都无动，和我的动作全不生关系。当群众的心中并无可以燃烧的东西时,投火之无聊至于如此。别的事也一样的。

我以为,这正是《死火》呼之欲出的表达。当然至少可以这么说:正是因为要与许广平认真讨论问题,激发了鲁迅尽快写出《死火》的热情。但说《死火》就是指二人爱情,应该是误识。而且在回信的同一天,鲁迅还写下了杂文《春末闲谈》,其中的中心意象,是讲一种细腰蜂,用毒针置小青虫于不死不活状以备为将来的"食料"。"青虫因为不死不活,所以不动,但也因为不死不活,所以不烂,直到她的子女孵化出来的时候,这食料还和被捕当日一样的新鲜。"这"不死不活"的讽喻,与"死火"之间,也有某种微妙的联系。当然,这也是鲁迅思想中的一个重要的"核",他对"醉虾"之类的议论,也具有一样的玄机。

《野草》里另一篇来自《自言自语》的文章,是《风筝》。《自言自语》的最末一篇《我的兄弟》可以说就是《风筝》的雏形。因为它的前一篇是《我的父亲》,我们结合着看,大概能知道鲁迅如此写作的思路。这两篇同样都是对亲人表达忏悔之情。对父亲,是不应该在他临死之际去喊他,扰乱一个人死亡时的安宁,使他"却没有听到有人向着荒山大叫"。对兄弟,是不应该破坏和扰乱他的童心,造成自己终身歉疚。本来,这篇文章发表时还标有"未完"的字样,但此后却不再有了。为什么?我们可以看到,鲁迅应该也已意识到,这两则故事已经不是寓言式的讲述,而是有着强烈"纪实"味道了。这应该不符合写作《自言自语》的初衷。因为一开始的设定,是在夏夜的大树下,一个无人理会的"陶老头子"的喃喃自语,话虽怪,但"意思"往往有闪光处才对。前四则基本上保持了这样的风格,除了前述的

《火的冰》《古城》,另两篇《螃蟹》是动物交谈的拟人化寓言,《波儿》是夸张表达哲理的寓言。因此,《我的父亲》《我的兄弟》两篇显然留有强烈"纪实"印迹的文章被重写势属必然。

《风筝》保留了原故事的基本内核,从"我"不爱风筝而"我"的小兄弟酷爱,到"我"愤而踩踏他的风筝,再到多年后求原谅而他竟然全然无知而求宽恕不得。增加的是从叙事开始就带上的徘徊不去的惆怅和悲凉。从叙事上看,这又是一篇把北京和"故乡"交糅于一体的文章。《野草》之外比较典型的是1925年4月的《春末闲谈》的开头:"北京正是春末,也许我过于性急之故吧,觉着夏意了,于是突然记起故乡的细腰蜂。"其后的叙述里,每一个情节都加入了充足的情态表达。如,"我在破获秘密的满足中,又很愤怒他的瞒了我的眼睛,这样苦心孤诣地来偷做没出息孩子的玩艺。"原来的故事框架上,密布着各种情态限定,为故事的骨架填上情感的血脉与神经,让最后的忏悔不得不变成一种比落寞还要悲哀的沉重感。人生竟然连忏悔、赎罪的机会都无法得到。在兄弟那里是"惊异地笑着说"的放松,在"我"则是无法排遣的痛苦。获得宽恕或被拒绝宽恕,都是一种合理的结果,没想到面对的却是一种无法言表的情形。这种无所适从的困境,才是《野草》所应拥有的主题。尽管是一个亲情故事的重叙,却让人想到那句关涉《野草》全部主题的"金句":"绝望之为虚妄,正与希望相同。"这种巨大超越和复杂化,使《我的兄弟》的结尾"然而还是请你原谅吧!"在《风筝》里成为不可能表达的含义。"无可把握的悲哀","正给我非常的寒威和冷气",才更切合《野草》的题旨,才能真正达到"诗与哲学"的融合。

6."梦七篇"的延展及技巧

对《野草》诸篇所做的分类有很多种,各种组合,各种交叉,且各有理由。我不在这里统计了,但有一种类别划分是有道理的,这就是所谓的"梦七篇"。这七篇有一个固定的开篇模式:"我梦见自己……"

它们依次是:

《死火》:"我梦见自己在冰山间奔驰。"

《狗的驳诘》:"我梦见自己在隘巷中行走,衣履破碎,像乞食者。"

《失掉的好地狱》:"我梦见自己躺在床上,在荒寒的野外,地狱的旁边。"

《墓碣文》:"我梦见自己正和墓碣对立,读着上面的刻辞。"

《颓败线的颤动》:"我梦见自己在做梦。"

《立论》:"我梦见自己正在小学校的讲堂上预备作文,向老师请教立论的方法。"

《死后》:"我梦见自己死在道路上。"

先要看这种开篇方式与各自下文之间的关联。四篇与"死"相关的文章更显必须性。《死火》营造的冰谷氛围,需要有一个梦境的设置;《失掉的好地狱》也是如此,在梦境中展开可以省却许多外围性表述;《墓碣文》的逼人的阴冷场面需要以梦境作为底布;《死后》因为"梦见"说而使荒诞控制在合理区间。其余三篇,《狗的驳诘》《立论》都是说理性短文,《颓败线的颤动》是一个有较大时间跨度的故事叙述。这三篇里,梦在其中起着修饰性作用。

鲁迅为什么在这七篇的写作中连续使用了"我梦见自己……"的格式开头。事实上,与《狗的驳诘》相比,此前的《求乞者》也一样可以加上梦的外套。《好的故事》本身就是梦里的故事,但并未纳入这一系列。7月12日完成《死后》的写作后,一直到年底的12月14日完成《这样的战士》,鲁迅长达五个月时间并未继续《野草》的创作。也就是,集中写完"梦七篇"后,《野草》的创作进入一个停歇期。而且其后的四篇《这样的战士》更接近于杂文,《淡淡的血痕中》是因时事引发,《一觉》已引入了文场中的人与事。唯《腊叶》最具"野草"格局,在精短的四百多字里,"曲笔"反而更甚。"梦七篇"因此显得格外特殊。

可以注意到,鲁迅与许广平开始通信是在1925年3月11日。7月29日,鲁迅发出给许广平的第16封信,这也是他们共同在北京时的最后一封信,此后的通信则接续为"厦门—广州"了。那时无疑也是二人确定关系的开始。从3月11日到7月29日,正好是"梦七篇"的创作时间,此前最近的一篇是3月2日完成的诗剧《过客》。也就是说,"梦七篇"与鲁迅许广平北京通信时间完全重合,而且此间再无其他《野草》篇章的创作。应该说,采用"梦"的方式开篇,与二人关系所处的阶段还是很有关系的。鲁迅自知自己心境处于苦痛当中,但他不愿意将这样的情绪传染给别人尤其是青年。他在3月18

日的第二封信里,坦白道:"你好像常在看我的作品,但我的作品,太黑暗了,因为我常觉得惟'黑暗与虚无'乃是'实有',却偏要向这些作绝望的抗战,所以很多着偏激的声音。其实这或许是年龄和经历的关系,也许未必一定的确的,因为我终于不能证实:惟黑暗与虚无乃是实有。"

以"梦七篇"所表达的感情、折射的心境、思索的哲学命题,鲁迅应该是考虑到了同时与许广平交换参与社会战斗的意见,尽可能抹平年龄鸿沟,平等交流人生经验与内心感受。"我梦见"采取的"曲笔",依然是因为"不能直说",而这一点可能与许广平有关,以托梦的方式叙说,似应可以弱化"非虚构"的关联。尤其是与"死"有关的四篇文章,在"黑暗与虚无"上可谓达到了极致。

还有一点也很重要。1925年是鲁迅人生最为特殊的一年。这一年从各个方面构成了鲁迅一生中笔战最严峻,社会斗争最激烈,写作最旺盛,感情出现新起点的时期,他还在这一年兼职做教授,翻译各类作品,等等。尤其是作为作家,鲁迅在1925年创作处于井喷期。小说、杂文、散文、散文诗同时掘进。这一年他在小说上的创作有:《长明灯》《示众》《高老夫子》《孤独者》《伤逝》《弟兄》《离婚》。杂文方面,因与"现代评论派"论战正酣,文章数量和火力都很猛。单篇不说了,这一年仅"系列"性的杂文就有《忽然想到》11篇,《咬文嚼字》3篇,《并非闲话》3篇,《这个与那个》4篇。日、德文翻译18篇(部)。作品数量之大可想而知。《鲁迅著译编年全集》各卷中,仅从数量上看,独立编成一集的"1925"卷也是"年度最盛"。在这样的创作体量和频率中,篇幅短小的《野草》系列"标识度"如何确定也是一个问题。鲁迅这一年创作的归入杂文类的《牺牲谟》《战士和苍蝇》

《夏三虫》,其实在文体和艺术风格上都非常接近《野草》。除了在《语丝》上发表标注"《野草》"系列之外,如何从文体上强化识别度,以使其从这一年大量的写作中变成"另类",鲁迅应该思考过这样的问题。我以为,"梦七篇"的呈现在一定程度上就是为了这个目的。

"梦七篇"的另一看点,是都以同样的方式"入梦",那它们出梦的方式又如何呢?《狗的驳诘》:"我一径逃走,尽力地走,直到逃出梦境,躺在自己的床上。"想象奇崛,却有"写实"之感。《颓败线的颤动》:"我梦魇了,自己却知道是因为将手搁在胸脯上了的缘故;我梦中还用尽平生之力,要将这十分沉重的手移开。"描写独特,又符合做梦常理,熟睡时手压胸部易做梦似是民间常识。《死后》:"然而终于也没有眼泪流下;只看见眼前仿佛有火花一闪,我于是坐了起来。"超现实的描写,为"死后"的感知"自述"添上最重的一笔。其他各篇则呈开放状,并没有"出梦"的描写。《墓碣文》最接近:"我疾走,不敢反顾,生怕看见他的追随。"《死火》《失掉的好地狱》也都是以"行动"为终结,但并不关涉梦的去留。《立论》则直接在对话中结束。

《野草》中有"梦"的并不止"梦七篇"。之前的作品中已有"前奏"。开篇的《秋夜》就有"小的粉红花""瑟缩地做梦"。《影的告别》:"人睡到不知道时候的时候,就会有影来告别,说出那些话——"显然也是梦中"呓语"。《好的故事》里,"我闭了眼睛,向后一仰,靠在椅背上;……我在蒙胧中,看见一个好的故事。"这样的"蒙胧"中所见,应该就是"梦游"了吧。

"梦七篇"之后,梦也并未完全离场。最末一篇《一觉》,以"梦"为本篇,也为全书做了收束。"我疲劳着,在无名的思想中静静地合了眼睛,看见很长的梦。忽而惊觉,身外也还是环绕着昏黄;烟篆在不动的空气中上升,如几片小小夏云,徐徐幻出难以指名的形象。"

在一定意义上讲,《野草》是一个清醒的思想者写下的超凡的哲学之书,也是一个清醒的思想者和文学家以梦为马所作的精神记录。而所有这一切,又裹挟在纷繁的人间世相当中,需要人们去寻找、认知、识别,同时也深切地感受到土地的声息和人间世事的涌动。

7.《野草》的高频率词语

《野草》是鲁迅的全部哲学。如何理解这句话,究竟具有怎样的哲学,鲁迅有没有计划在《野草》里实现哲学观的系统表达,如果未见系统,那这些哲学观又具有怎样的整体特征,以及我们应该如何理解。

无论是否形成系统,哲学家的哲学观必须依靠概念,概念的定义,概念的组合来实现。《野草》有它的哲学概念,但它们不是纯粹抽象的理论概念,而是融哲学、文学、人生经验甚至宗教理念为一体的、具有强烈多义性和不确定性的概念。尽可能把握这些概念的基本内涵,鲁迅使用这些概念的初衷,这些概念与鲁迅一贯的思想的关系,是打开理解《野草》的关键。

(1)"空虚"以及相关概念

"空虚":"当我沉默着的时候,我觉得充实;我将开口,同时感到空虚。""我对于这朽腐有大欢喜,因为我借此知道它还非空虚。"(《题辞》)

"这以前,我的心也曾充满过血腥的歌声:血和铁,火焰和毒,恢复和报仇。而忽然这些都空虚了,但有时故意地填以没奈何的自欺的希望。希望,希望,用这希望的盾,抗拒那空虚中的暗夜的袭来,虽然盾后面也依然是空虚中的暗夜。然而就是如此,陆续地耗尽了我的青春。我只得由我来肉薄这空虚中的暗夜了。"(《希望》)

"几片废墟和几个荒坟散在地上,映以淡淡的血痕,人们都在其间咀嚼着人我的渺茫的悲苦。但是不肯吐弃,以为究竟胜于空虚,各各自称为'天之戮民',以作咀嚼着人我的渺茫的悲苦的辩解,而且悚息着静待新的悲苦的到来。"(《淡淡的血痕中》)

"虚空":"你还想我的赠品。我能献你甚么呢?无已,则仍是黑暗和虚空而已。但是,我愿意只是黑暗,或者会消失于你的白天;我愿意只是虚空,决不占你的心地。"(《影的告别》)

"十字架竖起来了;他悬在虚空中。"(《复仇》)

"虚无":"我至少将得到虚无。"(《求乞者》)

"虚妄":"绝望之为虚妄,正与希望相同。""倘使我还得偷生在不明不暗的这'虚妄'中,我就还要寻求那逝去的悲凉漂渺的青春,但不妨在我的身外。因为身外的青春倘一消灭,我身中的迟暮也即凋零了。"(《希望》)

(2)"夜"的表述以及延伸概念

"暗夜":《希望》中有7处"暗夜"。《颓败线的颤动》里有4处"深夜"。《秋夜》里布满了"夜"的字眼。《影的告别》里有"黑夜",《过客》里有"夜色"。《好的故事》有"昏沉的夜"。其他如《雪》里的"寒夜"以及不时出现的"半夜"等。与之相关,"黑暗""黄昏""黎明""月亮""星",都是与"夜"密切相关甚至就是由"夜"推导或引出"夜"的概念。

(3)"死亡"的表述法

《野草》里,"死亡"是不可避免的概念。《死火》《死后》这样标题上就写明了题材选择,《复仇(其二)》就是关于死亡的故事。其他篇章里,"死""死亡"也有着很高的出现频率。《题辞》里至少有7次"死"或"死亡"。《希望》里对裴多菲的动情评价:"这伟大的抒情诗人,匈牙利的爱国者,为了祖国而死在可萨克兵的矛尖上,已经七十五年了。悲哉死也,然而更可悲的是他的诗至今没有死。"《过客》里讨论过"灭亡"。《这样的战士》用的概念是"寿终"。《墓碣文》里有"即从大阙口中,窥见死尸"的恐怖描写。《淡淡的血痕中》的副标题说明就是要"记念几个死者和生者和未生者"。《一觉》里飞机定时来扔炸弹的行动,让"我常觉到一种轻微的紧张,宛然目睹了'死'的袭来,但同时也深切地感着'生'的存在"。

8."虚妄"中的力量与理想(上)

如此,可以看出鲁迅在《野草》里设置下的哲学"坐标",是以"黑夜"为基点的时间轴,以"空虚"为"实有"的空间轴。在这时间与空间的纵横中游动着的,是精神的丝缕在梦境中奔走,是死亡降临前的氛围张力,以及死亡过后的超现实描写,更多的是黄昏时分和黎明时刻的临界状态。

"空虚""虚空""虚无"以及"虚妄",是理解《野草》思想的核心概念。《野草》里使用这些概念,这些概念自身以及相互之间的纠缠,让人理解起来很难。我根据自己的阅读体会强行分析,以为鲁迅在"虚"字上加不同的前后缀,在含义上确也有些区别。"空虚"是本来有而后变成无的状态。《题辞》上来就先是"充实",然后"感到空虚",接着是"借此知道它还非空虚"。《希望》里连续使用"空虚"也有一个总的前提:"这以前,我的心也曾充满过血腥的歌声:血和铁,火焰和毒,恢复和报仇。"但是,"而忽然这些都空虚了"。《淡淡的血痕中》也是"不肯吐弃""渺茫的悲苦",因为这样会"以为究竟胜于空虚"。也就是说,"空虚"的同时或之前,总有"充实"和自以为的"有"存在着或存在过,是"充实"的幻灭以及坚守。"虚空",只是"空虚"二字的颠倒,但它更表示一种本来就没有,从来即是无的空空如也。《影的告别》用它强化"我能献你甚么呢?无已,则仍是黑暗和虚空而已",也强化一种了无牵挂的落拓,"我愿意只是虚空,决不占你的心地"。这些还都是与心境有关,《复仇(其二)》里的"十字架竖起来了;他悬在虚空中",更直观地说出了"虚空"的景象。而"虚无"呢,则是一种本以为有而事实上却是无的状态书写,这就是《求乞者》里的"我至少将得到虚无"。"虚无"的可以"得到",使其区别于"空虚"与"虚空"。

而"虚妄"则是另一范畴的概念。它更强调个人内心世界之获得感的有无,这种获得感更准确地说是一种自我对事物发展、走向、趋势的把控力的拥有。李何林解释"虚妄"为"佛家语,无实曰虚,反真曰妄。就是既不真,也不实,不真实,不存在"。这里有两个问题。一是"绝望之为虚妄,正与希望相同",是引自匈牙利诗人裴多菲之语,那原文应当不会是一个"佛家语"吧。裴多菲此信多被翻译成"绝望也是骗人的""绝望也会蒙人"。鲁迅本来就是综合了诗人一封信中的普通表白而加以提炼,使之变成一个富有哲理的警句,用北冈正子的说法,这句话事实上已离开裴多菲而独属鲁迅了。就此意义上讲,"佛家语"一说也可以行得通。但"虚妄"的含义如果是"不真实,不存在",那它同虚无、虚空、空虚区别何在呢?事实上,鲁迅在《希望》里对"虚妄"有过"释义",即:"倘使我还得偷生在不明不暗的这'虚妄'中……"那么,"虚妄"就应该是一种悬置的精神状态,一种处在临界点上的心灵感受。正是在这个意义上,我认可这种观点,即"绝望之为虚妄,正与希望相同"是全部《野草》的核心。

"虚妄"是一种动态,一种情感的动态,思想的动态。"虚妄"是一种幻灭,不是幻灭的结果,而是正处于幻灭的过程当中。它有如箭正离弦,以极有力的姿态出发,但要击中的目标却并不清晰。《野草》几乎就是对这种悬置状态,这种幻灭过程,这种箭正离弦的临界点的尖锐、深刻而极具穿透力的描写。"在不明不暗的这'虚妄'中"的意味深长,是《野草》在艺术上的极致表达。这种悬置,有时候是两种相反事物、情态的冲撞,也有时是二者的并存,它们冲突、交融、交叉,有的在这一过程中形成错位,甚至互相吞并。一幅幅错综复杂的精神图谱,最难将息。《影的告别》里,无论是天堂、地狱、黄金世界,"我"都不愿去,甚至连必须随行的"形"也"不想跟随"了。全篇连续用5个"然而"将影的诉说反转不停,令人目眩。从空间上讲,从"我不如彷徨于无地",到"我不愿彷徨于明暗之间",再到"我终于彷徨于明暗之间",无所归依。从时间上看,除了黑暗和光明,还有黄昏和黎明,所以就有"倘是黄昏,黑夜自然会来沉没我,否则我要被白天消失,如果现是黎明"。句式上的假设、倒装,时序上的明暗不定,一个单调的影被置于无限诡异、游离的状态。在这种悬置、游离、出走的状态下,影做出了最终的决断,那就是要离形而去,然而并不是走向光明,而是沉没于黑暗,那是一个未知的世界,只有一条是肯定的,"我独自远行","那世界全属于我自己"。是求生还是赴死? 一切未知。

《求乞者》批判了两种求乞法,他们都有可能是求乞者里的"老油条","我"甚至看透了他的声调其实"并不悲哀,近于游戏",或者装作哑巴,装出求乞的手势。这些怀疑不能让人产生怜悯之心,反而让人烦腻,疑心,憎恶。鲁迅那个时代这样想,当今时代或许更甚。假设在城市的街头,天桥上,地下通道里遇到乞丐,人们的反应应当是以忽略而过为多。这种忽略,大概也源自于一种认识,即乞讨不过是乞讨者的一种手段、套路。当然,《求乞者》里的"我"并不完全确定这种怀疑。也因为这种不确定,"我"开始想象"我"会如何求乞?其实,"我"并想不出更高明、更逼真的求乞法,我只能"用无所为和沉默求乞",那注定是什么也不会得到,但因为"我"对装腔作势、伎俩惯用的求乞憎恶无比,所以虽然什么也不会求得,但,"我至少将得到虚无"。得到虚无?这真是让人绝望,但毕竟"我"能感受到这种虚无的回报,知道它是因为"我"不愿装聋作哑去求得一点什么的结果。正如他对许广平说的,"惟黑暗与虚无乃是实有"。当"我"以求真的态度做求乞之事,从而确定得到虚无的结果时,"我"至少确认了"无所为和沉默"的确无法得到任何"实有",那么,这个虚无的回报就真的因为被确认而成为实有了。在这个意义上讲,求乞无果的绝望也是虚妄的,因为它证明了将会得到虚无的结果。正所谓"绝望之为虚妄,正与希望相同"。

叙事性较强的《风筝》,或应列入《朝花夕拾》,收入《野草》实是创作立意决定了的。这是一篇寻求忏悔的散文,《我的兄弟》收尾时虽然也是忏悔无果,却仍然吁求兄弟的原谅。《风筝》却不再乞求这样单向的原谅,因为,"无怨的恕,说谎罢了",所以,"我的心只得沉重着"。希望得到的忏悔变成了一种虚妄。而且,这种虚妄导致的悲哀,也是"无可把握的悲哀",它的无解使它注定成为游走于希望与绝望之间,永久地伴随"我",这才是真正的、彻底的虚妄。

《风筝》是"无可把握的悲哀",《好的故事》表现的则是美好的无可把握。时间是不明不暗的"昏沉的夜","我"在梦中看到或在昏昏欲睡中幻化出故乡的美景。但它稍纵即逝,"我"还得回到"昏暗的灯光"里,面对坚硬的现实。

我们再看《死火》里的死火,它的"活着"还是"死去"式的难题,正是一种命运的悖论。因为"我"的温热,唤醒了死火,然而那将使它"烧完",并非如"我"所想会"使我欢喜"。如果让它留在冰谷里呢?"那么,我将冻灭了!"这就如同唤醒"铁屋"里的人,或许带给他们生路,也或者让他们在"铁屋"里更切实地感受到痛苦。的确,如同《影的告别》里的影一样,死火也作出了抉择:"那我就不如烧完"。"剧情"的进一步延伸是,当"我"携死火冲出冰谷的一刹那,却有大石车急驰而至,将"我"碾死。可是它也同时跌入"冰谷",而且再也见不着死火了。这突然的情节又将故事置于更复杂的纠缠、悬置、裂变当中。

《狗的驳诘》和《失掉的好地狱》都是对"人"的批判。这种批判不是靠语辞的激烈和用词的剧烈程度来达到,而在于提前做好的设计。我们知道,鲁迅是痛恨狗的,无论是叭儿狗还是落水狗,都是他用来批判、讽刺敌手的比喻。然而,《狗的驳诘》却颠倒式地安排了"我"和狗之间的关系。"我"以"人"的高傲叱咤跟在背后狂吠的狗:"住口!你这势利的狗!"却不想狗竟然以"愧不如人"的讥讽直指人的痛处:人比狗还要势利。这是狗的态度,而人却无力反驳,只能"一径逃走","直到逃出梦境"。"势利"成了理解全文的关键词。人与狗之间,究竟谁更势利?"我"是作为个体还是"人"的代表在叱咤狗?从"觉得这是一个极端的侮辱"看是"人"的代表。狗的驳诘对象也显然不是只针对"我",而是针对全体的"人"。

从写作时间上,间隔两个月的《失掉的好地狱》与《狗的驳诘》是相邻的。而且在叙述上也有"接续"的意味。《狗的驳诘》结尾,是

"我""逃出梦境,躺在自己的床上"。《失掉的好地狱》开头则是"我梦见自己躺在床上"。但比起前一篇的短小集中,这却是一篇"宏大叙事"。梦境是宏大的,仿佛置身于地狱全景。这是一个奇特的情景设置。地狱是一个争夺的战场,魔鬼战胜了天神,战后的废墟极其阴暗、荒芜,残留的硝烟还能感觉到战争的残酷。鬼魂们"在冷油温火里醒来",他们依稀回忆起了人世,于是觉醒,"遂同时向着人间,发一声反狱的绝叫"。人类的确"应声而起,仗义执言,与魔鬼战斗",并最终取得胜利。然而鬼魂们却面临人类的威严与叱咤,当他们再次发出"反狱的绝叫"时,就变成了人类的叛徒,因而被"得到永劫沉沦的罚"。人类整饬了地狱,一改先前的颓废,然而地狱的寄生者鬼魂们却被"迁入剑树林的中央",失去了"好地狱"。天神、魔鬼、人类,他们争夺地狱的统治权,名义都是为了鬼魂好,为了地狱好,然而,最终的结果是,统治权的更迭使地狱一次次废弛,只有一条没有改变:带给鬼魂们的是一个"失掉的好地狱"。鬼魂们需要一个"好地狱",他们为此而绝叫,也为胜利而欢呼。然而等待他们的命运却是地狱的一次次变成废墟,鬼魂们在被流放中呻吟,"都不暇记起失掉的好地狱"。鬼魂们要改变现状,而改变后得到的还是被迫绝叫,显然,希望是一种虚妄,然而由于"废弛"也是轮替更迭的,所以未必有一种完全的绝境,就此而言,绝望也是一种虚妄。

不同的研究者在《野草》里找到不同的"总纲",即哪一篇最能代表《野草》。《秋夜》《希望》《墓碣文》《过客》《死火》《影的告别》都是"候选"。各有其理。我不另选,但想强调一下《失掉的好地狱》之于《野草》的全局性意义。鲁迅在《〈野草〉英文译本序》里讲述了写作《野草》的背景,并列举了数篇文章的写作意图。紧接着说:"所以,这也可以说,大半是废弛的地狱边沿的惨白色小花,当然不会美丽。"这里所说"大半",其"整体"就是全部《野草》。他紧接着又说:"但这地狱也必须失掉。这是由几个有雄辩和辣手,而那时还未得志的英雄们的脸色和语气所告诉我的。我于是作《失掉的好地狱》。"自然可以认为,因为已经早已有了《失掉的好地狱》,所以鲁迅把《野草》想象成就是其中的"惨白色小花"。但也无妨这样认为:鲁迅在写作《失掉的好地狱》时,实在也是有一种"宏大叙事"抱负的,那就是,这个地狱是他正身处其中的人间的隐喻。他看惯了种种"把戏",种种名号,知道"好地狱"终将会失掉,因为没有人真正为鬼魂的生存考虑,最重要的是地狱的统治权。这非常符合鲁迅已经经历并仍然正在经历的军阀割据、混战,民不聊生的社会现实。

  《野草》里的很多作品,都是在通往死亡的路上,在与坟、墓碣相遇的途中产生的联想和遭遇的事情。创作者也一直将思路置于这样的情境中。在这个意义上,我认为终末篇《一觉》是最具理想主义的篇章。因为这篇文章里,鲁迅借身边可爱可敬的青年,真正地寄予了理想与将来。也是因为这些青年,让人产生"在人间"的信心。他说:"然而我爱这些流血和隐痛的魂灵,因为他使我觉得是在人间,是在人间活着。"客观地说,以浅草社、沉钟社的青年得出如此重大的结论,有以小博大的印象。但这也是鲁迅的英雄观,他对振臂一呼的英雄似乎未见得仰望,对默默做具体事、做小事,勇于牺牲的人却十分看重。他在《一觉》里写到冯至"默默地给我一包书,便出去了","就在这默默中,使我懂得了许多话"。上及远古的大禹,神话里的女娲,也都具有如此品质。从《失掉的好地狱》到《一觉》,鲁迅的精神世界也仿佛在地狱与人间之间徘徊。

虚妄是一种心灵体验，更是一种精神感受。但鲁迅不是在写哲学寓言，他要表达的寓言绝非纯粹的抽象，每每具有现实的关切。因为这种关切，他在虚妄与悖论的展示中，又有一种发自灵魂根底的态度。这种态度甚至是一种刻意的拔高，如同小说《药》里"平添的花环"，《一觉》里"默默的"文学青年。这是《野草》同克尔凯郭尔的哲学寓言的最大区别，也是鲁迅思想、鲁迅精神与存在主义之间的差异。

但无论如何，虚妄以及由此产生的悖论，是解开《野草》主题里的一把钥匙。《立论》里的"我"陷入两难，说谎的得好报，说必然的遭打，然而，哪里有既不"谎人"，也不遭打的万全之策呢？除非你不置可否，将"哈哈！hehehe……"坚持到底。另一篇《聪明人和傻子和奴才》一样是将窘境写到极致。其中最大的看点，是奴才的本性与生存的困境，既并存，又冲突，而奴才的选择最终站到恪守奴才本性的一边。故事中看似三个人，但必须注意到"一群奴才都出来了，将傻子赶走"。聪明人之聪明不在别的，只在他不置可否，没有态度，即使是奴才的事也不表态。最多的是奴才，他们永远无法解决生存绝境与奴才本性之间的矛盾。他们"反狱"，但他们不想失去一个做稳了奴隶的"好地狱"。最后，他们只能在这样的窘境中"寻人诉苦"。他们"只要这样，也只能这样"。反抗是一种虚妄，虽然"做稳了奴隶"的安然也不过是一种虚妄而已。

《这样的战士》留有较强的杂文影子。"战士"的执着、韧性，战士的智慧、判断，战士的勇猛、果敢，一如他在《战士与苍蝇》里边所描述的。但这样的战士能做到一切，却最终解决不了一个问题：他面对的是无物之阵，这种"无物"，既有"杀人不见血"的意指，又有不过一副空皮囊的轻蔑,二者相加,就是一种厌恶,且必须予以致命一击。比这更难以解决的是一种精神上的困境。他为此付出一切,然而得到了什么？如此纠缠不已,果真就是一种胜利,或果真能得到一种胜利的喜悦吗？这里仍然有两层含义:对付无物之阵也许并不值得付出一生的精力,以及:无物之阵永无完结,无法完全取胜。所以,"他终于在无物之阵中老衰,寿终。他终于不是战士,但无物之物则是胜者"。这让人不禁想起《希望》里表达的:"希望,希望,用这希望的盾,抗拒那空虚中的暗夜的袭来,虽然盾后面也依然是空虚中的暗夜。然而就是如此,陆续地耗尽了我的青春。""空虚中的暗夜"与"无物之阵"应属同构。它们可以抗拒,但盾后面还是空虚,还有无物之阵,所以,战士未必是哲学意义上的胜利者,他唯一能总结的是在这一过程中"陆续耗尽了我的青春",以及在这样的战斗中"老衰,寿终"。要问过程,无疑树立的是战士形象,要问结果,则难免看到"无物之物则是胜者"。胜利是一种虚妄。但他不能放弃,所以绝望也是一种虚妄。而这种虚妄则同时是一种力量,因为即使已经看透了这背后的一切实质,战士不会停下战斗的脚步,哪怕"我"已"老衰",哪怕敌手喊出骗人的"太平",他依然我行我素,坚持战斗。"但他举起了投枪!"这是战士的品格,也是他的宿命。这样一种情态和哲学观,是必须由《野草》来承担的。即使知晓所抵抗的不过是一种虚无,但战士仍然要举起投枪,哪怕在这一循环往复的大战风车中衰老、寿终,他也心甘情愿而坚持到底。"这样的战士"比起面对实实在在敌手的战士要艰难得多,因为他必须先解决好自己灵魂深处的"虚无"感和"虚妄"观。这样,就不难理解鲁迅为什么要这样开始他的叙述了:"要有这样的一种战士——""要有",就是可能在现实里还没有这样的理想中的战士；"一种"，就是这里的战士是已经化解和释然了灵魂问题的战士，而不是通常意义上的战士中的一员。否则，为什么不是更加简明的"有这样的战士——"？

《墓碣文》是透着冰冷、阴森气息的散文诗。被称为"《野草》里的《野草》"。深意何在须细分析，但其文字中处处留下的反向的、否定之否定、悖论式痕迹，已如长蛇纠缠。"于一切眼中看见无所有；于无所希望中得救。"特别是接下来在墓碣阴面所见文字：

……抉心自食，欲知本味。创痛酷烈，本味何能知？……

……痛定之后，徐徐食之。然其心已陈旧，本味又何由知？……

……答我。否则，离开！……

没有一个可以确定的答案，且刻于墓碑之上，仿佛是一个千古谜题。

困境、悖论，是事物的意义的纠缠，就其态势而言，经常表现出处于临界状态。如《淡淡的血痕中》，"日日斟出一杯微甘的苦酒，不太少，不太多，以能微醉为度，递给人间，使饮者可以哭，可以歌，也如醒，也如醉，若有知，若无知，也欲死，也欲生。"这里的临界，不是一种静态的悬置，而是箭正离弦的紧张和暴发。就如《死火》里的"死火"所处的状态，也一样是"已死，方生，将生和未生"（《淡淡的血痕中》），就如《过客》里的"过客"，欲走欲留，欲进欲退。就如《影的告别》里的"影"，欲随欲去，欲显欲隐。有如《腊叶》里的"病叶"，终将干枯，但要"暂得保存"。有如《求乞者》里的"我"甘愿用"沉默"求乞,让虚无也成为实有。有如《死后》里的"我",既不满足仇敌的诅咒,也不满足朋友的祝福,"我却总是既不安乐,也不灭亡地不上不下地生活下来,都不能副任何一面的期望"。这种临界状态的精微描写,正是为箭要离弦做冲刺前的预热、准备和步步逼近,充满了无限的力量。

《过客》是一部诗剧。这一特殊的文体,可以见出鲁迅在戏剧描写上的功力。在现实故事的情景真实性、哲理意味表达的先锋性、角色语言的诗意构成上,达到恰切的融合。对话之外的布景和叙述交代部分就写得简洁、生动而又富有舞台感。叙事上采取了"雅"与"俗"交错并进的方法。一方面,过客来到小土屋和老翁、女孩的对话具有生活里普通人对话的真实感。问路、喝水、告别,都符合生活里的一般处事逻辑。但同时,每个人的话语里又带着复杂的含义,共同酿造出一杯探讨人生的苦酒。如何让小土屋里的老人、女孩同一个过路的乞丐模样的人对话出一场哲学讨论,人物在俗生活面上还符合身份,这是一个巨大的挑战。"本来叫什么""从哪里来""到哪里去",这些哈姆雷特式的问题在《过客》里被消化到俗事探讨中,并不让人特别嗅出"先锋戏剧"的味道。在俗事与哲学命题之间,颇有努力"对接"的印象,尽量让故事不离开生活很远。其实,老翁的话语具有极强的诱导力,他有点像《自言自语》里的"陶老头子",平淡的言语中总表现出惊人的异样。对小孩:"太阳下去时候出现的东西,不会给你什么好处的。"对"过客":"不要这么感激,这于你是没有好处的。"应该说,直到近三分之一"剧情"时,"过客"并没有表现出诗人的特质。他突然开始用抒情语言自言自语,也是在受了老翁诱导之后。关于来路和前路,老翁只强调过客的来路是自己最熟悉的地方,劝过客"不如回转去"。这一建议却遭到过客的拒绝,他憎恶那曾经的过往,那里到处是驱逐、牢笼、虚伪、眼泪。《过客》就此完全进入哲理诗剧的状态。但尽管如此,一直到剧的结束,俗事的场景以及对话并未消退。小女孩在这方面起到了"打通"的作用。她稚嫩的语言,热情的态度,善良的愿望,在剧中起着柔化、沟通和亲切化的作用。

剧中的三个角色分别代表了过去、现在与未来,这是有道理的。老翁知道前路的终点是坟,小女孩却强调那里是野百合和野蔷薇盛开的地方。过客既知那里有花开着,也相信那是坟,但他更想知道,坟地过后是什么,这是老翁无力回答的。小土屋就是他的终点。他甚至认为,人应该回到出发的地方,去过那牢笼般的生活,"也许倒是于你们最好的地方"。然而过客却被一个声音召唤着,必须前行。这声音也曾呼唤过老翁,但显然早已互相放弃了。老翁与过客并不是论敌关系,老翁其实就是曾经的过客,但他半途而废了。过客的明天也许也会变成一个淡忘那声音的老翁。

剧中还有一条主题线索,借小女孩送给过客的一块布片,引发出关于感激的探讨。姑娘的赠送是真诚的,鼓舞人的。过客却承受不了"这太多的好意"。老翁淡定中强调,"你不要这么感激,这于你没有好处。"过客的第二次抒情就是对感激的理解。

> 倘使我得到了谁的布施,我就要象兀鹰看见死尸一样,在四近徘徊,祝愿她的灭亡,给我亲自看见;或者咒诅她以外的一切全都灭亡,连我自己,因为我就应该得到咒诅。但是我还没有这样的力量;即使有这力量,我也不愿意她有这样的境遇,因

为她们大概总不愿意有这样的境遇。

这是全剧先锋性的第二次爆发。《过客》于是就变成了"在路上"和"感激"的双重变奏。在创作《过客》两个月后的 5 月 30 日,鲁迅在致许广平信中对这一段话有过"释义":"同我有关的活着,我倒不放心,死了,我就安心,这意思也在《过客》中说过。"但如此绝对的解释并非过客所说的全部,因为过客除了祝愿,还有诅咒。

《过客》就是这样一部先锋戏剧,它强调了受理想召唤前行的不能终止,又面临即使穿过坟地也终将得到虚无的困境,纵有代表未来的青春力量鼓励、赠予,然而"没法感激"的窘迫令人迟疑。"即刻昂了头,奋然向西走去"是过客的毅然决然,同时他又是拖着疲惫的身躯跄踉前行。困顿、受伤,前路渺茫又不肯回到"最熟悉"的地方。歇脚的小土屋门前仿佛是人生的十字路口,老翁代表了绝望后的麻木,姑娘代表了尚未启程的希望,令人难以抉择。"绝望之为虚妄,正与希望相同。"时间也是不明不暗的黄昏。一切都营造出一种临界状态。但毕竟一场戏消耗了大半个黄昏,所以最后的描写是"夜色跟在他后面"。让人想起《影的告别》,也联想到《墓碣文》。

在一定意义上说,如果"绝望之为虚妄,正与希望相同"是整部《野草》的主题,那么"过客"就是贯穿《野草》始终的形象。

9."过客"的相遇、对峙、告别

在继续"虚妄"话题的间隙,想来插入式地分析一下《野草》里的"过客"形象。"过客"不仅出现在《过客》里,他也闪现在《野草》的多篇其他作品中。可以说,《野草》里的贯通式人物"我",最基本的特质和形象符号,就是"过客"。也可以说,《野草》所表达的复杂思想,很多就附着在"过客"形象上,种种激昂、悲伤、奋然、寂寥、觉醒、迷茫,都通过"过客"式的人物,通过"在路上"的经历描写来呈现。这种经历,通常具有相遇、对峙、告别的特点。《过客》是全方位、"全流程"的三段式经历。过客遇到了老翁和女孩,双方进行了一番时虚时实的对话,最后是"过客"的告别。

其他篇章未必是完整呈现,但都具有这样的特点。《影的告别》,"人睡到不知道时候的时候,就会有影来告别",全篇都是"影"的独白,但这独白是有对象的,即"形",事实上是一场对话。最后的告别也是宣言式的,并没有"实"写。

《求乞者》是"我"与一个孩子的相遇。虽然没有两人之间的对话,但间接的描述已经让人感到"对话"正在进行,或是哀呼,或是手势,都是"语言"。而且"我"的"烦腻,疑心,憎恶"已写明了现场发生的对峙。"我将用无所为和沉默求乞"是事实上的"告别"表达。

《复仇》也是一场相遇。这场相遇更突出这是一种情景设计。一对男女与一群路人,他们的相遇是主角与围观者的相遇,他们的对峙是无戏可看的故意,他们的告别是无聊之后的悻悻而去。

《死火》是"我"与"死火"的相遇,是夸张的拟人化前提下的问答式对话。他们没有告别,因为他们要相携而冲出冰谷,但他们终于告别,因为"我终于碾死在车轮底下"。

《狗的驳诘》是人与狗的相遇,在急速的、激辩式的语言对峙之后,人很快败下阵来,以迅速逃离而难堪告别。

《失掉的好地狱》是人与魔鬼的相遇。魔鬼是讲述者,人是倾听者,但同样构成一种"对话"关系。最后的告别是魔鬼离人而去,"三观不合",魔鬼要告辞"去寻野兽和恶鬼"了。

《墓碣文》是人与墓碣、与死尸的相遇。"我"对"墓碣文"的识别,就是"我"与鬼魂世界的"对话",在紧张、阴森的氛围中,死尸也"加入"了"对话":"待我成尘时,你将见我的微笑。"而"我疾走"的逃离,又成一次告别。

《死后》是"我"与死亡,不,是死亡后的"我"与人世间种种的"相遇",熟悉的、陌生的各色人物,以及青蝇、"马蚁",我听到他们的议论,也遭受它们的侵害,"我"的知觉仍然在和这一切对峙。超现实的极致设置与极精准、细腻的描写奇异地交织在一起。因为是"死后",所以不存在告别,但"我于是坐了起来"的休止符,让人毛骨悚然,引人浮想联翩。

《这样的战士》是"我"与"无物之阵"的相遇,或可理解为是人与许多符号、概念、宣称、自许的遭遇。双方的对峙表现为"我"的固执、坚持和奋力一击。

以上诸篇中,《影的告别》《复仇》《过客》《这样的战士》用的是第三人称,其他各篇则都以第一人称进入叙述。这种"过客"形象的塑造,常常让人联想到鲁迅的"自况"。也有很多论者或认为这篇,或以为那篇是鲁迅形象的影子在闪动。而我以为,且不纠缠于这种"对位",应该理解,"过客"是鲁迅文学形象中最常见的设定。《野草》是如此,他的多篇小说也同样如此,尤其是那些以知识分子为题材的小说。

《野草》里的其他一些作品,虽然在"过客"标识上未必如前面的若干篇那么强烈,但相遇、对峙、告别的情景却时而会成为作品立意的方式。比如《立论》,当"我"在梦中与一个难题相遇,"我"的老师却并不高明又十分高明地给了"我"答案,这既是一种"智慧"的答案,又是一种无奈的逃离。比如《聪明人和傻子和奴才》,奴才的倾诉引出多头对话,但傻子被打跑,聪明人在敷衍,主人的夸奖中明显含着鄙视。再比如《我的失恋》,四段的"格式"都是"我"与"所爱"之间的想要相遇而不得,未遇之下只好不辞而别:"由她去罢"。还比如《颓败线的颤动》,这是一个漫长的人生故事的叙述。从年轻时靠出卖身体抚养女儿,可谓含辛茹苦到极致了吧,然而到自己成为一个老妇人,女儿也做人母之后,却换来全家人的责骂、羞辱,最后,她愤而"迈步在深夜中走出,遗弃了背后一切的冷骂和毒笑"。其中的两个场景中,年轻时的母亲受尽屈辱但仍然用语言给幼小的女儿带来希望,年老后面对"冷骂"却未置一词加以辩驳,她已出离愤怒了,"并无词的言语也沉默尽绝"。但她胸中的言语早已是波涛汹涌,这是读者可以强烈感受到的。《颓败线的颤动》是《野草》里唯一一篇用瞬间场景组合出一个人一生命运的散文诗,也是《野草》里唯一一篇以女性为主角和叙述视角的作品。其中的形象已经溢出了叙事文学的逻辑,诗意飞扬也非通常的散文诗可以规约。如"她"出走时,除去荒野、夜色的空茫,"她赤身露体地,石像似的站在荒野的中央",是极端、意外却又可以融入的描写。有论者将这样的描写联系到鲁迅长期喜爱的木刻艺术中的某些形象,不无道理,似又不尽然。《颓败线的颤动》是告别主题的极致表达。

10."虚妄"中的力量与理想(下)

1925年1月1日,新年第一天,鲁迅写下了《希望》,这"新年寄语"的标题下,却是另外一番风景。"虚妄"就是《希望》要表达的核心。"不明不暗"是虚妄的基本状态,它是正文对标题的悬置,是魂灵的冲击处于临界点的紧张,是两种对立情绪、多种交错意念的对冲。鲁迅说,"因为惊异于青年之消沉,作《希望》"。但很明显,这也不过是强调《希望》的写作缘起和出发点,并不能认为就是全部的主题。

《希望》里充满了"正""反"碰撞、对冲,有如湍急而下的河流,不知道在何时就会形成旋涡。河流的水势,空中的风势,河床的地势,都会造成这样的结果。《希望》里到处都是转折,8处"然而"和5处"但"的使用就是佐证。这是明显的转折,还不说语义逻辑上的隐性转折。"我的心分外地寂寞","然而我的心很平安",以这样的方式开篇。接下来的多是这样的对撞、旋转的表达法。比如这一段落:"这以前,我的心也曾充满过血腥的歌声……","而忽而这些都空虚了,但有时……","然而就是如此,陆续耗尽了我的青春"。在不断的转折、相互的否定中推进。再看接下来的一段:"我早先岂不知……但以为……虽然是……然而究竟是……"。作为一篇彻底推出和阐释"虚妄"的散文诗,《希望》全篇无论从语法句式上还是语义逻辑上,都与"不明不暗的这'虚妄'"相呼应,相协调。"明"与"暗"的对比、较量,黄昏时的"蜂蜜色"(《失掉的好地狱》)为这样的表达找到了最恰切的底色。不明不暗的黄昏也是《野草》里最常见的时间节点。如《影的告别》《过客》等等。

《希望》里引用的裴多菲的诗也是一种对冲式的情感纠缠。

> 希望是什么?是娼妓:
> 她对谁都蛊惑,将一切都献给;
> 待你牺牲了极多的宝贝——
> 你的青春——她就抛弃你。

由此,才能推出本篇的"诗眼",甚至被认为是全部《野草》的主旋律:"绝望之为虚妄,正与希望相同。"当这一切都交融在一起时,无论是否读懂,无论理解是否一致,我们都可以感受到《希望》所拥有的从情感到观念,从语言到节奏的完美统一。"青年的消沉"是文章的缘起,但《希望》的逻辑线索是:青春并不是单色的。虽然"我"的青春已经逝去,但现时的青年还在,青春的"血和铁"就理应还在,然而眼见的现时的青年也已"衰老",让人怀疑是不是只剩下了"空虚"。然而"我"还要去追寻,哪怕这青春属于别人,而且最好属于别人,也即更多的青年。"我"没有把握说这青春一定会追寻到,但也同样不能确定它就肯定没有。希望和绝望都不确定,就如同"身外的青春"和眼前的"暗夜"同样都未见到一样。当绝望成为虚妄时,希望就不会是完全的虚妄。这是鲁迅的哲学,是他身处不明不暗的世界里的深沉思索。这思索既有失望的沉痛,也有火一般的热望。在这个意义上,虚妄不是虚无,不是消极,而是一种力量,一种呐喊,虚妄本身就是一种希望不会灭尽的执着意志。

《墓碣文》里,墓碣上的斑驳文字似不知所云,却处处回转往复。阴森恐怖中未必都是黑暗与虚无,其中"于无所希望中得救"令人想起"绝望之为虚妄"。背面的描述里,"抉心自食"的"创痛"使其无法得到"本味","痛定之后"则又因"心已陈旧"而同样难获"本味"。可以说,欲知心之"本味"也一样是一种虚妄。《墓碣文》和《死后》一样,都是对死亡已经发生后的叙述,结尾也都一样地吓人,都是死尸的突然坐起。《墓碣文》的死尸坐起还"口唇不动"地说:"待我成尘时,你将见我的微笑。"理解这句话比理解《墓碣文》还要难,但它又不应该是为了强化惊悚的闲笔。它让人联想到《题辞》里的那句话:"死亡的生命已经朽腐。我对于这朽腐有大欢喜,因为我借此知道它还非空虚。"也让人想到鲁迅说过的心境:"惟黑暗与死亡乃是实有。"死亡的意义至少还证明了它曾经存活,即使有一天因朽腐而化作尘埃,也同样证明它并非空虚。也就是说,连死亡都成了一种虚妄。因为虚妄,空虚、虚空、虚无,都并非没有意义,都并非不曾是实有,或自身其实就是实有。这就如同是绝望和希望的关系一样。因为连虚无都是实有,绝望都是一种虚妄,所以它们就不可能成为充实和希望的完全的灭绝者。这使得所有这些无论光明、黑暗、积极、消极的概念一概都成为不能去除的火种、力量、存在,同时,也变成永远挥之不去的纠缠、痛苦、宿命。

《颓败线的颤动》是一篇关乎道德的文章,一位母亲为了自己的女儿活下来,不得不屈辱地去出卖身体,然而待女儿也做了母亲,垂老的女人却被亲人羞辱,于是愤而出走。这是悲剧,也是批判。但很奇怪,在关于《颓败线的颤动》的阐释里,这种道德批判的解读显然被当作浅显之论而不被强调。反观文本,我以为作品本身的构造格局就注定了这一点。这篇作品分上下两节,时间跨越应达二十年以上。由三条线索构成,且都达到各自的极致,又时有交叉。一是逼真的写实。上半段母女间关于饥饿的对话极其细微。下半段面对女儿一家的言辞责备一样极符合生活逻辑。二是梦的描写也绝非"借壳"而已。开头是"我梦见自己在做梦",结尾是在梦中将压在胸脯上的手"移开",也很符合民间关于做梦起因的说法。中间衔接跨度二十年以上的两个片段的过渡法仍然是做梦。前梦醒来,后梦来续。可以说,梦在这一篇里达到最完整的叙事"封套"效果。三是诗意化的泼墨似的挥洒。无论是开头的卖身场景,还是最后的出走景象,都用激奋的、诗意的、夸张的表达来处理。正是由于这种饱满、多重的艺术手法,让这篇"小说模样"的作品,在散文诗形式上可与《秋夜》媲美。也因此,忘恩负义的道德批判主题似乎的确不能概括作品内涵。

但不能涵盖并不等于不存在。我以为,道义上的憎恶仍然是《颓败线的颤动》主题的底色。在写作此篇的三个月前,同样是在《语丝》上,鲁迅发表了杂文《牺牲谟》。假借的叙述者口口声声说:"我最佩服的就是什么都牺牲,为同胞,为国家。我向来一心要做的也就是这件事。"事实上却对牺牲者的付出意义作了完全的消解,牺牲者在零回报的同时还被要求连最后一条裤子都贡献出来。《颓败线的颤动》把这种讽喻改变成一种愤懑之情,但牺牲的回报是被怨恨、被责骂,是同样的结局。我以为这两篇作品在诉求上具有一致性,但鲁迅的视角转换非常彻底,让人难以辨认出其中的共同点。

这种彻骨的寒冷几乎是鲁迅对牺牲者命运的一向思考,也是他在现实世界里的遭遇所得出的不无悲哀、更多愤怒的结论。他甚至不主张人牺牲,对蛊惑别人为自己牺牲者更是给予怒斥。1927年初在厦门,他致信许广平,谈到狂飙社青年翻云覆雨、榨取别人的做法,他在失望中透着愤慨。

他比喻一个人被别人轻视后的情形,有如"变了'药渣'了,虽然也曾煎熬了请人喝过汁。一变药渣,便什么人都来践踏,连先前喝过汁的人也来践踏,不但践踏,还要冷笑"。紧接着又写道:

> 我先前何尝不出于自愿,在生活的路上,将血一滴一滴地滴过去,以饲别人,虽自觉渐渐瘦弱,也以为快活。而现在呢,人们笑我瘦弱了,连饮过我的血的人,也来嘲笑我的瘦弱了。我听得甚至有人说:"他一世过着这样无聊的生活,本早可以死了的,但还要活着,可见他没出息。"于是也乘我困苦的时候,竭力给我一下闷棍,然而,这是他们在替社会除去无用的废物呵!这实在使我愤怒,怨恨了,有时简直想报复。我并没有略存求得称誉,报答之心,不过以为喝过血的人们,看见没有血喝了就该走散,不要记着我是血的债主,临走时还要打杀我,并且为消灭债券计,放火烧掉我的一间可怜的灰棚。

这不是近乎对《颓败线的颤动》的释义吗?!当然,不要忘了这是散文诗,妇人年轻时卖身的描写,是鲁迅小说里都未曾见过的,而且"饥饿、苦痛、惊异、羞辱、欢欣"的描写也引来研究者的讨论。为什么要加上"欢欣"一词,日本学者片山智行也疑惑这里的"欢欣"是"因性的快乐还是指性行为之后得到金钱报酬"。的确,紧接着的"丰腴""轻红"也确有"身体叙事"的感觉。也许可以比较的是后半段的描写,母亲已经衰败成一个"垂老的女人",欢欣、丰腴、轻红已经荡然无存,骨肉亲情给予的回报却是责骂和羞辱。于是,她愤然却也是冷静地出走,在深夜,"一直走到无边的荒野",她再一次颤动,但这一次已非卖身时的颤动,而是一切对立的情感同时在灵魂深处撞击后的结果:"眷念与决绝,爱抚与复仇,养育与歼除,祝福与诅咒"在"一刹那间""并合"。就像空中的波涛互相撞击形成旋涡,冲动着一种令人难耐的冰一般冷、火一样热的气流。在这里,还有一个描写,即这个站立于荒原上的垂老的女人,是"石像似的""赤身露体"地站着。然而这是没有铺垫的突兀的一笔。它合理地融入全篇,是因为所有的氛围营造做得十分到位,仿佛就应该这样似的。而这又很容易让人联想到鲁迅一直追踪、收藏的木刻。应该说是在艺术上做了这样的打通。就像他在《复仇》里让一对男女裸身站立于荒原一样。而荒原上的颤动,是人生颓败后,回顾过往的一切产生的从精神到生理的极度反应,是"发抖""痉挛"而又"平静"的糅合。连口唇间"无词的言语"也会合到一起,使"颓败的身躯的全面都颤动了"。

对于此篇,有人联想到鲁迅对高长虹等人的愤怒,有人联系到与周作人的兄弟失和后的悲哀。我觉得这些都容易让人产生联想，但要说就是实指，又太具体、太追问本事了。它同样是一篇融合了鲁迅当时多种情绪并贯通着一向的人生思考的具象化的创作结果。一个妇女一生命运的"颓败"之"线"，是她的精神从希望到绝望的下坠过程。希望虽然如桌上油灯，由"分外明亮"而"因惊惧而缩小"，最后的绝望却是实实在在的。当然，因为妇人身体的颤动中灵魂却归于平静，"并无词的言语也沉默尽绝"，绝望也并不能让一个颓败的人完全被击垮，因为她已看穿周围的一切。于是，还是那个主题："绝望之为虚妄，正与希望相同。"她最后的赤身露体，除了作者在审美上对木刻偏爱之外，也还有像在《牺牲谟》里的牺牲者要去做的一样，把最后仅有的一条裤子也要牺牲掉，而且还必须以饥饿之身自己离开。这样的关联分析有点猜测，但至少有助于理解依然含有"养育""祝福"之情的理由，强化一个牺牲者的矛盾心态。就像鲁迅在给许广平通信中总结的，尽管因此"渐渐倾向个人主义"，"常常劝别人要一并顾及自己"，"但这是我的意思，至于行为，和这矛盾的还很多，所以终于是言行不一致"。(鲁迅、许广平《两地书·九五》)这里的"矛盾"，其实就包含着希望与绝望同为虚妄的意思。

　　一看见"虚妄"二字就以为代表着完全的悲哀、绝望、消极的意思，实在是简单的望文生义式的误读。增田涉说，"鲁迅的文章尽管不断出现虚无主义的气味，但有时却说出完全轻蔑虚无主义的话"（增田涉《鲁迅的印象》），道理就在于，鲁迅"于无所希望中得救"的"辩证"哲学观。虚妄，在精神上不无悲哀的色彩，但同时也是一种理想不灭的力量。在艺术上，它让《野草》充满了语言的张力，让《野草》的字句有如离弦之箭,在悬置、临界的紧张中发出闪电般的、彗星似的光芒。

11."'世纪末'的果汁":外来影响与鲁迅的创造

鲁迅一生中,注定会有一部《野草》。《野草》显然不只具有文学的意义,也不只具有认识现实的价值。的确,《野草》里还有哲学,当然不是哲学家的观点汇集、系统论,而是一个文学家不可抑止的思想折射,是非凡的思想投影在文学之中,使其承载深重的哲学意味的结果。《野草》里的哲学,特别与同时代或再早半个世纪的西方现代哲学具有某种暗合。是的,比起影响,我更愿意说是暗合,几乎是在时间、空间的隔膜中在精神上的呼应。

分析《野草》,存在主义是不可绕开的话题。把《野草》同存在主义相联系的合理性在于,存在主义不是一个完备的哲学体系,它甚至是以反对体系而出现的。并且,存在主义哲学是所有哲学里最具文学性的,因为它极度强调个人,从每一个思想者的生命体验出发谈论世界和宇宙。存在主义哲学家里几乎是以文学家为主力阵容。克尔凯郭尔的哲学著作有时是寓言,有时是散文,即使深奥的论述中,也充满了个性化的感悟和体验。他的《哲学寓言集》同时可以看作是一部"文学寓言集";尼采的《查拉图斯特拉如是说》一样也是一部散文诗集与寓言集的杂合;陀斯妥耶夫斯基这位伟大的文学家,几乎是"背对背"地与克尔凯郭尔共同成为存在主义的先驱。20世纪以后的存在主义重要代表人物萨特以及加缪,首先或最主要的是文学家。

存在主义并非是一个哲学流派,它事实上是现代思潮最典型、最集中的代名词,凡是具有类同思想的思想家,无论是哲学家还是文学家,都可以划入存在主义阵营当中。以文学家为例,波特莱尔、屠格涅夫、王尔德等,都与存在主义相接近,甚至被认为是存在主义者。存在主义者个体之间的差异,甚至不比他们的共同点少。"存在主义不是一种哲学,只是一个标签。它标志着反抗传统哲学的种种逆流,而这些逆流本身又殊为分歧。""存在主义不是思想上的一个学派,也不可以归属于任何一种主义。"(考夫曼《存在主义》)

这种开放性的解释,也让我不能掌握和描述存在主义的全景找到了安慰理由,为自主解读它找到了合理的根据。

存在主义是最具文学性的哲学。鲁迅可以说是介绍存在主义代表人物及其观点进入中国的第一人。早期的文言论文就已经涉及了克尔凯郭尔等人。1908年的《文化偏至论》里道:"至丹麦哲人契开迦尔,则愤发疾呼,谓惟发挥个性,为至高之道德,而顾瞻他事,胥无益焉。"鲁迅对这些人物也有一种天然的亲近感和认同感。比如陀斯妥耶夫斯基,鲁迅由衷感叹"他太伟大了"。这伟大,却是另外一重意义上的心灵感应。"一读他二十四岁时所作的《穷人》,就已经吃惊于他那暮年似的孤寂。"(鲁迅《陀思妥夫斯基的事》)1929年,鲁迅回到北京,探望在西山养病的韦素园,其中写道,韦素园的屋里,"壁上还有一幅陀思妥也夫斯基的大画像。对于这先生,我是尊敬,佩服的,但我又恨他残酷到了冷静的文章。他布置了精神上的苦刑,一个个拉了不幸的人来,拷问给我们看。现在他用沉郁的眼光,凝视着素园和他的卧榻,好像在告诉我:这也是可以收在作品里的不幸的人"(鲁迅《忆韦素园君》)。感应随时而至。他视陀斯妥耶夫斯基为"人的灵魂的伟大的审问者"。可以说,对其文学创作,尤其是拷问灵魂之尖锐与残酷,具有深切的认同。

而在《中国新文学大系·小说二集·序》里,在谈到沉钟社的青年作家时,鲁迅感慨道:在这些青年身上,"摄取来的异域的营养又是'世纪末'的果汁:王尔德(Oscar Wilde),尼采(Fr Nietzsche),波特莱尔(Ch Baudelaire),安特莱夫(L Andreev)们所安排的"。事实上,这些"'世纪末'的果汁",在鲁迅那里也一度成为精神上的滋养。《我和〈语丝〉的始终》里就说过:"但我的'彷徨'并不用许多时,因为那时还有一点读过尼采的《Zarathustra》的余波,从我这里只要能挤出——虽然不过是挤出——文章来。"这受尼采影响而"挤出"发表在《语丝》上的文章,应是指《野草》。

讨论《野草》同这些文学家抑或哲学家之间的关系,就如同讨论《野草》诸篇与其本事之间的关系一样,是个不得不谈又非常危险的话题。《野草》与外国作家,尤其是与存在主义为代表的现代哲学家、文学家之间的关系,是既受其启发、影响而创作,但同时必须强调,《野草》与它们之间的关系,更是一种精神上的暗合,一种思想上的呼应,一种观念上的靠拢。即使没有这些影响,同样会有《野草》的暴发。这就好比是《狂人日记》的诞生与"百来篇外国作品和一点医学上的知识"之间的关系属于同理。

在此前提下比较《野草》与存在主义作家作品之间的相似度是有必要的。但一定要记住,《野草》是"生命的泥委弃在地面上"生长出来的,这"地面"只属于鲁迅身处的现实,而非西方现代哲学家的观念世界。

在早前的述说中已经谈到,鲁迅1919年写下的《自言自语》里有一篇《古城》,故事的基本元素是鲁迅的构思,但主题的揭示中让人想到克尔凯郭尔的哲学寓言《末日的欢呼》,即一个小丑的真话被自以为是的观众当成笑话,并在这笑话中毁灭。《野草》里还有不少类似的例子,语言的诗意化程度我们无法借助翻译作品比较,但一些意象却惊人地相似。不妨略举几例。

从屠格涅夫的散文诗里,我们读到这样的意象:《乞丐》中"我"在街上走,却有乞丐尾随不止,可惜"我"口袋里并无分文,只能握着乞丐的手向其道歉,没想到,乞丐的回答却是:"我谢谢你这个——这也是周济啊,兄弟。"乞丐得到了"虚无",然而这"虚无"并非毫无意义。这让人联想到鲁迅的《求乞者》。然而可以毫不客气地说,《求乞者》完全是另一种更复杂的格调。得到"虚无"的不是乞丐,而是"我"。"我"之所以得到虚无,是不愿意苟合、就范套路式的求乞法,"我"以抵抗求乞的姿态求乞。"我"注定只能得到"虚无",然而"我"就甘愿这样。证明不按套路求乞注定一无所获,同时也就证明了乞丐的行为的确就是套路而已。因此,不是"我""只能"得到"虚无",而是:"我至少将得到虚无"。屠格涅夫描绘了一种可感的、独特的画面,鲁迅则似乎用几笔"穷尽"了求乞的"格式"。

屠格涅夫的《世界的末日·一个梦》,"我"在梦里看见一个旷野中的土屋,很多人一起承受着海水漫涨的末日惊恐。梦中,"我几乎透不过气来,我就醒了。"《野草》的"梦七篇",也多有因尴尬、惊恐而逃出梦境的收束法。梦见一间土屋里上演的故事,《颓败线的颤动》即是。不同的是,《颓败线的颤动》里的妇人,从土屋走出,在旷野里昂然而立。鲁迅在这里以极度的夸张和诗意,传递出一种绝望中的决绝。屠格涅夫的《蠢人》塑造了这样一个人物：他被人公认为没有头脑的人,他为此烦恼。然而他却以不顾一切的态度,否定一切的行为,竟然赢得了世人的称赞,青年人的追捧。于是得出"蠢人们只有在胆小的人中间才走运"。《野草》里的《立论》《聪明人和傻子和奴才》颇似。不过,哈哈论的处世哲学,奴才的生存法则及奴隶本性,是鲁迅为直面现实而要揭示的。

再来看波特莱尔。散文诗集《巴黎的忧郁》里,"老妇人"是最常见的意象。如《老妇人的绝望》《窗户》《寡妇》等。通过这些人物,诗人表达了一种悲哀、悲凉、绝望,"孩子不听话,自私,没有温情也没有耐心",被人厌恶,遭人遗弃。《野草》里的《颓败线的颤动》也是以梦境中所见,展开了一个妇人一生的命运,但她仍然以最后的力量走出土屋,以"颓败线的颤动"做最后的反抗。她因此甚至变得高大,而且藐视那些抛在身后的"冷骂和毒笑"。《狗和香水瓶》是"我"和狗的对话。是人对狗的本性的怒斥。《野草》里的《狗的驳诘》,则是鲁迅少有的被狗逼迫到尴尬境地甚至逃出梦境的描写。如果说鲁迅杂文里的狗都是势利的化身,散文诗里的狗却对为人之"我"做了不紧不慢的讥讽。

鲁迅发表《野草》前后,《语丝》即发表过波特莱尔的几则散文诗《窗户》《狗和香水瓶》(发表时题为《狗和小瓶》)《谁是真的?》。我以为,《窗户》借在梦境中看到一间屋子,在这屋子里,叙述者想象了居于其中的一个老妇人的悲苦命运。再加上屠格涅夫的《世界的末日·一个梦》,这些散文诗给过鲁迅以创作的启发是极有可能的。但《野草》的原创性远远大于、胜于所受影响的成分。比如《颓败线的颤动》,几乎以小说笔法加强了故事的长度,以两个梦延续叙事,以散文诗的诗意,跳跃式地夸张描写了妇女的一生命运。屠氏、波氏以及鲁迅的三篇作品,可谓是各美其美,各有令人称奇处。

比艺术技巧上的启发更值得探讨的,是他们在思想上的共同之处,在面对不同现实境遇中做出的各自独立的选择。审美观相近的艺术家,意象的选择也会重叠。波特莱尔的《恶之花》里有一首诗叫做《猫头鹰》,"黑夜""沉思""忧郁"以及对"智者"的训诫,与鲁迅对猫头鹰的定位颇有近似处。而一首《虚无的滋味》,借一匹筋疲力尽的老马,表达了一种绝望处倍感虚无的心情。这又让人联想到鲁迅在《希望》里所借用的意象。那是来自裴多菲的一匹"病马",意味很是相近。比这些更重要的,是鲁迅做了独属于自己的创造性转化和诗意凝练:"绝望之为虚妄,正与希望相同!"它不像波特莱尔式的全然悲哀,也远比裴多菲看似并不惊人的句子凝练。

再来看尼采。仅举《查拉图斯特拉如是说》里的一首《夜歌》,仅列举一下其中频频出现的意象,就可感受到一种强烈的散文诗的味道。"这是夜""我是光明,啊,但愿我是黑夜!""复仇,出自我的充盈、诡谲""我的眼睛不再为求乞者的羞耻而流泪""寒冰环绕着我,我的手因严寒而焦灼"……这些密集的意象,让人想起《影的告别》《求乞者》《复仇》《死火》等等。鲁迅或称《野草》有着阅读尼采的"余波",正如同自述小说创作的缘起是怠慢了外国小说的译介一样,既是一种实情透露,更是一种自谦之辞。读者,尤其是中国的读者,读到的分明是一颗热烈的心,看到的是"眶外的眼泪"。《呐喊》是这样,《野草》也是这样,"拿来主义"的态度决定了"野草"只能生长在中国的旷野之上。

鲁迅最入心的文学家应该就是陀斯妥耶夫斯基,也许《野草》的具体篇章无法到陀氏作品里去找寻对位,但精神上的认同时时会体现在作品当中。比如鲁迅对陀思妥耶夫斯基的评价,有时给人感觉仿佛就是在评价《野草》。"倘若谁身受了和他相类的重压,那么,愈身受,也就会愈懂得他那夹着夸张的真实,热到发冷的热情,快要破裂的忍从,于是爱他起来的罢。"(鲁迅《陀斯妥夫斯基的事》)。这是时空相隔也无法阻止的知音,就如同陀思妥耶夫斯基与克尔凯郭尔时空相隔却互为知音一样。1881年去世的陀思妥耶夫斯基,他的文学精神,他对人性的深刻观察,对灵魂的拷问,他冷到极致的火焰般的热情,在1881年出生的鲁迅身上得以"续命"。而且他们在最鲜明的差异性上同样显示出高度的一致性。"陀思妥耶夫斯基骨子里是地道的俄罗斯人和俄罗斯作家。不可想象他在俄罗斯之外。根据他可以猜透俄罗斯的灵魂。""陀思妥耶夫斯基反映了俄罗斯所有的精神矛盾,所有的悖论。"(别尔嘉耶夫《陀思妥耶夫斯基的世界观》)鲁迅,他对中国、中国人的"冰的火"的热情,对"国民性"的剖析,早已被广大的中国人民读懂,并凝结在送给他的至高荣誉里:"民族魂"。

分析《野草》与外国文学之间的渊源关系,拿具体的作品、具体的描写去"对位"比较,这种做法本身其实不符合鲁迅与这些哲学家、文学家们关系的复杂情形。但这似乎又是一个必须的途径。就如同分析《野草》与本事之间的关联一样,不强调就会被淡忘,强调过度就会使理解偏于世俗化甚至变成另一种偏颇。说到这里,我特别认同郭宏安在翻译完波特莱尔（郭译作波德莱尔）的《恶之花》后所作的"后记"。他谈到《恶之花》的现实主义，认为其"能够抓住日常生活中习见的人物事件和场景，于准确生动的描绘中施以语言的魔力，使之蒙上一重超自然的色彩"。他强调，这种现实主义成分在作品中"并不是可以析离使之孤立存在的，为了进行观察，它只能被保存在批评家的冰箱里，我们可以感到它，甚至可以抓住它，然而一当我们把它放在正常的阅读环境中时，它就可能变得不纯了，或被异质的成分侵入，或消散在左邻右舍之中"。《野草》中的本事情形也正如此。即使《野草》同诸如存在主义文学家之间的关系一样，这些"'世纪末'的果汁"是如何融化在中国现代散文诗艺术的"大餐"当中的，才应该是评论《野草》与其关系时的切入点。最后，我仍然想借用郭宏安评价《恶之花》的艺术性时的描述来作一小结。虽然未必是完全的精准对位，但已颇有神似之感。"它承上启下，瞻前顾后，由继承而根深叶茂，显得丰腴；因创新而色浓香远，显得深沉；因所蓄甚厚，开掘很深，终能别开生面，显出一种独特的风格，恰似一面魔镜，摄入浅近而映出深远，令人有执阿莉阿德尼线而入迷宫之感。"

12. 余论：没有终点的阐释

对《野草》的解读和阐释，已经滚动出一个比《野草》本身巨大无比的理论"雪球"，尽管我们仍然有《野草》的研究尚嫌不足的印象。这是一个没有终点的阐释过程，《野草》是中国现代文学史上最为奇特的一部作品合集。我为《野草》的本事探寻，为《野草》的思想和艺术，已经写下了近十万字，仍有意犹未尽之感。的确，在上面十多个题目下说了很多试图深入其实浮浅的话，还是觉得有许多元素没有纳入其中。作为一部散文诗集，《野草》与其说是鲁迅的全部哲学，不如说是他复杂心境的表达。社会斗争、家庭痛苦、情感纠葛、世态人心，尽在其中，同时还是鲁迅艺术观、人生观的集中体现，是其思考问题的方式，形象表达的角度，艺术表现力的精微，诗意暴发的浓烈的高度体现。在《野草》里，细节描写的逼真度让人叹服。如《雪》里写到"朔方的雪花"的纷飞，在烘托诗意的氛围中却还不忘加上一笔"屋上的雪是早已就有消化了的，因为屋里居人的火的温热"。在描写"江南的雪"时，写出化了的雪在寒夜再次结冰后，成"化作不透明的水珠模样"，一一精准至极。对"死火"，对"腊叶"，也都有类似的精微描写让人读之悦目。

纵观《野草》，有许多元素反复出现，形成了《野草》艺术上的整体风貌。比如时空上。既要指明一年之内的季节方位，更强调一天之内的时序节点。暗夜、白天、黄昏、黎明，密集交错出现其中。而黄昏时的"不明不暗""明暗之间"是《野草》的常用色调。尤以《影的告别》《希望》《过客》为典型。这种时序安排，正好与《野草》的"虚妄"主题相契合。空间上，"旷野"是符合鲁迅审美的一种情境。许多故事、主题都在旷野之中上演。《复仇》是"广漠的旷野"，《雪》里有"无边的旷野"，《颓败线的颤动》是"无边的荒野"，《失掉的好地狱》是"荒寒的野外"，《一觉》里有"旱干的沙漠"。

从人物形象上。"过客"式的"求乞者"显然是鲁迅想象中最能表达其意念、情绪的形象。《求乞者》里的孩子和"我"对自己作为求乞者的想象，《过客》里的"过客"留给小女孩突出的"乞丐"印象，《狗的驳诘》里"衣履破碎"的"我"像个"乞食者"。而这些求乞者所面对的，多有坟的存在。《墓碣文》里"我"始终身处墓地，《过客》里过客前行的路上，唯一的已知是坟，《淡淡的血痕中》又有"几个荒坟散在地上"。与死亡和坟相关的是"死尸"。《墓碣文》《死后》分别是以死尸的突然坐起来收束。

血也是《野草》里常见的意象。《复仇》有对皮肤下的血及血管的尖锐描写，让人想起鲁迅的"医学上的知识"，《复仇（其二）》里的"血污""血腥"，《过客》里对"喝血"的渴望，《淡淡的血痕中》"叛逆的猛士""正视一切重叠淤积的凝血"的勇气，《一觉》里"流血和隐痛的魂灵"，血所承载的道义力量显而易见。

从小的物象上来说，《野草》也有借助小物象表达深意或进入情境的特点。比如油灯，就在《秋夜》《好的故事》《颓败线的颤动》《腊叶》《一觉》里分别出现,而且它们绝非可有可无的摆设。《秋夜》里灯罩上的小青虫显然大有深意,《颓败线的颤动》里灯火由明亮到缩小的变化同样也是一种情态表达。

作为一位嗜烟者,一位点燃烟卷"写些为'正人君子'之流所深恶痛疾的文字"的文学家,烟草也是鲁迅笔下不时会出现的意象。有趣的是,《野草》有烟的文字也都是有灯的。《秋夜》的灯下:"我打一个哈欠,点起一支纸烟,喷出烟来,对着灯默默地敬奠这些苍翠精致的英雄们。"《好的故事》里的灯下:"鞭爆的繁响在四近,烟草的烟雾在身边:是昏沉的夜。"《一觉》里的灯下:"烟篆在不动的空气中上升,如几片小小夏云,徐徐幻出难以指名的形象。"

《野草》是在"烟篆"的徐徐升腾中结束的,我的感想也应该就此收束。当然,既然是一次没有终点的跋涉,在何处收束似乎都无不可。我为自己的跋涉做了尽可能充足的准备,也感觉自己为此耗尽了心力,但写下的文字比起阅读中获得的感受仍有距离。这还是跟自己比较,若与历来的、中外的大方之家的研究相比,浅露处就更多了。但正是《野草》给了我这样的启示,不必为终点的不能抵达而感到绝望,就像裴多菲的病马带给他惊喜一样,蹒跚的步履一样可以并且已经取得收获,但要记住:前行的道路却依然茫远无边。这种感觉就如同《野草》的主旋律:

"绝望之为虚妄,正与希望相同!"

第三章

"阿,这赠品是多么丰饶呵!"
——《野草》的发表、出版与传播

《野草》是鲁迅作品里的异数,也是中国现代文学史上的一个小小奇迹。由于读者似乎并未做好准备,它的出现甚至并没有立刻引起"热烈反响"。对于《野草》的反应慢热,很多人归究于《野草》的不好懂,甚至读不懂,但或许是因为它的出现太突然,很多人还反应不过来。

一本书有一本书的命运,《野草》的命运有不少特异之处。

《野草》是鲁迅唯一一部散文诗集,这显而易见;

《野草》全部在北京宫门口居所的"老虎尾巴"完成,《题辞》除外;

《野草》的所有文章,均发表在《语丝》周刊上,包括《题辞》;

《野草》24篇作品发表时作者署名全部为"鲁迅";

《野草》最早被翻译成英文,然而并没有出版,鲁迅为此写下的"序"却成了后人理解《野草》的重要基点;

《野草》的集中出版,经历了作者署名的更改,以及《题辞》的"失而复得";

《野草》是出版时鲁迅为所有文章加注上写作日期的作品集。

……

《野草》的写作、发表、出版经历,一句话,《野草》的传播史同样是一个值得展开记述、观览的世界。

1.为什么叫《野草》

在讨论《野草》的写作、发表、出版、翻译等流变之前,似乎首先应该探讨一下,为什么叫《野草》?鲁迅的每一个作品集,无论极普通,抑或很特殊,都会讲清楚这书名的由来和道理。《坟》《热风》《呐喊》《彷徨》《华盖集》《而已集》……但似乎对《野草》却没有做过类似的说明。还有一点也很特别,其他的作品集,杂文、小说、散文,大都是在作品结集出版时才去"制造"一个书名。这书名既可以与作品的整体格调有关,如《呐喊》《彷徨》;也有可能与鲁迅编辑成书时的心情有关,如《华盖集》;也可以与鲁迅写作这些作品时的处境有关,如《且介亭杂文》;也或者就是对作品"基本面"的一个概括,如《朝花夕拾》《故事新编》。但《野草》,是在发表第一篇作品《秋夜》时就立下的"总标题",是预先设计好风格(当然同时又有多样性)、体例(尽管并不强求统一)的"系列"作品。由于在《语丝》一家周刊上推出,又有"专栏"味道。但它的发表并不定期,并非每期都有,又有时同一期上刊登两到三篇,说明并非是协商好的专栏。由于《野草》总名目开篇就已推出,作为作品集出版,定名《野草》实在自然不过。但这个系列在开始发表时,"栏目"状态并不稳定,第一篇《秋夜》发表时,《语丝》头版的目录里并非《秋夜》,而是《野草》。作品呈现的第四版方可见出《野草》其实是总名,下面是"一 《秋夜》"。第二次发表时,目录成了"《野草》(二至四)",版位上总标题还是《野草》,下面的作品又变成了"二 影的告别""三 求乞者""四 我的失恋"。从《复仇》开始,作品名成了主标题,副标题成了"野草之五"。这才把发表的格式确定下来。当然,中间也有过变化。

这还没有触及为什么叫《野草》。只是可以肯定,《野草》是鲁迅进入写作这一"系列"之前就设计好的总名称。关于为什么叫《野草》,其实早已有人探讨过。因为别的结集名称都由鲁迅自己说明过,理解的分歧就不会太大。唯有《野草》,说法不一,这是鲁迅为后人留下的又一个谜。

我见过的解释里,有两种说法比较受人关注。

一是"野有蔓草"说。这一说来源于《诗经》,暗示了鲁迅对许广平的爱情。

"野有蔓草"语出《诗经·郑风·野有蔓草》:

野有蔓草,零露漙兮。
有美一人,清扬婉兮。
邂逅相遇,适我愿兮。
野有蔓草,零露瀼瀼。
有美一人,婉如清扬。
邂逅相遇,与子偕臧。

在郊野之地,青草更青处,邂逅一位眉清目秀的女子,愿与她同行欢乐。无论从字词的直接选用"野草",语义上也有"吸取露"的含义,还是后来的果真有许广平出现的故事走向,这样的八卦好像并不算得过分,聊备一说似乎也是有道理的。以草木与人作比较,比附"无情"与"有情"之难耐,似也是文学比兴中的基本手法。钱锺书《管锥编》里的《硕人》一节就提到了"野有蔓草"。《隰有苌楚》一节里又细述了自古就有以羡草木无情故可以无忧,"而人则有身为患,有待为烦,形役劳神,唯忧用老,不能长保朱颜青鬓,故睹草木而生羡也"。指出"浪漫诗人初向往儿童,继企羡动物,终尊仰植物"。且中外皆然,连席勒都有诗曰:"草木为汝师"。

以钱锺书的开放式解释,鲁迅以"羡草木"而生悲情是有可能的。但我以为,这样的感伤都写到了《腊叶》里。腊叶也是植物,它虽无情无识,但也有青葱渐褪的悲苦,即使努力保存,也只能"暂时相对"。这里,腊叶虽为草木,倒不是人的对立面了,反而成了人的自况。这自况也因此具有双重效果,终将衰老、干枯,是所有生命不可避免的终结,但因其都会衰老、干枯,人也正不必为自己衰老而过度悲哀,又是不幸中可以欣慰的地方。但无论如何,草木面前思考人生是一致的。

也是据此,我以为就《野草》而言,把"野草"理解为"野有蔓草"的"压缩",是一种硬贴、硬套式的注解。创作《野草》系列,起点是在1924年9月,那时,鲁迅与许广平并无单独来往的文字记录。他们真正公认的交往,起始于1925年3月,通信的起始时间也是那时。

北京通信中,他们之间在文字上探讨的,仍然是以学校的风潮、现实的世相、人生的意义这些话题为主,内里时有个人化的表述,但委婉的说法是时时可以看出的。直到1925年6月29日,鲁迅在信中就喝酒的权利问题表达了自己的看法,而且把对"'某籍'小姐"(应指许羡苏)的微词也引入其中,通信的私密性有所加强。到北京时期的最后一封信,即7月29日,过问到"天只管下雨,绣花衫不知如何? 放晴的时候,赶紧晒一晒罢,千切千切!"那就可知私密的完全化了。以鲁迅的态度和方式,以其谨慎和"慢热",说是1924年9月就以"野草"为名开始了单向度的情意表达,那是把鲁迅看成狂飙社成员高长虹了。从二人通信开始,《野草》的作品都以"我梦见"开头(北京通信结束后又不再继续"梦"系列),应该是写作时顾虑到了许广平这个特殊读者。这当然仍然是猜测。不过,"梦七篇"和《两地书》的北京部分在时间上的完全重叠,应该不完全是巧合。《两地书》北京通信时间是1925年3月11日至7月29日,"梦七篇"的时间跨度是4月23日至7月12日。下一篇《这样的战士》就到年底了。

《野草》之名由来的第二说,是《浅草》说。早在20世纪40年代,杜子劲就在《鲁迅先生的〈野草〉》一文中,探讨了《野草》书名的根据。他也认为,鲁迅唯在《野草》里没有提供一篇序文,让读者失去了"了解书的来源最确当的说明"。但《一觉》可以看作是《野草》的一篇跋,"是一篇后序"。这篇文章里,鲁迅叙述了受赠《浅草》的经历,"由那《浅草》联想到生长在沙漠中间的'草',这就成为《野草》的命名的来源了吧!"仔细琢磨,杜子劲此说并非妄言。的确,在充满阴冷氛围、悲凉意境、虚空色彩的《野草》里,那寄托于青年身上的理想主义火花,从来没有消失过,它们有如岩石缝里的小草,顽强而不为人所注意。也或者,如浪花,如烈焰,想看清,但又总不能确定。而且,按照"野草,根本不深,花叶不美"的描写,说它是"浅草"也是有道理的。但这出现在"后序"里的意象,恐怕还不是鲁迅在差不多两年前的写作之初会去定义的。鲁迅大概也不会因一本刊物去为自己的一次系列写作做名称上的靠拢。《野草》的《题辞》摆在书的前面,《题辞》也是全书中唯一提到"野草"概念的作品。但它是所有作品发表之后才完成的。这个"前序"其实是比《一觉》还要晚的"后序"。

按照以上思路,我以为理解《野草》书名还可以找到一个旁证。这就是1931年2月18日鲁迅在致李秉中信中的一句话。鲁迅致信的原因,是回复李秉中关于自己是否愿意到国内或国外某个地方去养病,休息一段时间。说到这个话题,又是一篇大文章了,这里不能展开,有兴趣的读者可以参阅锡金先生的一篇旧文《鲁迅为什么不去日本疗养》,颇有看点。这里只看鲁迅决定不去任何地方疗养的自述吧。全信如下:

秉中兄:

九日惠函已收到。生丁此时此地,真如处荆棘中,国人竟有贩人命以自肥者,尤可愤叹。时亦有意,去此危邦,而眷念旧乡,仍不能绝裾径去,野人怀土,小草恋山,亦可哀也。日本为旧游之地,水木明瑟,诚足怡心,然知之已稔,遂不甚向往,去年颇欲赴德国,亦仅藏于心。今则金价大增,且将三倍,我又有眷属在沪,并一婴儿,相依为命,离则两伤,故且深自韬晦,冀延余年,倘举朝文武,仍不相容,会当相偕以泛海,或相率而授命耳。盛意甚感,但今尚无恙,请释远念,并善自珍摄为幸。此布,即颂

曼福不尽。

迅 启上 二月十八日
令夫人均此致候。

其中的"野人怀土，小草恋山"，足以让人想到《野草》书名。这当然比《题辞》还晚了四年，更不能当作书名的由来了。但假设我们认为鲁迅也是经历了"初向往儿童，继企羡动物，终尊仰植物"的"浪漫诗人"的情感过程，且这一过程在《野草》写作之初就"完成"了，那么，把野草理解成小草和土地的关系，那种怀恋中又可哀的复杂感伤，是不是也有几分道理呢？毕竟，《野草》里也有一句："我自爱我的野草，但我憎恶这以野草作装饰的地面。"

总结起来，有一个话题呼之欲出。即如何理解《题辞》。为了理解《野草》之名的真义，且不要管时序的先后。"野有蔓草"说与"吸取露"之间，"《浅草》"说与"根本不深，花叶不美"之间，"野人怀土"说与"憎恶"论之间，字面上的勾连也是各有其表。的确，理解《野草》，不能离开文质皆美的《题辞》。

《题辞》作于1927年4月26日，其时鲁迅正在广州。广州国民党当局的"清党"行动，共搜捕共产党人和革命人士二千余人，其中的二百多人遭杀害。鲁迅任职于中山大学，因营救被捕学生无效，愤而辞职。刚刚过了十天，从北京逃离到厦门，从厦门又逃离至广州的鲁迅，深感身处于同样甚至更加险恶的环境当中。《题辞》于是成了这样一篇"奇特"的文章：既在精神气质上贯通于《野草》正文的23篇作品，在文体上也颇具《野草》风，同时又映照着作者写作此文时的心境。《题辞》在文学语言上凝聚了《野草》语言风格的主要特征。这里到处是"对立"概念的组合，从"充实"与"空虚"开始，一个接一个，一组接一组。这里也有急促的递进，"过去的生命"——"死亡的生命"的递进，引出了生命"曾经存活""已经朽腐""还非空虚"的递进。这里还有《野草》里常见的重叠,如"但我坦然、欣然。我将大笑,我将歌唱"。这里甚至还有《野草》里独有的语言上的"回转"。如"天地有如此静穆,我不能大笑而且歌唱。天地即不如此静穆,我或者也将不能"。它和《野草》的诸篇正文在艺术上完全是同构的,时过境迁,物是人非,艺术上的定力却依然可以保持。

　　《题辞》的开首是心境的折射,但它却是在广州回忆厦门时的心境,是两地心境的糅合,且已升华和虚化,或称"野草"化了。鲁迅自己后来解释说:"我靠了石栏远眺,听得自己的心音,四远还仿佛有无量悲哀,苦恼,零落,死灭,都杂入这寂静中,使它变成药酒,加色,加味,加香。这时,我曾经想要写,但是不能写,无从写。这也就是我所谓'当我沉默着的时候,我觉得充实,我将开口,同时感到空虚。'"接下来是对野草的书写。野草虽小,但与之相关的世界却十分辽远、阔大,这也是《野草》全书的品格。《野草》是独属于"我"的,是"我"的"生命的泥委弃在地面上"所生长出来的,是生命的转化。野草,"用野草作装饰"的地面、地面下的地火,构成了共生关系。一旦地火产生的熔岩喷出,"我"的生命转化而成的"野草","我"身外的也许自以为更高大一些的"乔木",统统都将被烧成灰烬。"但我坦然,欣然。我将大笑,我将歌唱。"这份洒脱,可以理解为是浪漫主义,也应当理解为是一种战士情怀,还可以理解为是一种哲学上的通达。终究还是因为有开始时对生命的理解。活着的生命以沉默证明充实,死亡的生命以曾经存活证明充实,已经朽腐的死亡的生命也因其朽腐本身,证明着"它还非空虚",总之还是一种充实。野草也一样"直至于死亡而朽腐"地经历着这一切。生命的轮回、不灭,就是生命价值的体现。

说到生命的价值,"我"却也并不妄自高估。它就是一丛野草的价值。接下来我们读到的,是《野草》正文中的核心状态:临界。"在明与暗,生与死,过去与未来之际",说明它们不单单是"对立"组合,而是统一为一种临界状态。而接受、面对这一丛野草的,是"友与仇,人与兽,爱者与不爱者"。这就让人想起鲁迅对《野草》各篇的自述,有为"爱我者"而写,也有因为"憎恶社会上旁观者之多""惊异于青年之消沉""有感于文人学士们帮助军阀"而作。这也是鲁迅的写作观,写作中的"理想读者",既有让"爱我者"愉悦的向往,也有令"正人君子""深恶痛疾"的诉求。即使这丛野草即将面对死亡进而朽腐,那也是它作为生命的见证。在这个意义上,超越、超脱就是发自骨子里的境界,忘我式的洒脱也是一种彻底的自信与达观。所以就有这样一个意外的、漂亮的结尾:"去罢,野草,连着我的题辞!"

至此,无论我能否表达清楚,但我自己认为似乎可以理解为什么称之为《野草》了。它是生命的见证,它也不畏惧死亡,即使朽腐也是曾经存活的证明。它也许比不上乔木高大,一旦遇到熔岩的喷出,乔木、野草不过是一同烧成灰烬。"我"并不畏惧,还因为"我自爱我的野草,但我憎恶这以野草作装饰的地面"。宁愿烧成灰烬,也决不去做地面的装饰,而愿意以自身的毁灭暴露、揭示现实的丑陋。更何况虽是死亡直至朽腐,也一样是生命的轮回。这是野草的决绝,也是野草的品格,还是野草坦然、欣然的大笑与歌唱。"蔓有野草",太卿卿我我了,"浅草"的启发太窄了,"野草"应该裹挟、包含、囊括这些要素,但"野草"的内涵远远大于、高于、深远于这些要素的含义。《题辞》是《野草》里的一篇,作为后写的"序言",它又是对《野草》所作的散文诗式的评论、概括、总结。而这总结,早在开笔创作《野草》时已经酝酿,野草的根与叶,已经在作者的心中扎根、生长。

2."老虎尾巴"与《野草》

宫门口西三条二十一号住宅里的"老虎尾巴",对鲁迅的意义实在太重大了。从许钦文等人记述可知,鲁迅为有这么一个属于自己的空间十分兴奋。"老虎尾巴"与《野草》的关联度又最为特殊。《野草》里的第一篇《秋夜》,也是鲁迅迁居后在"老虎尾巴"里完成的第一篇创作类作品。而且应该可以肯定地说,《野草》正文里的23篇作品,都是在"老虎尾巴"里完成的。

鲁迅日记里对《野草》创作的记录只有一处,而这一处的意义也实在是重要而奇特。《好的故事》文末标注的写作日期是"1925年2月24日"。但此文发表却是"1925年2月9日《语丝》周刊第十三期"。这一"魔幻"结果只能是原文标注有误。也就奇了,正好在1月28日的日记里有一句:"作《野草》一篇。"这一篇又恰恰既不是前一篇《风筝》,也离后一篇《过客》尚远(3月份)。那就正好是《好的故事》了。而且这一天是旧历新年的正月初五,与作品描写的"鞭爆的繁响在四近"恰好能对接上。这唯一的一处记录,还真是恰到好处。《野草》各篇的写作日期就全部确证了。

在写作地点方面,能否下论断说《题辞》外的全部正文均创作于

"老虎尾巴"？直到鲁迅离开北京南下厦门，创作《野草》时的鲁迅寓所是确定的。但这里也有过讨论。这就是创作《淡淡的血痕中》时的4月8日，以及创作《一觉》时的4月10日，鲁迅究竟是住在避难地，还是已经到家中？

"三一八"惨案发生后，鲁迅等近50位文化界人士受到段祺瑞执政府的通缉。3月25日上午，鲁迅还"赴刘和珍、杨德群两君追悼会"。26日《京报》就披露通缉密令消息。从29日开始，鲁迅曾入山本医院、法国医院、德国医院等处避难，家人也曾有到东安饭店躲避的经历。这种动荡一直持续到5月6日，可见形势严峻与各种传闻四起。就避难而言，还不说鲁迅的名字在通缉之列，即使与事件关系不大的文化人，也多寻找避难之所。徐志摩1926年4月26日致胡适信中就提到，连他的夫人陆小曼，也是在"北京最恐慌的几日，她去北京饭店躲着"。而且还透露并抱怨道："北京这一时简直是不堪，也不用提了。最近的消息，是邵飘萍大主笔归天，方才有人说梦麟也躲了。我知道大学几位大领袖早就合伙了在交民巷里住家——暂时不进行他们'打倒帝国主义'的工作。何苦来，这发寒热似的做人。"这一天正是《京报》主编邵飘萍被奉系军阀枪杀的日子，恐怖的氛围可想而知。

4月8日是鲁迅回家居住的日子，按理说，得出《淡淡的血痕中》是在家创作并不难，但确凿的结论需要更加严谨的推断。孙玉石在一篇谈林辰先生治学精神的文章里，就曾举关于《野草》研究的例子谈到，鲁迅在《〈野草〉英文译本序》里说《淡淡的血痕中》一文时，曾解释道："段祺瑞政府枪击徒手民众后，作《淡淡的血痕中》，其时我已避居别处。"那么，写作地点该信日记，还是该信自述？这的确需要讨论。林辰又对两天后的《一觉》里关于窗外景物的描写，如白杨、榆叶梅等向许寿裳先生求证。许寿裳在信中指出:"《一觉》中所谓'四方的小书斋''白杨'及'榆叶梅',都是'老虎尾巴'窗内外的景色,并非说临时避难的处所。"但他仍然不能肯定,直到从《华盖集》的《北京通信》里发现其中也有榆叶梅的描写。至于鲁迅"已避居别处"的说法,据林辰的考据,应该是时间相隔太久后的"记忆讹误"。(以上记述,参阅、转述自孙玉石《一部"颇尽了相当的心力"的鲁迅传记——读林辰先生的〈鲁迅传〉》)

这样,我们才可以确信,《野草》最后的两篇,是创作于家中而非避难处了。当然,也有读者会提出这样的疑问:既然是8日回家,那说不定是在离开医院时所写呢。这可就不大符合鲁迅的写作习惯了。诚如鲁迅的青年友人荆有麟说的,鲁迅"写作的时间,又完全是在静夜之后,所以《野草》里边,充满了严森之气,不为无因的"(荆有麟《鲁迅回忆断片》)。这也就可以得出开始时就端出来的结论:《野草》的全部23篇正文,都是在"老虎尾巴"一处完成的。

文学创作有时就是这样,写作环境与作品样貌之间,似乎也有微妙关联,一旦环境改变,作品品质也难维持。就比如这"老虎尾巴",因为能幻化出《秋夜》那样震人心魄的景观,可见它之于鲁迅的重要性。但待到离开北京,先赴厦门,后到广州,又欲离开,正不知该去何处时,想到令他曾经兴奋的、创作了全部《野草》的北京的"老虎尾巴",也只不过是一间"突出在后园的灰棚"("灰棚"是鲁迅为此间所起的"别号"),诗意难觅。

3.《野草》的发表和《语丝》

《野草》里的24篇作品全部发表在《语丝》周刊上。鲁迅与《语丝》可谓关系密切。这份周刊1924年11月17日创刊于北京,主要创办者是孙伏园。先后由北京大学新潮社和北新书局出版、发行。基本上坚持每期8版,但也有增加为10版、12版、16版时,最多如第五十四期达40版之多。1927年10月22日,在出版至一五四期后,《语丝》被奉系军阀查禁,同年11月迁往上海,由上海北新书局出版发行。从第四卷第一期也就是1927年12月17日开始,由鲁迅主编。1929年起鲁迅又推荐柔石主编,之后又是李小峰。1930年3月终刊。两地共计出版五卷二六〇期。在中国现代文学的期刊当中,《语丝》的生命力可以说是最顽强的。鲁迅与《语丝》的渊源之深,可以通过《我和〈语丝〉的始终》一文全面了解。必须为"语丝派主将""指导者"等"不虞之誉"做声明,就可知其渊源之深了。关于这其中的故事,可以读鲁迅文章以及其他当事人言谈详细了解,我们先知道一下《野草》的发表情况。

《野草》全部23篇正文,发表于《语丝》第三期至第七十五期之间。《题辞》则发表于第一三八期。总跨度近三年时间。

《野草》各篇在《语丝》发表情况信息汇总：

(1) 第三期　1924年12月1日

　　第4—5版《秋夜》

　　写作时间：1924年9月15日

　　目录标题：野草

　　正文标题顺序：野草——鲁迅——一　秋夜

(2) 第四期　1924年12月8日

　　第7—8版　《影的告别》《求乞者》《我的失恋》

　　写作时间：1924年9月24日(《影的告别》《求乞者》)

　　1924年10月3日(《我的失恋》)

　　目录标题：野草(二至四)

　　正文标题：野草——鲁迅——

　　二　影的告别

　　三　求乞者

　　四　我的失恋

(3) 第七期　1924年12月29日

　　第5—6版《复仇》《复仇(其二)》

　　写作时间：1924年12月20日

　　目录标题：复仇

　　正文标题：复仇——野草之五——

　　其二——《野草》之六——

(4) 第十期　1925年1月19日

　　第3—4版《希望》

写作时期:1925年1月1日

目录标题:希望

正文标题:希望——鲁迅——野草之七——

(5)第十一期　1925年1月26日

第5—6版《雪》

写作时间:1925年1月18日

目录标题:雪

正文标题:雪——鲁迅——野草之八——

(6)第十二期　1925年2月2日

第3—4版《风筝》

写作时间:1925年1月24日

目录标题:风筝

正文标题:风筝——鲁迅——野草之九——

(7)第十三期　1925年2月9日

第4—5版《好的故事》

写作时间:1925年1月28日(出版时标为1925年2月24日)

目录标题:好的故事

正文标题:好的故事——鲁迅——野草之十——

(8)第十七期　1925年3月9日

第3—5版《过客》

写作时间:1925年3月2日

目录标题:过客

正文标题:过客——鲁迅——野草之十一——

(9)第二十五期　1925年5月4日

第 5 版《死火》《狗的驳诘》

写作时间：1925年4月23日

目录标题：死火

狗的驳诘

正文标题：死火——鲁迅——野草之十二——

狗的驳诘——鲁迅——野草之十三——

(10) 第三十二期　1925年6月22日

第 4—5 版《失掉的好地狱》《墓碣文》

写作时间：1925年6月16日(《失掉的好地狱》)

1925年6月17日(《墓碣文》)

目录标题：失掉的好地狱

墓碣文

正文标题：失掉的好地狱——鲁迅——野草之十四——

墓碣文——鲁迅——野草之十五——

(11) 第三十五期　1925年7月13日

第 3—5 版《颓败线的颤动》《立论》

写作时间：1925年6月29日(《颓败残的颤动》)

1925年7月8日(《立论》)

目录标题：颓败线的颤动

立论

正文标题：颓败线的颤动——鲁迅——野草之十六——

立论——鲁迅——野草之十七——

(12) 第三十六期　1925年7月20日

第 1—3 版《死后》

写作时间:1925年7月12日

目录标题:死后

正文标题:死后——鲁迅——野草之十八——

(13)第五十八期　1925年12月21日

第5版《这样的战士》

写作时间:1925年12月14日

目录标题:这样的战士

正文标题:这样的战士——鲁迅——野草之十九——

(14)第六十期　1926年1月4日

第5—6版《聪明人和傻子和奴才》《腊叶》

写作时间:1925年12月26日

目录标题:野草

正文标题:聪明人和傻子和奴才——鲁迅——野草之二十——

腊叶——鲁迅——野草之二十一——

(15)第七十五期　1926年4月19日

第3—4版《淡淡的血痕中》《一觉》

写作时间:1926年4月8日(《淡淡的血痕中》)

1926年4月10日(《一觉》)

目录标题:淡淡的血痕中　一觉

正文标题:淡淡的血痕中——鲁迅——野草之二十二——

一觉——鲁迅——野草之二十三——

(16)第一三八期　1926年7月2日

第1版《题辞》

写作时间:1926年4月26日

語絲

第三號

每星期一出版

地址 北京大學第一院新潮社
報費 每份本京銅元二枚外埠二分半年五角全年一元
廣告費 每方寸每期五角十則以上七折二十則以上對折

狗抓地毯

開明

美國人廉耳（I. H. Moore）給芝學校講倫理學，首五講是說動物與人之「獸性的遺傳」（Survival of Savage），經英國的「唯理協會」蔡來單行出版，是一部很有趣味與實益的書。（本書已由李小峯君譯出，收入新潮叢書，不久出版。）他將歷來宗教家道德家聚訟莫決的人間罪惡都歸諸獸性的遺留，以為人要知道狗扒地毯，便可了解一切。我家沒有地毯，已飼的老狗 Ess 是古稀年紀了，也沒力氣抓，但夏天寄住過的客犬 Bona 與 Petty 卻真是每天咕哩咕哩睡醒過，有些狗隔睡還要打堂旦，實在是一種兇猛的背手的動作。這為什麼緣故呢？因為狗在做狠的時候，不但沒有地毯，連藳地都沒有待候，終日奔走覓食，倦了要睡下去，到了現在，有現成的地方可以高臥，但是老脾氣還要踏踐過不能睡上去，卻了現在，有現成的地方可以高臥，但是老脾氣還要發露出來，做那無聊的動作。在人間也有許多

野蠻（或者還是禽獸）時代的習性留存着，本是一例。兩性關係既有這樣偉大的感應力，可是一種追動慾的長養，一面也就能夠妨害或阻止自然的進行，所以有些部落那時又特別禁止肉慾，以為否則將使結果不實，百草不長。也會對於性的迷信特別屬行禁欲，反對別人的戀愛事件，雖然我們看出其中含有物慾的嫉妒，而還以以為這種思想的傳染，百草不長。也會對於性的迷信特別屬行禁欲，反對別人的戀愛事件，雖然我們看出其中含有物慾的嫉妒，而還以兩性關係有左右天行的神力，非常習的戀愛必將引起社會的災禍，殃及全羣。（現代謂之

這話的確是不錯的。我看普通社會上對於不已的戀愛事件都抱有一種猛烈的憎恨，正是獸性的遺留之一證。還天是冬季的初造期正如小孩們所說門外的「狗也正在打仗」我們家裏的青兒大抵抱着尾巴同來，他的背上逗負着那些傷，或者可以說是由於扶着好大的熱情于失戀的「義俠」，也說不定。情于失戀的「義俠」，也說不定。

這本來也沒有什麼可笑，只是他們便把性的風俗的思想，非先把他按胚看得太神奇了，生出許多的風俗的思想，非先把他按胚則博士的「金枝」（J. G. Frazer, The Golden Bough——「我所有的只是一卷的節本。據五六

已經無用或反而有害的東西了，唯有時仍要發動，於是成為罪惡，以及別的種種荒謬迷信的惡習。

本期目錄

狗抓地毯　　　　　　　　　開明
論土氣與思想界之關係　　　林玉堂
野草　　　　　　　　　　　魯迅
林琴南與羅振玉　　　　　　開明
死尸　　　　　　　　　　　徐志摩
禮的問題　　　　　　　　　周作人
關於楊君髠來事件的辯正（前篇）
　　　　　　　　江紹原　魯迅　李遇安

《野草》在《語絲》上發表

《野草》在《语丝》上发表

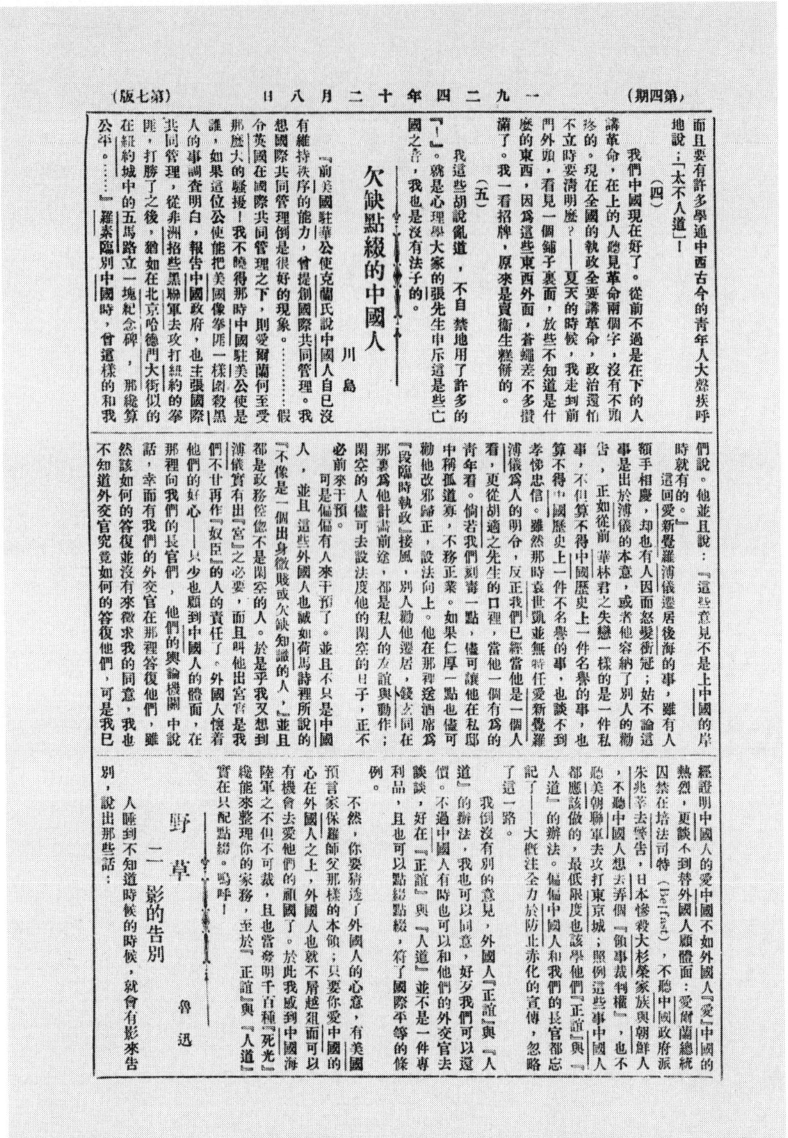

（第四期）　一九二四年十二月八日　（第七版）

而且要有許多學通中西古今的青年人大聲疾呼地說：「太不人道」！

（四）

我們中國現在好了。從前不過是在下的人講革命，在上的人聽見革命兩個字，沒有不頭疼的。現在全國的執政全要講革命，政治還怕不立時要清明麼？——夏天的時候，我走到前門外頭，看見一個鋪子裏面，放些不知道是什麼的東西，因為這些東西外面，蒼蠅差不多攢滿了。我一看招牌，原來是賣衛生糕餅的。

（五）

我這些胡說亂道，不自禁地用了許多的『！』。就是心理學大家的張先生申斥這是些亡國之音，我也是沒有法子的。

欠缺點綴的中國人

川島

『前美國駐華公使克蘭氏說中國人自已沒有維持秩序的能力，曾提倡國際共同管理。我想國際共同管理倒是很好的現象。……假令英國在國際共同管理之下，則愛爾蘭何至受那麼大的騷擾！我不曉得那時中國駐美公使是誰，如果這位公使能把美國像拳匪一樣閣殺黑人的事調查明白，報告中國政府，也主張國際共同管理，從非洲招些黑聯軍去攻打紐約的拳匪，打勝了之後，猶如在北京哈德門大街似的在紐約城中的五馬路立一塊紀念碑，那纔算公平。……』羅素臨別中國時，曾這樣的和我們說。他並且說：『這些意見不是上中國的岸時就有的。』

這回愛新覺羅溥儀遷居後海的事，雖有人額手相慶，卻也有人因而怒髮衝冠；姑不論這事是出於溥儀的本意，或者他容納了別人的勸告，正如從前華林君之失戀一樣的是一件私事，不但算不得中國歷史上一件名譽的事，也算不得中國歷史上一件不名譽的事，也談不到孝悌忠信。雖然那時袁世凱並無特任愛新覺羅溥儀為人的明令，反正我們已經當他是一個人看，更從胡適之先生的口裡，當他一個有為的青年看。倘若我們刻毒一點，儘可讓他在私邸中稱孤道寡，不務正業。如果仁厚一點也儘可勸他改邪歸正，設法向上。他在那裡送酒席為『段臨時執政』接風，別人勸他遷居，錢玄同在那裏為他計畫前途，都是私人的友誼與動作；不閑空的人儘可去設法度他的閑空的日子，正不必前來干預。

可是偏偏有人來干預了。並且不只是中國人，並且這些外國人也儼如荷馬詩裡所說的『不像是一個出身微賤或欠缺知識的人』。並且都是政務倥傯不是閑空的人。於是乎我又想到溥儀實有出『宮』之必要，而且叫他出宮實是我們不甘再作『奴臣』的人的責任了。外國人懷着他們的好心——只少也顧到中國人的體面，在那裡向我們的長官們，他們的輿論機關中說話，幸而有我們的外交官在那裡答復他們，雖然該如何的答復並沒有來徵求我的同意，我也不知道外交官究竟如何的答復他們，可是我已經證明中國人的愛中國不如外國人『愛』中國的熱烈，更談不到替外國人顧體面：愛爾蘭總統囚禁在培法司特（Belfast），不聽中國政府派朱兆莘去警告，日本慘殺大杉榮家族與朝鮮人，不聽中國人想去弄個『領事裁判權』，也不聽美朝聯軍去攻打東京城；照例這些事中國人都應該做的，最低限度也該學他們『正誼』與『人道』的辦法。偏偏中國人和我們的長官都忘記了——大概注全力於防止赤化的宣傳，忽略了這一路。

我倒沒有別的意見，外國人『正誼』與『人道』的辦法，我也可以同意，好歹我們可以還價。不過中國人有時也可以和他們的外交官去談談，好在『正誼』與『人道』並不是一件專利品，且也可以點綴點綴，符了國際平等的條例。

不然，你要猜透了外國人的心意，有美國預言家保羅師父那樣的本領；只要你愛中國的心在外國人之上，外國人也就不屑越俎而可以有機會去愛他們的祖國了。於此我感到中國海陸軍之不但不可裁，且也當發明千百種『死光』纔能來整理你的家務，至於『正誼』與『人道』實在只配點綴。嗚呼！

野草

魯迅

一　影的告別

人睡到不知道時候的時候，就會有影來告別，說出那些話：

《野草》在《语丝》上发表

目录标题：(此时《语丝》已不设目录栏)

正文标题：野草题辞　(鲁迅的署名在文末，同《鲁迅全集》)

从上述统计可见，全部《野草》24篇，共用了16次发表。其中3篇集中发表的1次，2篇集中发表的6次，其余为每次发表1篇。有意思的是，《语丝》作为一本"小众"刊物，编排上有不少随意性。当然这种随意性也是在发表过程中摸索规律、调整做法的过程。比如，目录和正文之间，在标题排列上就有好几种做法。第一次目录上只显示《野草》，正文显示为"一　秋夜"，第二期目录是《野草》(二至四)，正文同第一次。再往后，则目录直接显示作品题目，正文则以副标题形式标明序列号。但也有特殊处，第六十期发表《聪明人和傻子和奴才》《腊叶》两篇时，目录上的标题又回到首次时的《野草》。

另外，由于《语丝》并不是一份文学刊物，《野草》除《题辞》位列当期头条外，正文各篇既非专栏形式连续推出，也没有一篇作为"头条"发表。只有《死后》发表在当期的头版二条。这个序列中比较有内在看点的是《复仇》。《复仇》和《复仇(其二)》同一天写成，同一天发表。我们在作品集《野草》里所见，是《复仇》《复仇(其二)》。而在《语丝》上则是《复仇》《其二》，当然副标题分别是："《野草》之五""《野草》之六"。也就是说，如果阅读《语丝》的话，更多感觉是一篇文章的两个片段，或由两节组成的一篇文章。这样理解，更有助于理解鲁迅通过《复仇》的"无戏可看"，《其二》的残酷"看客"，表达他独特而多重的"复仇"观。我还见过海外学者寇志明认为，《复仇》发表时原文是繁体的"復讎"，将此简化为简体字"复仇"，从视觉上对理解文章的旨意造成了淡化。原标题是两两相对或二人并立，与《复仇》

里的意象组合非常接近,改为《复仇》,就无此"意境"了。

在《野草》的发表与出版之间,可说的话题很多。这里,我不妨先就词句上的改变来举几个例子。查阅《语丝》,发现有不少语言、字词其实与后来的出版成书还是有差异,而且不在少数。可举例为证。1927年7月的初版《野草》,与后来的《鲁迅全集》大体相同。更明显的差异在《语丝》发表与结集成书之间。所以这里就拿最初的发表和最新的《鲁迅全集》(2005年版)作比较了。

如《希望》,在《语丝》和《鲁迅全集》之间,至少有如下不同:

(文字有下划线者,为修改之处)

《语丝》:"我的心分外的寂寞"。
《全集》:"我的心分外地寂寞"。

《语丝》:"然而我的心很平安,没有悲欢,没有爱恶,也没有颜色和声音。"
《全集》:"然而我的心很平安,没有爱憎,没有哀乐,也没有颜色和声音。"

《语丝》:"我早先岂不知我的青春已经逝去了,"
《全集》:这一句的结尾是"?"

《语丝》:"虽然是悲凉飘渺的青春吧",
《全集》:把"飘"改作"漂"。(文中后面一处亦改)

《语丝》:"难道连身外的青春都已逝去"。
《全集》:"都已"改作"也都"。

《语丝》:"我只得由我来肉薄这空虚中的暗夜了。我放下希望之盾,我听到Petöfi Sándor(1823—1849)的'希望'歌:"
《全集》:"我只得由我来肉薄这空虚中的暗夜了。我放下了希望之盾,我听到Petöfi Sándor(1823—<u>49</u>)的'希望'<u>之</u>歌:"

《语丝》:"但是可惨的人生!"
《全集》:"但是<u>,</u>可惨的人生!"

《语丝》:"然而现在没有星月光,没有僵坠的蝴蝶以至爱的翔舞。"
《全集》:"然而现在没有星<u>和</u>月光,没有僵坠的蝴蝶以至<u>笑的渺茫,</u>爱的翔舞。"

《语丝》:"现在没有星,没有月光以至爱的翔舞,"
《全集》:"现在没有星,没有月光以至<u>笑的渺茫和</u>爱的翔舞<u>;</u>"

《语丝》:"绝望之为虚妄,正与希望相同。"
《全集》:"绝望之为虚妄,正与希望相同<u>!</u>"

一篇作品里至少有12处改动。
《秋夜》里"他高到仿佛要离开人间而去",《全集》版没有"高到"二字。"闪闪的睒着几十个星的眼,冷眼。"《全集》将"星"改作"星星"。词句都更顺畅了。其他如《雪》的开头一句,《语丝》发表时为:"暖国的雨向来没有变过冰冷的坚硬灿烂的雪花。"《全集》为:"暖国的雨,向来没有变过冰冷的坚硬的灿烂的雪花。""坚硬"由原来的修饰"灿烂的",加一"的"字,使之并列修饰"雪花"。结尾形容"朔方的雪花",发表时的"便蓬勃地乱飞",《全集》改成了"便蓬勃地奋飞"。"在无际的旷野上",《全集》改成了"在无边的旷野上"。

这些都应是关键字词的修改,《野草》里,类似由发表时的"的"改成出版时的"地",以及标点符号修改,那可就不在少数了。有的可能属于排版原因所致技术性错误。如《好的故事》最后一句"在昏沉的……",显然是漏掉了一个"夜"字,因为还留着空格。在接下来的第十四期,专门就《好的故事》的文字错误做了"更正"。除此处掉一"夜"字外,还指出其他三处排印错漏。即应为"乌桕"却印作"乌","打桨"却印作"打浆",以及"缕缕的胭脂水"应是"如缕缕的胭脂水"才对。《求乞者》两段并列着"一个孩子向我求乞",发表时的第一处原为"小孩子",此应属为求一致的修改。《这样的战士》里"绣出各色好花样",《全集》改为"绣出各式好花样"。《淡淡的血痕中》"使领者可以哭,可以歌",在《全集》中将"领者"改为"饮者"。

可见,对照一下《语丝》,从《野草》问世的起点出发考察,可以讨论的话题还真的不少。马马虎虎是做不了学问的,而我上述的这种以"举例"为由所做的说明,其实离严谨还有相当的距离。但我相信,有心的读者一定知道这是可以做文章的"富矿",正好去下手劳作。这方面,至少可以推荐孙玉石的《〈野草〉研究》、龚明德的文章《鲁迅〈野草〉文本勘订》,他们各自都做了较为学术的论证,更可参阅。

值得提及的是,《语丝》在经办者的努力下居然"一纸风行",成为当时的一大重要文化阵地。尤其在北京大学等大学的文科学生当中很受欢迎,这也可以想见《野草》的社会反响起点很高,尽管很多文学青年声明自己并不能完全看懂。《语丝》一开始是由包括鲁迅在内的几位主创者筹资创办的,在上面撰文不用说稿费了,就是印刷发行,都是自掏腰包凑的。第一期只印了2000册,后来在参与其中的几位青年的四处推销下,居然一路上涨,可以实现收支相抵了。鲁迅说:"《语丝》的销路可只是增加起来,原定是撰稿者同时负担印费的,我付了十元之后,就不见再来收取了,因为收支已足相抵,后来并且有了赢余。"这"赢余"就是语丝社成员"聚餐会"的主要来源。编辑兼做发行,其精神也十足可感。第十三期刊尾,发表有一篇孙伏园写给同人李小峰的信,叫做《亲送〈语丝〉记》。其中可以见出"夹着《语丝》沿街叫卖"是大家共同的责任,而且还叙述了一则小小的故事。是说在"虎坊桥33号有一位叫阎进兮的读者",屡次来信责问收不到《语丝》,而孙伏园说,寄去的《语丝》,邮局总是说查无此人并贴条退回。孙伏园于是决定"为了语丝的缘故,也为了好奇心的驱使的缘故,我一定要亲自送去"。结果,登门后才发现这不过是一家杂货铺,字号是"瑞宝信","好像是与《语丝》不会发生什么干系似的",孙伏园探问再三,店中人居然也都说"全铺中没有姓阎的",孙伏园却依然追问是否有寄住的人。结果店铺的人四处去找,果然找出一个新来的学徒,且姓阎。于是终于可以把《语丝》送到这位读者手上了。有此敬业精神,《语丝》影响力的逐渐扩大,势所必然。从"杂货铺"也有读者看,《语丝》除了在北京大学等知识青年中有影响外,在社会的普通大众中也自有追逐者。只是不知道,这位学徒阎进兮,是否在深读着鲁迅的《野草》。

4.当《野草》在《语丝》频频遇上"周作人"

关于《语丝》和《野草》,可以展开的画幅还有很多,容我再举例来说明一番吧。但仍然是"举例"式的,不完备、不彻底的"扫描"。由于《野草》的全部作品都发表在《语丝》上,由于《语丝》本身就是鲁迅一手"拉扯"大的,所以讲清楚《野草》的发表与传播,必须得了解《语丝》的背景。然而前已说过,这实在又是一篇大文章。仅就鲁迅的《我和〈语丝〉的始终》一文提供的信息,就够分析出一本专著的。这里就只能取一端简述,且与《野草》相关。

这一端却又为什么是周作人呢?这还要联系到《语丝》的源起,更要联系到周作人是北京时期《语丝》的实际主编。

1924年,鲁迅和小乡友孙伏园往来甚多。作为晨报记者,孙伏园还随鲁迅在这年夏天访问了西安。可是有一天,因为鲁迅的原因,孙伏园在晨报干不下去了。鲁迅的记述并不是流水账式的顺序,但我只能这样剪切来尽可能还原。

"我辞职了。可恶!"

这是有一夜,伏园来访,见面后的第一句话。那原是意料中事,不足异的。第二步,我当然要问问辞职的原因,而不料竟和我有了关系。他说,那位留学生乘他外出时,到排字房去将我的稿子抽掉,因此争执起来,弄到非辞职不可了。但我并不气忿,因为那稿子不过是三段打油诗,题作《我的失恋》,是看见当时"阿呀阿唷,我要死了"之类的失恋诗盛行,故意做一首用"由她去罢"收场的东西,开开玩笑的。这诗后来又添了一段,登在《语丝》上,再后来就收在《野草》中。

"那位留学生",正是"现代评论派"徐志摩、陈西滢阵营里的刘勉己。他擅自抽掉《我的失恋》的原因,孙伏园《京副一周年》有详细记述:

去年十月的某天,就是发出鲁迅先生《我的失恋》一诗的那天,我照例于八点到馆看大样去了。大样上没有别的特别处理,只少了一篇鲁迅先生的诗,和多了一篇什么人的评论。……因为校对报告我,这篇诗稿是被代理总编辑刘勉己先生抽去了。"抽去!"这是何等重大的事!但我究竟已经不是青年了,听完话只是按捺着气,依然伏在案头上看大样。我正想看他补进的是一篇什么东西,这时候刘勉己先生来了,慌慌忙忙的,连说鲁迅的那首诗实在要不得,所以由他代为抽去了。但他只是吞吞吐吐的,也说不出何以"要不得"的缘故来。这时我的少年火气,实在有些按捺不住了,一举手就要打他的嘴巴(这是我生平未有的耻辱。如果还有一点人气,对于这种耻辱当然非昭雪不可的)。但是那时他不知怎样一躲闪,便抽身走了。我在后面紧追着,一直追到编辑部。别的同事硬把我拦住,使我不得动手,我遂只得大骂他一顿。同事把我拉出编辑部,劝进我的住室,第二天我便辞去《晨报副刊》的编辑了。

简要地说,因为孙伏园的辞职,才有了《语丝》的创刊。多位当事人的记述证明了这一点。鲁迅的记述是:

> 但我很抱歉伏园为了我的稿子而辞职,心上似乎压了一块沉重的石头。几天之后,他提议要自办刊物了,我自然答应愿意竭力"呐喊"。至于投稿者,倒全是他独力邀来的,记得是十六人,不过后来也并非都有投稿。于是印了广告,到各处张贴,分散,大约又一星期,一张小小的周刊便在北京——尤其是大学附近——出现了。这便是《语丝》。

这十六人就是《语丝》的主力阵容。据陈离著作《在"我"与"世界"之间——语丝社研究》描述,"十六人名单"也是有多种"版本",很难厘清。而且"撰稿人"和"聚餐会"也是一笔糊涂账。就《语丝》上的作者名单而言,鲁迅、周作人、孙伏园、钱玄同、顾颉刚、川岛、章衣萍等等,都是其中的活跃作者。鲁迅无疑是《语丝》的热心支持者,更是其主力作者,"仅仅在《语丝》创刊后的一年中,鲁迅先生所写成的诗、小说、散文,登载在《语丝》上的就有四十三篇"(川岛《忆鲁迅先生和〈语丝〉》)。这当中,《野草》诸篇就应在一半左右。

回到鲁迅、周作人及《语丝》的话题。首先是孙伏园辞职晨报的原因。鲁迅所记是因为《我的失恋》,但比鲁迅《我和〈语丝〉的始终》

更早的1925年11月23日《语丝》第五十四期上，周作人就有《答伏园论〈语丝〉的文体》，其中有说："当初你在编辑《晨报副刊》，登载我的《徐文长的故事》，不知怎地触犯了《晨报》主人的忌讳，命令禁止续载，其后不久你的瓷饭碗也敲破了事。"

孙伏园的《京副一周年》晚于周作人文章半个月发表，而且回应也确实提及了两件事。他说：

> 《语丝》第五十四期里，岂明先生已经提起这件旧事。所谓"这件旧事"者，关于上面所讲鲁迅先生《我的失恋》一诗还只能算作大半件，那小半件是关于岂明先生的《徐文长的故事》，岂明先生所说一点儿也不错的。不过讨厌《我的失恋》的是刘勉己先生，讨厌《徐文长的故事》的是刘崧生先生罢了。

正如陈子善先生所认为的，孙伏园辞职晨报，"主要原因也即导火线是鲁迅《我的失恋》'抽去'不能发表，次要原因是周作人等人的《徐文长的故事》被叫停"，并且认为，"但是，到了二十世纪五十年代以后，次要原因却消失得无影无踪，鲁迅《我的失恋》不能发表成了孙伏园离开《晨报副刊》唯一的原因。这是不符合史实的，应该澄清"（陈子善《〈京报副刊〉序言》）。

此说当然有理。不过，其实鲁迅和周作人二人的记述，也都是只提自己的原因，而忽略了对方。我以为这个忽略在双方都是故意的、刻意的。不是他们不愿意，而是兄弟失和后造成的，也是共同恪守的"回避制"导致的。轻易不要提及对方，以免产生新的误会，甚至也不去主动、公开、直接纠正对方错、漏，似乎也是二人之"信守"。于是就造成了这样的各执一词。孙伏园与兄弟二人的关系都要呵护好,所以必须是都得讲,"一大半""一小半"之分已经很追求实事求是原则了。诚如陈子善先生所言,孙伏园辞职的主因和导火索是《我的失恋》,加之前有《徐文长的故事》,更下辞职决心了。这样理解应该与事实大体相符。这笔账真要说得很清楚可能也没那么容易。周作人在1962年出版的《木片集》里有一篇文章《〈语丝〉的回忆》,文中提到《语丝》的创办,就必须得提到孙伏园的从晨报辞职,称"孙伏园失了职业",但原因呢?周作人却避而不谈。这是信守了二人原则,还是又是一种深曲所在,各人自己判断。

  说起兄弟二人的互相回避,那也是当时很多共同朋友都心知肚明的事。这回避从行动上看主要是鲁迅,为了避免与周作人见面,他几乎回绝了"圈里人"(借当今说法)的聚会邀约。这方面有多人记述回忆。而且鲁迅自己也说,他对于《语丝》名字的由来,只知随意翻书找出两字其一,却不知是一次成功还是废了重来最终决定其二。因为是主力成员在茶楼里创意完成的,"但我那时是在避开宴会的,所以毫不知道内部的情形"。陈离著作还帮我解开了一个疑惑,为什么兄弟二人回避见面却总是鲁迅"避开宴会"?"语丝社"的班底如周作人、孙伏园等都是新潮社成员,刊头上的办刊"地址"都标明是"北京大学第一院新潮社"(第六十五期始改"北京大学第一院语丝社"),周作人十分活跃且是事实主编的局面下,鲁迅选择主动回避更可理解。郁达夫就说过:"而每次语丝社人叙会吃饭的时候,鲁迅总不出席,因为不愿与周作人氏遇到的缘故。"(郁达夫《回忆鲁迅》)

  但是,虽然亲兄弟可以不见面,《野草》与周作人文章频频在《语丝》上"碰面",却简直有如影随行之感。《语丝》前八十期内,鲁迅发表文章而与周作人(或开明、岂明)名字并列是常数。八十期内,鲁迅共发表小说、杂文、散文诗56篇,周作人则翻倍都不止。他们共为作者,自然也理应互为读者。这其中有没有关于《野草》的蛛丝马迹呢?按照"回避制"原则,似没有公开的反应,但周作人式的"深曲"表达却也有让人感受到的时候。比如,鲁迅在1925年2月9日《语丝》第十二期发表了《好的故事》,描写在梦中见到家乡的美景,无论背后的深意何在,直接的观感就是歌颂家乡的山水。再联系到此前的两期连续推出《雪》和《风筝》,也都是身处北京怀念故乡风土。这三篇作品相加,鲁迅的情感选择十分清晰。"主编"周作人自然不会没有读到,其中的风景甚至人和事,不是没有感触,尽管他从未说起过。(关于"风筝"故事之乌有的说明,那是鲁迅的身后事了。)但在《语丝》的第二十七期上,有一则周作人与读者相互间的通信。信中的内容是竭力贬损"江南"的风景,而且是以同意读者"废然"来信的呼应口吻。此时是同年4月18日,时隔《好的故事》发表不过一个多月。读者"废然"在信中是就《语丝》二十四期里萧保璜的《鸟的故事》发出的感想,认为这篇看似"极优美的小品文字","看完以后,毫未感到优美,只有感到不快!"并历数江南之种种令人"感到不快"处。我们当然不敢妄猜"废然"的有无,甚至有无周作人的"设置",但周作人的回信完全与读者同一立场别有意味。他说道:"萧君文章里的当然只是理想化的江南,凡怀乡怀国以及怀古,所怀者都无非空想中的情景。若讲事实一样没有什么可爱。""我们对于不在面前的事物不胜恋慕的时候,往往不免如此,似乎是不能深怪的。但这自然不能凭信为事实。"周作人还在信中把自己的体验带入,说他自己生活过的五个地方,浙东、浙西、南京、东京、北京,"以上五处之中,常常令我怀念的倒是日本的东京以及九州关西一带的地方"。说到自己的故乡绍兴,"在我的心中只联想到毛笋杨梅以及老酒,觉得可以享用,此外只有人民之鄙陋浇薄,天气之潮湿,苦热等等,引起不快的追忆。我生长于海边的水乡,现在虽不能说对于水完全没有情愫,但也并不怎么恋慕,去对着什刹海的池塘发怔"。周作人进而总结道:"我这种的感想或者也不大合理亦未可知,不过个人有独自经验,感情往往受其影响而生变化,实在是没法的事情。"曲笔之绕,用意之深,不能不让人产生联想。而萧保璜的那篇《鸟的故事》,本身就与《好的故事》只一字之差,而且是以写给"开明"即周作人来信的方式发表出来。有趣的是,这封信里对于江南的赞美是基于这样的一个叙述法:作者寄居北京,感觉环境十分丑恶,内心十分苦闷,于是只能在梦中怀念自己的故乡"江南"了,江南的美妙春色、令人心醉的鸟声,都让他无限眷念。几乎就是一副"文青"式的《好的故事》的仿写。

若说周作人给读者"废然"的回信,就是对鲁迅《野草》里的"故乡三篇"的评论,显然证据不足,但若说写这封信时脑子时有《野草》的影子闪动,那是非常合乎逻辑的推导,也较为符合周作人的为文风格。或者,鲁迅才应该是作者想象中的对应读者吧。

关于周作人对《野草》,直接的评论的确没有,但我在前一章里曾引用过何满子引用过的周作人的一段话,可以推断他其实是非常关注《野草》的认真的读者。这里不妨再引用一次。周作人的文章里是这样说的:

有些本来能够写写小说戏曲的，当初不要名利所以可以自由说话，后来把握了一种主义，文艺的理论与政策弄得头头是道了，创作便永远再也写不出来，这是常见的事实，也是一个可怕的教训……把灵魂卖给魔鬼的，据说成了没有影子的人，把灵魂献给上帝的，反正也相差无几。不相信灵魂的人站得住了……

（周作人《蛙的教训》）

我在前面谈体会道："何满子认为这是周作人对鲁迅的指桑骂槐。顺着这一观点，我以为内中'据说成了没有影子的人'似是暗指《影的告别》，'把灵魂卖给上帝的'又似联想到了《复仇（其二）》。何满子认为，到最后，'不相信灵魂的人'才是周作人为自己几年后投敌写下的夫子自道，我也以为有道理。"写到此处，我依旧认为这样的分析是有道理的，甚至可以看作就是周作人对《野草》的"深曲"式评论。

我在前面的谈论中本来还举了一个例证，说明周作人对《野草》的格外敏感，一是他即使到了晚年遍写鲁迅作品里的人物，但绝少提到《野草》。第二是他总结鲁迅创作成就时，故意不提《野草》。后来发现我的记述有误，周作人是总结到了《野草》的，所以就把这后一材料式例证删去了。今又考察，发现并非是我全错，实在是周作人做文章太有机巧，迷惑了我们。原来，事情是这样的，《关于鲁迅》一文最初写于1936年10月24日，离鲁迅逝世刚刚过去不到一周时间。文章发表于《宇宙风》，并收入《鲁迅先生纪念集》当中。在这篇总结鲁迅生平的冷静的文字里，总结鲁迅一生的"学问艺术的工作"可分为两部，"甲为搜集辑录校勘研究，乙为创作"。而在创作里，又明明白白写着:"一、小说:《呐喊》《彷徨》。二、散文:《朝华夕拾》,等。"一个"等"字,是否含有对《野草》的记忆和刻意抹去的意思呢?只有读者自己去做判断了。我之所以以为自己阅读有误,故在文章里删去,是因为同一篇文章,后又收入周作人的另一集子《鲁迅的青年时代》,这一集子里,却明明白白地把《野草》列在《朝花夕拾》后面了。而写作《鲁迅的青年时代》系列时的五六十年代,周作人已经是以"戴罪之身""吃鲁迅饭"的人了,鲁迅的文坛地位与周作人的声誉,早已成天上地下之别,再不提《野草》,肯定是说不过去的。这个修订也真是意味深长。

由此,我执意认为,周作人一定从一开始就是《野草》的认真的读者,不过他所读出的内容,恐怕与所有的"爱者与不爱者"都大为不同,别有一番滋味在心头。

但尽管如此,我还想重申一下,《野草》里没有一篇是专门写"兄弟失和"的,《风筝》里的"小兄弟"是周建人,这一点是周作人也强调过的。《野草》是诗,是哲学,是现实的种种在鲁迅内心世界的"杂合"。但如果阅读《野草》是通过《语丝》来进行,周作人就是一个挥之不去的影子。

5.《野草》的初版与早期流变

《野草》的最末一篇于1926年4月19日在《语丝》上发表后,或者,作为"序文"的《题辞》最晚在1927年7月2日的《语丝》上刊发后,《野草》的发表就算事实上终结了。但《野草》的传播其实才刚刚开始。因为《野草》题材、主题、体裁、艺术手法等诸种原因,很多阅读鲁迅的人还未能对《野草》做出及时的评论。即使如常在鲁迅身边且参与《语丝》编办事宜的川岛也承认,《野草》的稿子拿来和发表以后,我们都喜欢读,也都称赞说写得很好,然而许多篇的含义究竟是什么,我们却弄不明白,又不好篇篇都去问鲁迅先生,就只好这样不懂装懂了。

我们说《野草》从创作伊始就有整体的、系列的设想,"野草"是从《秋夜》开始就成为"冠名",但《野草》里的《一觉》是否就是鲁迅计划中的终结篇,甚至就是"跋"呢?这却不一定。从鲁迅后来的言谈中可以感觉到,他其实还有继续做下去的想法,既是为《语丝》,也是为《野草》。1926年6月,鲁迅离开北京南下厦门。但心中常惦着《语丝》,11月7日写成的《厦门通信(二)》里,他对《语丝》的李小峰说:"我虽然在这里,也常想投稿给《语丝》,但是一句也写不出,连'野草'也没有一茎半叶。"直到1927年1月16日已经踏上离厦入穗的航船,他仍然在信中对李小峰谈道:"至于《野草》,此后做不做很难说,大约是不见得再做了,省得人来谬托知己,舐皮论骨,什么是'入于心'的。"(鲁迅致李小峰《海上通信》)"入于心"是对刚刚与之决裂的高长虹的愤恨发泄。但鲁迅不做《野草》恐怕未必是因为这个原因。时过境迁,物是人非,这种时候再继续系列写作,以鲁迅对创作的要求,应该是不会了。

于是,《野草》的结集出版就推上了"议事日程"。

就在暗夜的船上写的这封"通信"里,已经透露出出版正在推进的信息。已经是"北新书局""老板"的李小峰,是《野草》的出版者。鲁迅说:"但要付印,也还须细看一遍,改正错字,颇费一点工夫。因此一时也不能寄上。"可见李小峰已经在催稿了。到了4月,鲁迅显然已经编定了《野草》,且写了《题辞》,可以"付梓"出版了。4月28日的日记记有:"寄小峰信并《野草》稿子一本。"这就应该是《野草》的书稿。5月1日写成的《朝花夕拾小引》即"宣布":"前天,已将《野草》编定了。"

果然,初版《野草》不久就由北京的北新书局正式出版了,它被纳入由鲁迅主编的"乌合丛书"。我手上的影印本初版《野草》,扉页上明确标注着:"一九二七年七月印行"。孙玉石《〈野草〉研究掠影》也说《野草》于一九二七年七月出版。同年八月又再版印刷。"

然而,鲁迅的挚友许寿裳先生在鲁迅逝世后所做的《鲁迅先生年谱》里,却写着鲁迅1927年"十月抵上海。八日,移寓景云里二十三号,与番禺许广平女士同居。同月《野草》印成"。书上标7月"印行","年谱"又说10月"印成",这是怎么回事?许寿裳难道连"七月二字都没看到吗？情形也许是这样的——即如今天也会这样——，版权页上的时间是出版时间，真正"印成"书，极有可能略晚一段时间，如两三个月，当然也有早一点就让作者拿到手的情形。也就是说，二者虽不一致，却可能都符合实情。而且，查鲁迅日记，最早有赠出《野草》的记录，还就是在10月。见14日日记有"寄立峨《野草》一本，《语丝》三本"。鲁迅携许广平这个月的3日刚刚抵达上海，"午后"刚到，即"下午同广平往北新书局访李小峰"，且"夜过北新店取书及期刊等数种"。速访是否是为了《野草》？取的书是否包括刚刚见到的样书《野草》？

其实图书、期刊标注的出版日期和实际"印成"的日期有差异，从前和现在都并非新鲜事。就比如《语丝》吧，刊头的出版日期注明是"每星期一出版"，事实上呢，据川岛回忆，开初时每期"在出版前两天——每星期六已经印好"，川岛、孙伏园、李小峰三个人，每周日一大早西装革履地跑到东安门大街的真光电影院以及东安市场去叫卖、兜售。因为每次只能卖出大约两百份，又都是坐人力车去，入不敷出，收支失衡，且认为零售太多反而影响订阅，所以他们也就不再去了。对我们来说，除了继续感慨五四青年的敬业精神外，也可以了解一点他们的出版策略了。当然了，10月才"印成"的《野草》，怎么又在8月就再版了呢？这个答案我也得继续去寻找。

《鲁迅全集》的《野草》扉页上明确写着："本书收作者1924年至1926年所作散文诗二十三篇。1927年7月由北京北新书局初版，列为作者所编的《乌合丛书》之一。作者生前共印行十二次。"龚明德认为，"《野草》具有版本学、文本学意义的文本只有三个，即《语丝》的初刊本、北新初版本和鲁迅的'自选'本。""自选"本，是指1933年上海天马书店印行的《鲁迅自选集》,其中收入《野草》里的七篇作品:《影的告别》《好的故事》《过客》《失掉的好地狱》《这样的战士》《聪明人和傻子和奴才》《淡淡的血痕中》。龚明德强调,在版本学意义上,初发、初版、"自选"之间的比较可能更有价值。事实上,初版本和现行《鲁迅全集》之间已基本一致。主要的变化在初版对《语丝》版本的改动。

说到北新书局出版《野草》,其实同《语丝》有着直接联系。因为北新书局就是在《语丝》基础上创办的,创办者李小峰同样也是《语丝》的主要成员。李小峰,这位北大哲学系毕业的青年,却有志于从事经营出版事业。在鲁迅眼里,他和孙伏园、川岛一样,"都是乳毛还未褪尽的青年",鲁迅从他们"自跑印刷局,自去校对,自叠报纸,还自己拿到大众聚集之处去兜售"的行为中,看到了"青年对于老人,学生对于先生的教训"。李小峰在《语丝》发展的基础上创办北新书局的想法,自然得到了鲁迅的支持。鲁迅所译的厨川白村的《苦闷的象征》,就成了北新书局的第一本出版物。由于鲁迅周作人兄弟失和,鲁迅的小说集《呐喊》自第三版开始,也不再由周作人主持的新潮社出版,而交由北新书局印行。《呐喊》是当时众多读者渴欲读到的新文学作品,北新书局的前景当然一片大好。可以说,北新书局就是在鲁迅的大力支持和实际贡献的前提下发展壮大的。尽管在1929年鲁迅与李小峰因为版税拖欠原因几乎诉诸法律,但鲁迅因为多年感情、朋友调停,以及对李小峰身上的难得的"傻气"的良好印象,在协商解决的前提下,始终保持着与北新书局的合作。

回到《野草》。离开北京的一年内,鲁迅先后奔波厦门、广州、上海,目睹了更多难耐,经历了更多愤怒,产生了许多新的愤懑之情,再加上不停地安顿生活,以及与许广平的相携,《野草》的写作已不大可能继续。前述的在厦门和赴广州船上与李小峰的通信中,鲁迅均已表达了有心无力的无奈。1926年11月21日致韦素园信中抱怨道:"我在此也静不下,琐事太多,心绪很乱,即写回信,每星期需费去两天。周围像死海一样,实在住不下去,也不能用功,至迟到阴历年底,我决计要走了。"这封信还特别谈到《野草》。主要意见,是《野草》已决定将由北新书局出版,不能另做计划。"《野草》向登《语丝》,北新又印《乌合丛书》,不能忽然另出。《野草丛刊》亦不妥。"至少此时已决定了《野草》的出版意向。

北新书局的主要出版物由《未名丛刊》和《乌合丛书》构成。"未名"主要出译著,如《苦闷的象征》,此系列后移交未名社出版。"乌合"则以创作为主。内收鲁迅的《呐喊》《彷徨》《野草》,许钦文的《故乡》,高长虹的《心的探险》,向培良的《飘渺的梦及其他》,淦女士的《卷葹》等。鲁迅亲自为两种丛书撰写广告,此广告最早刊发在1926年7月未名社出版的台静农所编《关于鲁迅及其著作》版权页后。整整一年后的初版《野草》,在版权页后也附上了这则广告。标题为《未名丛刊与乌合丛书》,下有:"鲁迅编"。正文如下:

> 所谓《未名丛刊》者,并非无名丛书之意,乃是还未想定名目,然而这就作为名字,不再去苦想他了。
> 这也并非学者们精选的宝书,凡国民都非看不可。只要有稿子,有印费,便即付印,想使萧索的读者,作者,译者,大家稍微感到一点热闹。内容自然是很庞杂的,因为希图在这庞杂中略见一致,所以又一括而为相近的形式,而名之曰《未名丛刊》。

大志向是丝毫也没有。所愿的：无非(1)在自己,是希望那印成的从速卖完,可以收回钱来再印第二种；(2)对于读者,是希望看了之后,不至于以为太受欺骗了。以上是一九二四年十二月间的话。现在将这分为两部分了。《未名丛刊》专收译本；另外又分立了一种单印不阔气的作者的创作的,叫作《乌合丛书》。

在此后面还附录了两种丛书目录并带广告语。"乌合丛书"依次计有：《呐喊》《故乡》《心的探险》《飘渺的梦及其他》《彷徨》《野草》六种。《野草》的广告语："《野草》可以说是鲁迅的一本散文诗集,用优美的文字写出深奥的哲理,在鲁迅的许多作品中,是一部风格最特异的作品。"在六种书中,鲁迅的《呐喊》《彷徨》并无推荐语,只有作品的基本信息。而许钦文、高长虹、向培良作品,包括《野草》,都有内容、风格上的介绍。至少其他几位的广告语均出自鲁迅,许钦文《故乡》的封面,是鲁迅亲自选择陶元庆关于绍兴"目连戏"题材画作,以应和作品内容。高长虹《心的探险》更是由"鲁迅选并画封面",可谓用心良苦。然而,高长虹不久与鲁迅反目闹翻后,这广告语"长虹的散文及诗集,将他的以虚无为实有,而又反抗这实有的精神苦痛的战叫,尽量地吐露着"也成了话题。

说实话,《野草》的广告语倒不像出自鲁迅的手笔,除了"可以说"三字外,其他就更不像了。《呐喊》《彷徨》没有广告语,一是因为并非初版,且早为众多读者所知,不需要再评价。二是鲁迅自谦,不做自我推销。但是,《野草》是例外,它是初版,又是一般读者所陌生的散文诗,且连川岛等人都"读不懂",广告推荐是必需的,毕竟北新是创办者,甚至由鲁迅这样的作者筹资、垫资创办的,有"经营压力"

（借今语）。那这则广告就很有可能是李小峰这样的书店"老板"所写，当然应该也是鲁迅所认可的。

鲁迅于1927年10月3日由广州抵达上海，日记上并无此前见到《野草》样书的记载。当月又有赠人一本的记录，由此似乎可以推断他是到上海以后从李小峰处得到了样书。一直到1928年3月，日记方有寄赠《野草》的记录。这里的原因恐与初版《野草》的封面有关。初版《野草》封面由孙福熙设计，这不是关键，关键是封面上的作者署名为："鲁迅先生著"。这自然不符合通常的出版格式。鲁迅对此也很不满。1927年12月9日致川岛信中说："《华续》，《野草》他日寄上<u>《野草》初版，面题'鲁迅先生著'，我已令其改正，所以须改正本出，才以赠人。</u>"（下划线者，原为更小号字，此引时再加以下划线标识——本书注明）这就可以知道，鲁迅对初版是颇不满意的。毕竟人在"暖国"，无法过问。日记里只有寄廖立峨一本，因为廖是追随鲁迅从厦门大学转学至中山大学，直到鲁迅离穗还去帮忙并送别的青年学生，鲁迅对其关照有加，情形似是特殊。廖后又跑到上海来找鲁迅，并带着数名家人长住不走，终致鲁迅与其断绝往来，这是后话，也是另话。

北京的北新书局于1927年10月20日突遭奉军查封，《语丝》也被查禁。北新书局的"总部"就此也从北京移到了上海。鲁迅正好定居在沪上，于是应约担任了《语丝》主编。同时，《野草》的重印也可就近操作了。1928年1月重印的《野草》，已是"上海北新书局"版本。最突出的变化在封面，将"鲁迅先生著"改成了"鲁 迅 著"。鲁迅此后所赠人者，当是此一版本。

《野草》在鲁迅在世时印行过十二版次，这次数的累加最主要说

《野草》早期版本

明了鲁迅固有的名声,以及《野草》逐渐产生的影响力。照学者的话讲,版本学的意义并不大。这当然主要是对研究者而言,对众多读者来讲,认真读《鲁迅全集》就完全可以了。要理解《野草》,关键的是深读细读作品本身。当然,梳理清楚版本流变,对《野草》如何成为现代文学史上的一株"乔木",也是十分有用的。有些逸事也值得记录,如"鲁迅先生著"的署名问题。

《野草》各版本当中还有一些变化也需要深读的朋友了解。比如说,通常我们会说《野草》由24篇作品组成,这是把《题辞》也算作其中一篇。有时我们也会说《野草》是23篇文章的合集,这时候就又把《题辞》当作"序文"来对待了。由于《题辞》本身具有强烈的散文诗品质而非一般的出版说明,当然可以作《野草》正文中的一篇了。但它在创作时间、创作地点上又同其他正文有很大距离,所以作为"序文"也是合理安排。我们看《鲁迅全集》,以及以《全集》为"模板"的《野草》单行本,《题辞》和《秋夜》等在目录上是并列位置,即目录之后连排24篇作品。但在初版本上,《题辞》"独立"位列于目录之前,是当作"序文"来对待的。

这当然是个小小的排版技术因素,但在鲁迅在世时,却并不这么简单。因为这"序文"在后来的版本中"不翼而飞"了。鲁迅1935年11月23日致邱遇信中说:"《野草》的题词,系书店删去,是无意的漏落,他们常是这么模模胡胡的——,还是因为触了当局的讳忌,有意删掉的,我可不知道。"这显然是应答读者的疑问。确切的原因,鲁迅或真不知道,或是故意隐晦地说,鲁迅这时对北新书局以及李小峰的印象,已非北京时期。真实原因,概因"政治"。据《鲁迅全集》注释,《题辞》"在本书最初几次印刷时都曾印入;1931年5月上海北新书局印第七版时被国民党书报检查机关抽去,1941年上海鲁迅全集出版社出版《鲁迅三十年集》时才重新收入。"按照鲁迅生前《野草》印行十二版,而第七版抽掉《题辞》可知,《题辞》在这十二版里正好"存活"了一半,此后就"将遭践踏,将遭删刈"了。写作《题辞》时,正值广州发生"四一五"大屠杀后不久,险恶环境下的悲愤心情成了《题辞》的主旨。"我是在二七年被血吓得目瞪口呆,离开广东的。"(鲁迅《三闲集序言》)所以当《野草》印行时,即使后面的文章尚可通行,《题辞》也得拿下。鲁迅在广州时,因廖立峨介绍,结识了青年学生何春才,鲁迅住在白云楼时,何春才曾多次去拜访。"他听鲁迅说,写《野草·题辞》时,白云楼下有荷枪实弹的警察在放哨,天地在黑暗笼罩之下。他问'地火在地下运行,奔突……'这几句话是什么意思,鲁迅没有正面回答,只是说:'你注意到这点,就懂得一半了。'"(陈蔚良《兴宁何春才与鲁迅先生的交往》)

当然,以更加精细的专业方法去梳理《野草》的出版流变,复杂性可能还有不少。比如,雪苇早在1942年写成的《〈野草〉的〈题辞〉》一文中,就对《野草》版次和《题辞》的"抽掉"提出过有别于上述分析的看法。一是在版次方面,他认为,"按《野草》初版当在一九二七年六月,初印一千册;再版于同年八月,加印三千,封面均为'鲁迅先生著'字样。"又进而说,"三版完全改观,改'鲁迅先生著'为'鲁迅著'。"而关于《题辞》的"抽掉",他记述自己"再归上海,更买五版的《野草》,展开一看,赫然没了《题辞》,使我非常的惊奇"。《鲁迅全集》明确解释是从第七版"抽掉",而雪苇却非常肯定地表示:"但从此记住:《题辞》之被抽,不始自四版,定始自五版。"这是不是因为雪苇是按照"上海北新书局"的版次计算,而未算入他所说的"北京北新书局"的"二版"呢？

　　比这一"技术性"因素更特殊的观点，是雪苇认为，《题辞》的"抽掉"是鲁迅自己所为，原因是《题辞》的内容。雪苇认为，"地火在地下运行，奔突；熔岩一旦喷出，将烧尽一切野草，以及乔木，于是并且无可朽腐。"这是鲁迅在写作时对革命形势的乐观判断，但其后的形势发展却证明，"'地火'并未喷出，而是给出卖了！"鉴于革命形势并未立刻发生从低潮到高潮的变化，反而更加黑暗，鲁迅一定是认为"留着《题辞》，将不是自己的坦白，而是自己的束缚和诽谤"，"《野草》仍须生存"，而《题辞》却变成了"书生式的坦白"，"故抽掉它，是完全必要和刻不容缓的"。雪苇这种善意的靠自己的猜想和判断"想通了问题"，却与鲁迅反复强调的不知为何被"抽掉"，再三要求也没用的自我表述，以及学界后来的公认明显不符，故以聊备一说记之。

　　到今天，《野草》的出版已经超过了90年。我唯一参加的一次《野草》主题学术会议，就是2017年在上海复旦大学召开的《野草》出版90周年国际学术研讨会。本书的缘起也是那次会议。时光荏苒，《野草》的全貌呈现在一代代读者面前，且可以发挥最大的想象去表达各自对《野草》的理解。时代是进步的。这是《野草》之幸，是读者之幸。

6.《野草》翻译的难点

在鲁迅关于《野草》的自述文字里,有一篇文章是引用率最高的,这就是《〈野草〉英文译本序》。这篇文章作于1931年11月5日。在收入《二心集》前并未发表过。若干年来,每当人们为《野草》里的某一篇作品的理解产生疑惑,或产生争论时,鲁迅的"作者意图"就成了各自的理据。而此篇序言几乎为所有研究、评论、介绍《野草》的人们引用过。作为一篇序言,它是鲁迅应一位并不熟识的译者所写的。开头的一句就是:"冯 Y.S.先生由他的友人给我看《野草》的英文译本,并且要我说几句话。"这位"冯 Y.S.先生",就是译者冯余声(亦称冯余生),他当时是左联成员,因为到上海时间并不久,与鲁迅的交往应该不多。此前的11月2日,鲁迅日记有"上午得冯余声信,即复",可判断冯的来信就是希望作者写一篇序言的请求。鲁迅在三天后的5日即写了这篇宝贵的序言。6日即有"与冯余声信并英文本《野草》小序一篇",任务已经完成。

但这并没有成为《野草》"走向世界"(借今语)的开端。因为这本英文译本的《野草》并没有出版。简单查阅可知,冯余声者,本名冯菊坡,广东顺德人,生于1899年,1930年到上海参加左联时,也不过30岁刚过。他少年时就读于广州一所英语学校。这应该是他翻译《野草》的基础前提。但这位冯菊坡者最厉害的恐怕还不在英文。原来,他是最早的广东共产党员之一,入党时间是1921年8月。他不但担任过广东中共组织的主要负责人,还出席了1923年6月在广州召开的中共"三大"。1927年,国民党当局发动"四一五"政变,鲁迅在白云楼上写下《野草·题辞》。而这一年秋天,鲁迅与许广平坐船途经香港北上上海时,冯调任中共香港市委书记。这渊源也可算是曾经同城,而且神交了。

冯余声的译文是怎样的,似乎没什么留下来的痕迹。他肯定是鲁迅的热心读者和热情追逐者,他另外还译有鲁迅的文言小说《怀旧》就是证明。冯的译文毁于战火,这是一件让人想来十分痛心的事。1933年11月5日,鲁迅在致姚克信中说道:"《野草》英译,译者买[卖]给商务印书馆,恐怕去年已经烧掉了。"这就是指1932年1月的"一·二八"淞沪抗战。那场惨烈、悲壮的殊死战斗,留下很多话题。而1月29日上午,日军飞机轰炸上海并炸毁商务印书馆,是其中的一个重要环节,而《野草》的英文译稿并鲁迅的序,就应当毁于这次轰炸。1926年4月,军阀的飞机在北京城上空投掷炸弹,遂使有了《野草》的终末篇《一觉》的开头。六年之后在上海,《野草》的英文译稿又毁于日军的飞机轰炸。这不能不让人想到《野草·题辞》里的那些话:"野草,根本不深,花叶不美……当生存时,还是将遭践踏,将遭删刈,直至于死亡而朽腐。""我自爱我的野草,但我憎恶这以野草作装饰的地面。"但正如"于无所希望中得救"是《野草》的精神格调一样,毁于战火的译文,一样在灰烬中燃烧着、寄寓着野火烧不尽般的热情。"但我坦然,欣然。我将大笑,我将歌唱。"更不用说毕竟这次翻译出版的努力,为后世留下了作者本人关于《野草》最完整、最"系统"、最清晰的意图阐释。它的珍贵和重要,在某种程度上不亚于英文译本的问世。

　　完整的英文版《野草》没有在鲁迅在世时出版,但今天,《野草》走向世界早已不是什么新话题。

　　外文出版社 2010 年出版的杨宪益、戴乃迭翻译的《野草》,应该是最为通行,也可称权威的英文译本。此前,戴乃迭个人署名的译本也曾经在国内出版。杨、戴译本足以见出翻译《野草》是一件非常不容易的事,需要面对的挑战和难点实在太多。即使不说翻译,即使在专业的研究领域内,对《野草》的理解就一直分歧不断,各说各理且互相辩论。早在 20 世纪 80 年代初,李何林就梳理过关于《野草》的种种分歧意见。做翻译的人即使理清楚了这些分歧,又如何从中辨析并找出恰切的词汇、语言来谋求"共同认可"呢?以我极其初浅的水平读杨戴译本,随时能感受到这种困难和挑战。我当然不敢说自己想"指正"前辈大家的译文,而是说通过翻译这个小小的窗口,也能看出理解《野草》之难。让我试着举例谈一点感受吧。

　　在《野草》里,有些反复出现的概念如何用英文词汇对位是个突出难点。比如,"空虚""虚空""虚无",这三个词在《野草》里到底含义何在,为什么要用三种不同表述?我在分析《野草》的诗性与哲学时已经按照自己的理解"强行"分析过,在我看来,这三个词义相近的概念,在《野草》里似乎可以找出它们各自代表的意义重点。"空虚"是曾经"实有"然而幻灭。"当我沉默着的时候,我觉得充实,我将开口,同时感到空虚。""空虚"是本来就是完全的乌有。"你还想要我的赠品。我能献你甚么呢?无已,则仍是黑暗和虚空而已。""虚无"

则是以为有然而事实上却无。"我将用无所为和沉默求乞,……我至少将得到虚无。"仔细品味,应该感受到三者之间的微妙区别。

再来看杨、戴译文。

"空虚":《题辞》《希望》里的译作 empty/emptiness;《淡淡的血痕中》译作 nothing。

"虚空":《影的告别》译作 nothingness;《复仇(二)》译作 mid-air。

"虚无":《求乞者》译作 nothingness。

Nothing 成了"虚""空""无"的基本概念。这的确很难区别。但我至少以为,把《复仇(二)》里的"十字架竖起来了,他悬在虚空中"的"虚空"译作 mid-air,似乎只表达了物理上的"半空中"的意思,但鲁迅要在"虚空"里传递的受难者精神层面上的悲悯与肉体的悬空之间的反差,以及在这种强烈反差中要表达的对看客们的悲悯与仇恨,就被淡化了。也许,与之近义的 vacant/void 或许都是可以纳入参考的词汇。英译本将《影的告别》里的"我不如彷徨于无地"中的"无地"也译作 nothingness,至少让人对"无地"与"虚空"之间更大的差异产生混淆。原文比较明显地表示,在黑暗与光明之间彷徨、徘徊,无法做出坚定的抉择,是"影"要表达的内心与处境的矛盾、迟疑。"无地"就是明与暗之间的临界状态,nothingness 可能未必是最佳选项。

《野草》里,对立概念的组合以至一组对立概念的排比随处可见。这其中最多见的就是"明与暗"了。如何理解"明"与"暗",也是理解《野草》非常重要的关键词。比如最集中的《影的告别》里,表示这种光的明与暗对比的概念有四种:黑夜、光明,是最强烈的对比;黄昏、黎明,是介于黑夜与光明之间的过渡时刻;从黄昏到黑夜,从黎明到白天,这是有严格分界的。然而偏偏那个影却正处在"明暗之间",他不愿意这样彷徨,他要决绝地走向黑暗,但他不得不彷徨在明暗之间。这个"明暗之间",就是处在光明与黑暗之间的中间的、尴尬的、难耐的位置,是一种临界状态。而英译本将"明暗之间"译作 between light and shade。但 shade 应是一个昏暗的、灰暗的状态,还没有达到黑暗的程度。shade 本身就有"明暗之间"的倾向。所以我以为,"明暗之间"就应该直接译作 light and darkness 更能体现是两种强烈对比中的中间状态。事实上,杨、戴译本对《题辞》中的"明与暗"的翻译就选择了 light and darkness。而在《求乞者》里,"我至少将得到虚无"的"至少"被译作 at last,我则情愿认为,那不过是 at least 的排印错误。当然译文中将"得到虚无"的"得到"译作 receive,也是可以讨论的。因为 receive 就是"收到""得到"某物,而 get 则有"收获""感受"等更具情态含义的词义。从鲁迅表达的"我"因为不愿意装出一副可怜,假装一种可惨的状态而去求乞,注定什么都得不到,"但我至少将得到虚无",因为"不屈服",所以注定求乞失败,这种"虚无"(nothingness)的得到,更是一种"虚无感"的体验。所以,也许 get 是一个更能接近原意的词。

　　有些翻译,可能是原文设置的天然障碍,很难用类似原文那样精练的词语准确传递出作者的创作意图。比如《雪》的开头,"暖国的雨,从来没有变过冰冷的坚硬的灿烂的雪花。"英译本译作 The rain of the south has never congealed into icy, glittering snowflakes。首先,译文漏掉了原文"坚硬的"(solid)一词。这恰好如当初在《语丝》发表时一样,"坚硬"只是作为"灿烂的"修饰存在而作"坚硬灿烂的"。更重要的是关于"暖国"一词的理解。因为接下来又有"江南的雪"。"江南"被译成 south of Yangtze。问题在于,south 与 south of

Yangtze之间,哪个更南,这是一般读者尤其是英语读者很难分辨得出来的。但如果把"暖国"直接换成"岭南"去翻译,似乎又离直译太远。我以为,加一个warmly也许可以解决一部分问题,虽然也不能完全表达原文的含义。我在前面的分析中已经说过,暖国、江南、朔方,鲁迅通过这三个概念,借用"雪"的意象,在一篇短短的文章里涵盖了全中国。

可见,经过必要的、明确的精确度区分,使作品的理解更加容易,是翻译中必须面对的难题。再比如《腊叶》里有一句:"将坠的病叶的斑斓,似乎也只能在极短时中相对。"而译文把"在极短时中"译作for the shortest time(最短的时间)。然而"极短时"和"the shortest time"之间还是有明显差别的。"病叶"是鲁迅的自况,能以斑斓的色彩献给"爱我者"是其愿望。但又深知可以相对的时间非常有限。所以"极短的"是一种担心,"the shortest"就是一种判断了。此处还是用比较级更妥。有些翻译是否精准,则取决于读者各自的理解了。比如《颓败线的颤动》的结尾,当"我"要从梦中走出时,用了这样的机巧:"我梦魇了,自己却知道是因为将手搁在胸脯上的缘故;我梦中还用尽平生之力,要将这十分沉重的手移开。"英译本将"搁在胸脯上的"手译成复数即hands。然而我以为,一般地认为,是一只手无意识地搁在胸脯上造成的压力使做梦的概率增加,而不是两只手都捂在胸口上。复数不但使动作更多"自觉性"而非做梦成因,更使"要将这十分沉重的手移开"失去了根据。两只手都压在了胸脯上,又如何去"用力""移开"呢?

不管怎么说,就像有无可能区分"空虚""虚空""虚无",如何区别"暖国""江南",如何理解"明与暗"的对比度一样,《野草》的翻译面临着众多艰难的问题。有些句子可能是怎么翻译都未能尽其意，苦心孤诣也难有止境。比如"绝望之为虚妄，正与希望相同"，译作 Despair, like hope, is but vanity，已十分准确，但又觉得与鲁迅要表达的深意之间仍有距离。再比如《这样的战士》里的第一句："要有这样的一种战士"，译作 There will be such a fighter，很近原文了吧，可是总感觉还是欠了点意味。"要有这样的一种战士"，重点在于"要有"和"一种"，"要有"是一种理想，也许现实里还没有出现这样的战士，但也可能已有，强调应该有。"一种"是类别的强调，不是一个，也不是一群，而是"一种"。就此而言，目前的翻译似乎还不解渴，但又实在想不出还有什么更好的翻译。有些句式，比如"暖国"，可能必须通过译者创造才能找到恰当表达，然而那很可能又需要注释，中断了对作品的阅读。有些词语或句式，可能连中文都不确定，更何况翻译成他国语言呢。比如还是在《这样的战士》里，"无物之阵"这个词如何翻译的确很难，总不能译成"风车"吧。说是"无物之阵"，其实又是"有物"的，"他走进无物之阵，所遇见的都对他一式点头"，结尾又有"但无物之物则是胜者"。我看到英译本把"无物之阵"和"无物之物"都译成了 nothingness，这也是一种无奈的选择，的确很难翻译。如果说《野草》给中文世界的阅读者，包括，甚至尤其是专业的阅读者留下许多谜团、分歧和争论，它带给译者的难点就更多了。但有一个现象很奇特，理解难度极大的《野草》，在海外鲁迅研究界，比如日本、欧美鲁迅研究者中，却是一个论说的重点。这倒也是很耐人寻味的情形。

7.余论:必须要做的辨正

为了完成对《野草》的梳理和理解,我阅读了大量中外学者关于《野草》的研究成果,受到颇多启示。然而有一位日本学者秋吉收关于《野草》的论述,却引发出格外的思考,因为他把鲁迅创作《野草》,说成是受了同时期一位诗人的影响才得以完成,而且把鲁迅针对此事的心态,竭力往敏感、阴暗处推论,让人读之不悦。于是我觉得有必要做一番辨正。正所谓真理越辩越明。以此与这位学者商榷,也就教于学界大家。

我一向对日本学者的鲁迅研究深表钦佩,认为他们文本读得很细,考据功夫普遍十分了得,推出观点又很谨慎。所谓言之有物,考据有论。但我对这位秋吉收的文章,却另有看法。虽然我不了解他的总体成绩何在,但他对《野草》的论说,有很多值得商榷处。

关于《野草》书名的由来

关于《野草》书名的由来,历来说法不一。其实我个人以为这些讨论意义不大,追踪的原因太具体,很难概括《野草》的内涵,更不能代表全部24篇作品的复杂多样。但阅读者在阅读过程中心有所悟,忽有发现之喜悦,并将其发表出来,带给读者以启思,也是一件有趣且有意义的事。我在写作中介绍了两种观点。一是龚明德的"野有蔓草"说。一是杜子劲的《浅草》说。

"野有蔓草"说来源于《诗经·郑风·野有蔓草》,暗示了鲁迅对许广平的爱情。在郊野之地,青草更青处,邂逅一位眉清目秀的女子,愿与她同行欢乐。无论从字词的直接选用"野草",语义上也有"吸取露"的含义,还是后来的果真有许广平出现的故事走向,这样的八卦好像并不算得过分,聊备一说似乎也是有道理的。

《浅草》说出现很早,20世纪40年代,杜子劲在《鲁迅先生的〈野草〉》一文中探讨了《野草》书名的根据。他认为,《野草》没有提供一篇序文,让读者失去了"了解书的来源最确当的说明",但最末篇《一觉》可以看作是《野草》的一篇跋,"是一篇后序"。这篇文章里,鲁迅叙述了受赠《浅草》的经历,"由那《浅草》联想到生长在沙漠中间的'草',这就成为《野草》的命名的来源了吧!"

我虽不认为这些题解就是对《野草》由来的正解,但也相信,上述两种说法都是建立在阅读基础上的感悟,也是一种有趣的启发。

接下来就要看看秋吉收的观点了。秋吉收的文章《成仿吾与鲁迅〈野草〉》[《济南大学学报》(社会科学版)2018年第3期,李慧译],宗旨就是要追寻鲁迅《野草》命名的原因。

文章的论述逻辑是,鲁迅的小说集《呐喊》出版后,受到成仿吾的谴责式评论,几乎是把《呐喊》从内容到形式全面否定。鲁迅自己也曾说过:"我的小说出版之后,首先受到的是一个青年批评家的谴责。"成仿吾的评论给鲁迅留下很深的伤疤,这大概是一个与事实不差的结论。

逻辑的第二步是,秋吉收认为,鲁迅对成仿吾的"复仇"里,手段之一就是以"野草"命名自己的唯一一本散文诗集。秋吉收的论证发挥了日本学者的考证功夫。1923年5月,成仿吾在《创造周刊》创刊号上发表《诗之防御战》,对五四初期的新诗创作又来了个全盘否定。其中就包括胡适的《尝试集》,康白情的《草儿》,俞平伯的《冬夜》,周作人的散见白话诗,等等。成文对它们的评价,是"什么东西""肠都笑断了""拙劣极了"等语。按理说,这些评论跟鲁迅没有关系。关键在于,秋吉收的关联词恰恰正是"野草"二字。因为成仿吾的文章把诗比作一座"王宫"。"一座腐败了的宫殿是我们把它推翻了,几年来正在重新建造。然而现在呀,王宫内外遍地都生了野草了,可悲的王公啊!可痛的王宫!"又说:"读者看了这许多名诗,也许已经觉得眼花头痛,我要在这里变更计划,不再把野草一个个拿来洗剥了。""至于前面那些野草们,我们应当对于它们更为及时的防御战。"连续用三个"野草"来证明诗的王宫外面的新诗乱象,"野草"的负面含义已被确定。

秋吉收认为,成仿吾此文的攻击目标以"文学研究会的代表诗人"为主。但很明显,打头的胡适,其次的康白情都不是文学研究会成员。俞平伯、周作人也都算不上"代表诗人"。这个目标并不精准。秋文还特别指出,被否定的五位诗人,除周作人有所辩驳外,胡适等人都很超然地沉默,并未论辩什么。这里就暗指了了无瓜葛的鲁迅反而记恨在心。

事实上,读过《诗之防御战》就会明显看出,成仿吾此文并不是特别针对文学研究会,而就是针对新诗。以上五位诗人罗列之后,他重点反对的,其实是新诗界的两种倾向:一、所谓小诗或短诗;二、所谓哲理诗。小诗里重点是批评周作人对日本俳句的译介,哲理诗里则重点批评了印度的泰戈尔。这些是造成"诗的王宫"外面"野草"丛生的重要原因,也是过渡到鲁迅身上的主要根据。但他恰恰没有思考过这样一个问题,即使鲁迅真的记恨成仿吾至极点,所以故意将其不屑的"野草"拿来变成"我自爱我的野草",并以此为新诗正名,但以成仿吾所重点批评的两个例子来看,1924年9月鲁迅开始创作《野草》系列时,他与周作人已经"兄弟失和",关系正处在最冰冷的时期。鲁迅对泰戈尔的评价,多以其来华访问为话题,且多有微词。即使他并不因此把成仿吾当成自己的"战友",应该也很难为了周作人和泰戈尔对其耿耿于怀。

紧接着就推导出了《野草》的报仇说。有一个理据似乎很充分,即鲁迅的杂文集《三闲集》就是针对成仿吾而起的书名。这不用考证,因为鲁迅自己在序言里说得很明白,"而成仿吾以无产阶级之名,指为'有闲',而且'有闲'还至于有三个,却是至今还不能完全忘却的。"故"编成而名之曰《三闲集》,尚以射仿吾也"。

需要考证的是,能否就此推导出《野草》也是这样的思路。因为成仿吾《诗之防御战》里曾经也是三次用"野草"来贬低新诗,鲁迅又记恨其至极点,故以"野草"为名命名自己的散文诗集,看上去也有点道理。

然而,不要忘了,《野草》是在1924年就定下的名字,以1932年编定的《三闲集》来做前提论据,并不具有说服力。把被骂的诗人都说成泰然自若,事不关己的鲁迅倒恨在心头,而且还是为周作人、泰戈尔、胡适等人打抱不平,这于情于理都难说通。至于秋吉收在文中强调鲁迅其实很关注诗,并为新诗守着阵地的观点,只要了解鲁迅一向对新诗里的浮浅造作大加嘲讽,直至《野草》里的《我的失恋》的起因,即"因为讽刺当时盛行的失恋诗,作《我的失恋》",就可知并非可以那么简直作结论。在这一点,鲁迅与成仿吾似属于同一类观点才对。"野草"之恨有点无从说起。

如果上述讨论还是分析和推导为主,仍然可以见仁见智,那么,秋吉收文章中的一处不知是有意还是无意的材料解读,则让人难以理解。1924年11月,《语丝》创刊,创刊号上发表了鲁迅的杂感《"说不出"》。文章中的这段话为秋吉收引用:"我以为批评家最平稳的是不要兼做创作。假如提起一支屠城的笔,扫荡了文坛上一切野草,那自然是快意的。但扫荡之后,倘以为天下已没有诗,就动手来创作,便每不免做出这样的东西来。"

引用这段话后,作者写道:"这里鲁迅将'批评家'成仿吾在《周报》终刊以及《诗之防御战》中'扫荡''野草'等词,直接用于反击对方,可见对成仿吾的辛辣讽刺之意。这样,鲁迅在《语丝》华丽的创刊号中宣告了对抗成仿吾《诗之防御战》(《周报》以挫败告终)的胜利。《语丝》第三号开始连载鲁迅的新诗《野草》系列。'野草'之名正式回应了一年前《创造周报》(创刊号)上刊载《诗之防御战》中成仿吾对新诗的侮蔑嘲讽,可见鲁迅其中的情愫。"

这里,说鲁迅用"野草"之名"反击对方",这个"对方",读上去是指成仿吾无疑。可是,《鲁迅全集》注释里明明这样告诉读者:

> 本篇最初发表于1924年11月17日北京《语丝》周刊第一期。1923年12月8日北京星星文学社《文学周刊》第十七号发

表周灵均《删诗》一文,把胡适《尝试集》、郭沫若《女神》、康白情《草儿》、俞平伯《冬夜》、徐玉诺《将来的花园》、朱自清、叶绍钧《雪朝》、汪静之《蕙的风》、陆志韦《渡河》八部新诗,都用"不佳"、"不是诗"、"未成熟的作品"等语加以否定。后来他在同年12月15日《晨报副刊》发表《寄语母亲》一诗,其中多是"写不出"一类语句:"我想写几句话,寄给我的母亲,刚拿起笔儿却又放下了,写不出爱,写不出母亲的爱呵。""母亲呵,母亲的爱的心呵,我拿起笔儿却又写不出了。"本篇就是讽刺这种倾向的。

秋吉收在引用鲁迅话语的注释里也明白地写道,其引文出处是:"《鲁迅全集》(第7卷),北京,人民文学出版社,2005年版,第41页。"那他怎么可能不知道这里涉及一个叫周灵均的人呢?如果说鲁迅批评的"批评家"里包括了成仿吾,那是可以的,但为了坐实《野草》名称的由来,采用如此移花接木术,并不可取。

当然,还必须做到一点,证明周灵均一定不是成仿吾。目前为止,似乎还找不出周灵均的生平简历,但可见的资料里却可以见到他的活动踪迹。秋吉收引用的人民文学出版社2005年版《鲁迅全集》,有一处周灵均的名字出现在注释里。那是鲁迅1927年9月24日日记,其中记有:"午后同广平往西堤广鸿安栈问船期。往商务印书馆汇泉。往创造社选取《磨坊文札》一本,《创造月刊》、《洪水》、《沈钟》、《莽原》各一本,《新消息》二本,坚不收泉。"注释专门就"创造社"一词做了介绍。特别指出,鲁迅这则日记里的"创造社"实有特指。"此处指该社出版部广州支店,在广州昌兴街,1926年4月12日设立,负责人周灵均、张曼华。"也就是说,周灵均者,原来也是创造社的人，那他肯定认识成仿吾了，说不定广州的工作还是成仿吾安排的呢。

鲁迅1927年初到广州，成仿吾早已在那里了，他是在黄埔军校等处任职。鲁迅去昌兴街这家创造社"支店"取书，是在他要离开广州赴上海前三天。店主坚持不收他的书钱，如果想象这是周灵均所为的话，有过笔墨关系的两位在广州相逢，而且一方来买书，另一方却坚持要赠送，那也是一段有趣的佳话吧。不过那时周氏已不在广州，接待鲁迅的至多是张曼华了。但可以确定周灵均确有其人且不是成仿吾。

一篇署名李克义的《创造社广州分部考析》对此有更翔实的记述。文中写道："广州分部由郭沫若、成仿吾、郁达夫、周灵均等在郭沫若住处筹划成立，具体事务由周灵均肩承。"成立"启事"中明确写着，凡有购买创造社股票和创造社书刊者，"请来本分部与周灵均君接洽"。对于周灵均本人，文章注释里说道："周灵均，籍贯和生卒年不详，1924年在平民大学时与同学张友鸾等组织文学社团'星星社'，毕业后南下广州，1926年参与筹建广州分部并担任经理，6月随军北伐，张曼华（原名张赫兹）接任广州分部经理。"

虽然鲁迅与周灵均在广州未必见过面，李克义文章却描述了一个成仿吾与鲁迅在广州相遇的情景。这一描述来自创造社重要成员郑伯奇的回忆。那是鲁迅刚到广州不久，便到创造社广州分部购书。郑伯奇回忆说，有一天中午，他和成仿吾等创造社几个朋友在吃午饭。

忽然一个五短身材穿着长袍的中年人上楼来了，后边还跟着一位装束朴素的女士,仿吾像是认识他们,便抬起身子打招呼。那人急忙摆摆手,口里说:"不要客气",转身到架上去看新书。大约不到十几分钟,那人点了点头,同那位女士一道去了。仿吾便问我,认识不认识那个人。我是刚才回国的,自然不会认识,"那就是大名鼎鼎的鲁迅,《呐喊》的作者。"照例带着那种似笑非笑的神气,仿吾这样告诉了我。我心中不由得大大的动了一下。——我就这样看见了鲁迅先生,同时也看见了许景宋女士。

这情景令人动容,十分珍贵。鲁迅明知道到创造社有可能遇到成仿吾,但仍然不止一次地前往,其中一个原因,是因为鲁迅在中国革命的大义面前,深知和创造社诸人还是有很多共同之处的,并不以文学上的一点意见就耿耿于怀到没有余地。在9月24日去过创造社分部后的次日,鲁迅在致李霁野信中说道:"创造社和我们,现在感情似乎很好。他们在南方颇受迫压了,可叹。看现在文艺方面用力的,仍只有创造,未名,沈钟三社,别的没有,这三社若沈默,中国全国真成了沙漠了。"面对整个中国的现实,鲁迅显然至少是暂时收起了笔墨之怨。准确地说,是这种笔墨怨恨在家国大义面前,在创造社同人的努力与之目标高度接近的背景下,极大地缓释了。这可能是秋吉收不大容易理解的。

李克义的文章还介绍说,在广州时,鲁迅除了郑伯奇文章里记述的曾与成仿吾至少有过一面之缘外,两人还曾有过共同的政治行动。那就是在1927年3月,为了支持、声援中共领导的上海工人武装起义,抗议英、法帝国主义援助军阀的行为,成仿吾率创造社成员在广州发起一个《宣言》,全称为《中国文学家对于英国知识阶级及一般民众宣言》。这一行动也得到鲁迅的支持,并且在《宣言》上签名。"创造社成员外,'鲁迅是惟一的赞成者'。成仿吾认为这是他们'在广东做了一件很有意义的事情'。"

　　成仿吾自己,由一个"为艺术而艺术"的文学家,逐渐蜕变成一位红色革命家。他走过长征,担任了中共党内的重要职务。1938年,身处延安的成仿吾在鲁迅逝世两周年之际,发表《纪念鲁迅》一文,不但对鲁迅的成就给予崇高评价,而且指出:"关于过去创造社与鲁迅争论的问题,今天已经没有再来提起的必要了。""自一九三三年以来,我们是完全一致了,我们成了战友。我们的和好可以说是统一团结的模范,同时,他从此成了拥护民族统一战线的最英勇的战士,一九三三年底我与他在上海见面时,我们中间再没有什么隔阂了。"确实,鲁迅1932年编定杂文集,其《三闲集》的书名,"尚以射仿吾也",可知其对"三闲"一事"至今还不能完全忘却"(鲁迅《三闲集·序言》),但也多少含有一点释然的口吻。1933年11月5日,鲁迅在致姚克信中谈道,"成的批评,其实是反话,讥刺我的,因为那时他们所主张的是'天才',所以所谓'一般人',意即'庸俗之辈',是说我的作品不过为俗流所赏的庸俗之作。"这之后,鲁迅再未在文章、书信里有针对成仿吾的批评。这也符合成仿吾本人"一九三三年底"与鲁迅达成和好的说法。

　　由上所述,把《野草》的命名记到回应成仿吾的一篇文章上是欠缺说服力的。《野草》里对"野草"的释义全在《题辞》里。尽管是诗意的"注解",但毕竟可以理解其用意之深邃。还有,鲁迅于1927年4月26日在"广州之白云楼上"写下《题辞》时,楼下的世界已处于一种高压式的恐怖当中,《题辞》里表达的情绪已经与当时的现实有了密切的关联。把"野草"的含义说成是针对成仿吾,至少是理解格局上受到了天然限制。

关于徐玉诺与《野草》

现在要来辨正的,是关于秋吉收的另一篇文章《鲁迅与徐玉诺》(《汉语言文学研究》2016年第1期)。首先要亮出秋吉收写作此文要推出的观点:作为同时代的小说家、诗人,徐玉诺受到鲁迅的高度关注,鲁迅的《野草》受到徐玉诺同类作品的影响。"在《语丝》上连载的《野草》受到其他作家的影响也许是不太光明的事。尤其徐玉诺与上述其他作家不同,他是一个和鲁迅同时代、严格来说是比鲁迅还要年轻一代的作家,这也许在鲁迅的心底落下一层淡淡的阴影。"这个冒险的结论带着深层的用意,比起与成仿吾的关系,更有澄清的必要。

秋吉收的文章从鲁迅致萧军的一封信开始。那是1934年10月9日,鲁迅回复萧军来信。此时他并不认识还在青岛的萧军、萧红,萧军也是在青岛荒岛书店负责人孙乐文鼓励下,试着给鲁迅写信的(季红真《萧红传》)。鲁迅对青年人的诉求总是给予热情回应,此信便成了鲁迅致萧军的第一封信。信的开头就写道:"给我的信是收到的。徐玉诺的名字我很熟,但好像没有见过他,因为他是做诗的,我却不留心诗,所以未必会见面。现在久不见他的作品,不知道那里去了?"信的末尾又写道:"我的那一本《野草》,技术并不算坏,但心情太颓唐了,因为那是我碰了许多钉子之后写出来的。我希望你脱离这种颓唐心情的影响。"

秋吉收认为,"从鲁迅的口气中可以察觉到,徐玉诺对他来说是很生疏的。他十分暧昧地说道'好像没有见过他',然而实际上,这大概是鲁迅记忆的误差。"为了证明鲁迅刻意的"误差",秋吉收运用了日本学者擅长的考证术。其证据,一是徐玉诺本人的表述,那是1950年在河南省文联纪念鲁迅逝世十四周年座谈会上的发言片段,徐说:"那时,我也不过是千百热心青年之一吧,仅以粗枝大叶的乡土文艺,写小说与诗歌,反映农村里矛盾与兵荒马乱的情形,不知怎的引起鲁迅先生的注意来,三番五次叮嘱孙伏园,给我写信,让我把发表在晨报副刊上的二十来篇小说收集出版,并自愿作序。"(徐玉诺《怎样学习鲁迅先生——河南省文联举办纪念鲁迅逝世十四周年座谈会发言(摘要)》)二、还是来自徐玉诺本人。"1954年徐玉诺在忆鲁迅的诗的附记中也提到过这一事情":"一九二〇年鲁迅先生收我《良心》等二十篇小说,拟出版,并长序,由孙伏园致函相商,被我婉拒。"

这两条材料均是出自徐玉诺一个人的一面之词,属于完全的孤证,却被秋吉收拿来予以采信,却无法从孙伏园等被提及的另一当事人那里找到任何其他佐证。在此基础上,他又采信徐玉诺本人的第三个自述,即:"一九二二年我上北京,登广告找事,刊入'出卖百物'栏。后忽传鲁迅先生著我送爱罗先珂君,但不知何意。"以上材料的引用过程中,秋吉收在完全采信的同时,也不得不哪怕以注释的方式,对徐玉诺的自述做了两次难以绕过去的更正。一是"《良心》刊登在《晨报副刊》1921年1月7日,可见说鲁迅在1920年劝其出版小说集是个明显的错误,我们推测这一时间应为1921年末至1922年的期间"。二是"徐玉诺所登广告可见于《晨报副刊》1923年4月3日、4日,而据《鲁迅日记》爱罗先珂回国也是在1923年4月(16日),可见此处的1922年实际上该是1923年"。他宁可反复帮助徐订正时间上的错误,也决不怀疑其表述的真实性,因为要推导的结论只有这两条信息可用。他把鲁迅创作与徐玉诺作品的关系推算至《野草》之前,因为徐玉诺的小说"如实描写中国农村悲惨景象",鲁迅又创作有《阿Q正传》《故乡》等小说,所以"他比任何人都早地注意到了当时还没有名气的徐玉诺,并且'三番五次'地给他写信,还要亲自给他的文章作序,鼓励其出版小说集"。自我假设与一人孤证,就得出这样的结论。

所有的考证中,最有说服力的一条应该是:鲁迅与徐玉诺究竟有没有见过面。这意味着鲁迅到底是否说了真话。秋吉收采信徐玉诺的说法,认为徐玉诺到北京后,在报纸上刊登求职广告,周作人看到后,就把他请到八道湾家中。进而,就是鲁迅请其送爱罗先珂回国。为此,秋吉收还不得不为其纠正了一年时间,使其能对得上1923年4月16日爱罗先珂启程回国的时间。他引用了《徐玉诺年谱》的说法:"四月初,……至北京,五日刊登谋事广告于《晨报》第七版'介绍职业'栏……被周作人等见到,遂将徐玉诺接至八道湾周家。……16日护送爱罗先珂回国而去东北。"

秋吉收就此得出自己的结论。"当时,爱罗先珂住在八道湾的周家,鲁迅正集中翻译他的作品。而过去曾受到鲁迅热心鼓励的徐玉诺,此时已在小说和诗歌方面颇有建树,并成了文学研究会的主要作家之一,鲁迅便委托他护送自己所重视的爱罗先珂先生回国。""由此可见,本文开头引用的书信中'好像没有见过他''未必会见面'等模棱两可的说辞或许正是为了掩盖'见过面'这一事实吧。"

俄国盲诗人爱罗先珂住在八道湾周家不假,鲁迅在此之前就开始翻译其作品,小说《鸭的喜剧》更是取材于这位诗人在北京的故事。周作人写有数篇关于爱罗先珂的文章。鲁迅、周作人还有多次一起或分别陪同爱罗先珂到北京各处演讲、参加活动、聚餐的记载。但可以这样说,所有关于这些活动的记述里,无论文章还是日记,没有任何一处出现过徐玉诺的名字。现存可见的爱罗先珂在北京八道湾周家及其他场合的合影照片中,文字指认和形象可见者,也从来没有见过徐玉诺。如果说鲁迅有刻意不提之嫌(可又说是鲁迅请其送爱罗先珂),那么周作人又是要回避什么呢?

事实上,周作人文章中,对爱罗先珂的到来和离开,都写得很清楚,在他所提及的陪同人员中,从未有过徐玉诺的名字。周作人《知堂回想录》中的《爱罗先珂上》里说,1922年,北京大学开设世界语课程,请来的外籍教员正是爱罗先珂。他是外国人,是作家,又是盲人,且又会说日语,校长蔡元培在如何安置爱罗先珂生活时便想到了鲁迅、周作人,请他们照顾其生活。于是就有了2月24日的日记:"二十四日雪,上午晴,北大告假。郑振铎、耿济之二君引爱罗先珂来,暂住东屋。"一直到1923年4月16日离开北京回国,十几个月里,爱罗先珂曾两次离京,赴芬兰参加第十四届万国世界语学会年会,到上海去访问胡愈之。按照秋吉收文章的说法,徐玉诺是1923年4月初到北京并在报纸上登求职广告的,其后得到周作人招引、接待,并与鲁迅请其于4月16日送爱罗先珂回国(意指同乘火车离京去往东北)。那么,徐玉诺的名字应该会出现在这期间与爱罗先珂有关的活动中吧。然而,4月15日中午,鲁迅、周作人及爱罗先珂"同往中央饭店,赴日人丸山之招宴。同座有藤冢、竹田、张凤举、徐祖正等共八人"(据鲁迅当日日记)。以上名单正好8人,没有徐玉诺。现场所拍合影也证明这一点。

关键的一天是4月16日。爱罗先珂在这一天乘火车离开北京回国。爱罗先珂要坐的火车是大约在晚上七点钟以后发车,至少,七点钟时他已人在火车站。依据容后述。先要看那一天晚间鲁迅、周作人在做什么。当天的鲁迅日记全文如下:"昙,午后雨。晚张凤举招饮于广和居,同席为泽村助教黎君、马叔平、沈君默、坚士、徐耀辰。爱罗先珂回国去。"不但没有徐玉诺,爱罗先珂也不在场,因为,他此时已在火车站。长期以来,有研究者把这次"招饮"理解成是为爱罗先珂饯行。南开大学出版社1985年9月版《周作人年谱》就是这么表述的。我对读鲁迅日记和《周作人年谱》时,还曾疑惑,既然是周氏兄弟等共同为爱罗先珂饯行,为什么鲁迅日记里没有提周作人呢?事实却是,这是一次另有名目的活动,本来周氏兄弟都在被邀之列,但鲁迅参加了,周作人却没有出现。那么,周作人因何未去呢?查周作人日记,他的记述如下:"十六日。阴。上午往北大,下午往燕大,五时返。小雨。爱罗君回国去。凤举在广和居请泽村今西来游,因爱君事,不去。得振铎函。"至此,事已明了。周氏兄弟那天下午至晚间分别活动,鲁迅出席张凤举的聚会,周作人则忙着为爱罗先珂送行。

至于徐玉诺,就要看他是否承担起送爱罗先珂回国的任务了,这是秋吉收认为徐玉诺得以先前住进周家的唯一理由。但可惜的是,周作人的文字里没有这样的表述。爱罗先珂是坐当晚火车离开北京的。1923年5月2日的《晨报副刊》上,发表一篇题为《出京后的爱罗先珂》的文章。这篇文章题目下有周作人的"附记"。"附记"的全文是：

这是我的一个朋友的来信，他在车上遇见爱罗君，同到长春，以后往吉林去，便写这封信来报告爱罗君出京后的情形，我觉得颇有发表的价值，所以转送给《晨报副刊》。他是现代的一个知名的诗人，因为未曾得到他的许可，只用两个字母替代他的姓名。四月二十八日，周作人附记。

周作人为这位"知名的诗人"改加的字母是"J N"。我们基本上可以判断，这位诗人就是徐玉诺。因为周作人4月26日日记里，有收到"玉诺吉林函"的记录。他在28日写好"附记"，继而由《晨报副刊》在5月2日发表。这件事的脉络应该就是这样。

那么，徐玉诺或"J N"在信里说了些什么呢？开始一段这样写道：

本月十六日下午七点钟，在车站与爱罗先珂君相遇时，我已见着你那里的亲人；我曾要他转告你，"我要到吉林去，在路上爱罗先生不要太寂寞了。"这层大概你也许早已知道的。

首先，"七点钟"，应当正是鲁迅与张凤举等人聚会时，这位"亲人"就不会是鲁迅了。又说是让这位送行的"亲人"转告周作人，他自己恰好要到吉林，路上正好可与爱罗先珂做伴。如果是周作人请他去送的，那就不必说在车站相遇，更不用解释说"我要到吉林去"。而后面的"早已知道"，应是指"亲人"回家后定已向周作人报告过车站相遇事。

接下来的一段是说,在车站发车前,因为"我不懂世界语,所以也不曾同爱罗先生说过话"。再往下的一句话很关键:"我和爱罗先生是第一次见面。"既然是在车站才第一次见面,爱罗先珂在北京的唯一住处又只有八道湾周家,那么,徐玉诺此前住在周家而又从来没有见过爱罗先珂,却还被托付送其回国,这无论如何是不可能的。只有一种结论:徐玉诺此前并未进住过八道湾。

在行车途中,徐玉诺跟爱罗先珂倒是有过对话。他告诉对方,"爱罗先生,还有我在这里。"接着是爱罗先珂的反应:"他问过我的名字,便很慎重的说……"也就是说,直到火车过了天津,爱罗先珂才知道身旁还有一个知道自己是谁的人,并且问了这个人的名字。这也说明,爱罗先珂离开前,周氏兄弟没有向他介绍过有一位叫徐玉诺的陪同者。

从徐玉诺的记述看,他的确在途中主动承担起照料这位外国盲诗人的义务。二人分手是在长春,徐玉诺把爱罗先珂送到"回俄国的车上,那车上的情形他很熟悉,所以我很放心的往吉林去了"。此信的写作时间地点,是"四月二十三日夜,自吉林"。到吉林谋求教职的徐玉诺,热情帮助他人是另一个话题,针对本文的话题,我们自然可以综合出一个基本的结论,徐玉诺与爱罗先珂在车站基本上属于偶遇。至少可以确认,周作人没有,鲁迅更没有托其同车北上,徐玉诺也断然没有在之前就住进周家。秋吉收所认为的徐玉诺在周氏家中与鲁迅相遇的情形,没有发生过。

没有因爱罗先珂见过面,也许其后还有机会。秋吉收引用周作人日记,即1923年7月21日,记有"徐玉诺君来访"。秋吉收进而说:

"此时徐玉诺与鲁迅见面的可能性极大。"这个猜测本来很可以成立,但不要忘记,此时正是鲁迅与周作人"兄弟失和"刚刚发生几天之后。鲁迅7月14日的日记有:"是夜始改在自室吃饭,自具一肴,此可记也。"两人关系已经破裂。19日上午,周作人又持信去鲁迅处,信中有关键一语:"以后请不要再到后边院子里来。"鲁迅日记还写有:"后邀欲问之,不至。"关系已降至冰点。可以推想,徐玉诺21日来访周作人,鲁迅不可能"再到后边院子里来"与其热情见面。"徐玉诺与鲁迅见面的可能性",不是秋吉收所判断的"极大",而是事实上的极小。鲁迅这一天的日记只有一语:"下午理发"。

我认为,秋吉收把鲁迅的创作推往受别人影响,从内容到形式与别人雷同,现实中又避免和相关的人产生关联,鲁迅的心态因此是敏感的、"不光明的",这样的结论伤害度极强。比起一般的以讹传讹和八卦式玩笑,这种看似严谨的学术面目一旦被人认可,那不但是对具体事件,更是对鲁迅形象以及中国现代文学的评价造成复杂影响,所以必须澄清。我相信,上述辨正足可以还事实于本来。秋吉收自己说过:"鲁迅和徐玉诺唯一的接触就是以护送爱罗先珂回国为媒介。"这个"媒介"显然并不存在。至于徐玉诺在50年代说"他不清楚鲁迅为何(急切地)让自己送爱罗先珂回国",那显然也是一个不存在的疑问,且品味徐的话,他也断然没有表白过,自己到底事实上受托送行了没有。

秋吉收认为,《野草》里到处是"徐玉诺的痕迹"。鲁迅为了在现实中免除这种关联,想尽办法抹去与徐玉诺的关系。所以就有了秋吉收开头时引用鲁迅致萧军信中所言,即与徐玉诺并没有见过面是一种"暧昧"表达,是为了"掩盖"其实"见过面"。前述已经说过,此信是鲁迅回复陌生的文学青年来信,信的内容是解答萧军提出的不止一个问题。1936年11月,在《作家》月刊第二卷第二期上,萧军发表《让他自己》一文,其中,在引用完鲁迅这封信的全文后写道:

> 这是一九三四年我在青岛,他给我的第一封信,从这信里,可以看出他对于文学所采取的态度,和他用着怎样的温暖和坦白的真情,接待着一个不相识的青年!我给他去信的时候,正是萧红把《生死场》写好抄完,我的《八月的乡村》大约也快收束了。我曾说给他十年前我很喜欢读《野草》,并且因了读《野草》,还认识了徐玉诺。我向他问徐的消息,同时也写了我当时读《野草》的环境和心情。接着,我把《生死场》连同另外我和萧红在满洲合著的一本小说集子,寄给了他;接着为了青岛出了变故,我们也来到了上海。

我不知道这样的注明有什么可疑问的。秋吉收认为鲁迅在回信中谈到徐玉诺,又介绍了《野草》,等于事实上在撇清点什么。然而读过萧军注解的读者,当然会明白,这些回应都是因为萧军而发,鲁迅并没有回避任何问题。鲁迅谈到《野草》,也是因为萧军主动问到,而不是因为看到徐玉诺这个名字便主动谈及。说实在的,鲁迅把与徐之间的往来说成是"好像没有见过他",已经是很客气了,直接说"没有见过他"更符合事实。

秋吉收在文章里甚至还有推断,认为鲁迅"执笔《野草》时,以为徐玉诺已经不在世了","可是徐玉诺还活着,而且丝毫没有减少对文坛的关注,他一直注目着自己的诗被鲁迅掺进了《野草》中",这样的描述让人错愕,令人费解。

鲁迅的《野草》创作于1924年9月至1926年4月之间。这期间确有过徐玉诺创作突然从异常活跃到突然沉寂的情形,也有过徐本人因家乡河南鲁山兵荒马乱、灾害不断,所以回去照料家人而生死未卜的猜测。茅盾就在文章里这样疑问过。但设若鲁迅想要对徐的作品无限"掺入"自己的《野草》,那他定会对徐的去向,特别是生死格外敏感吧,这也是秋吉收的想法。但是,对鲁迅而言,想要知道徐的去向和生死一点都不难。一是,1925年,商务印书馆出版了一本多人诗歌合集《眷顾》,内收徐玉诺多首诗歌作品"9题11首"(据秦方奇《〈徐玉诺诗文辑存〉编辑纪历》),标识着他的名字还在文坛上闪现着。二是,即使鲁迅不曾注意"诗歌"方面的事,下面这个例证则可说明一切。1925年5月8日,正是创作《野草》的高潮期,鲁迅在一篇以杂文发表的通信《北京通信》中,开头就写道:

蕴儒,培良两兄:

昨天收到两份《豫报》,使我非常快活,尤其是见了那《副刊》。因为它那蓬勃的朝气,实在是在我先前的豫想以上。你想:从有着很古的历史的中州,传来了青年的声音,仿佛在豫告这古国将要复活,这是一件如何可喜的事呢?

倘使我有这力量,我自然极愿意有所贡献于河南的青年。

这篇通信发表于1925年5月14日开封的《豫报副刊》上。吕蕴儒、向培良都曾是鲁迅的学生,他们于1925年5月4日在开封创办《豫报副刊》。这份副刊的主要撰稿人有尚钺、曹靖华、徐玉诺、张目寒等,鲁迅也被列为"长期撰稿人"。因为信写于5月8日,鲁迅收到的,正是5月4日、7日两期《豫报副刊》。而这两期副刊上面,均发表有徐玉诺的诗歌作品。创刊号上的诗题目叫作《雨夜》,5月7日发表的是诗歌《聊且号叫》。鲁迅在信中所盛赞的"蓬勃的朝气""青年的声音""古国将要复活""可喜的事",难道不包括因为读到徐玉诺的作品而发出热切的鼓励吗?怎么能认为鲁迅以为徐玉诺已经不在人世了呢?这两封信现存北京鲁迅博物馆。在此我还要特别感谢黄乔生馆长提供的这两期《豫报副刊》的电子版。

至于徐玉诺怎样"注目"着鲁迅的《野草》,直接的资料很难见到。不过,我倒见到过一则二手资料,不妨作为参考。辽宁省社会科学院主办《社会科学辑刊》1990年第2期,发表有署名晓春的短文《徐玉诺两度执教吉林毓文中学》。其中写道,1927年徐玉诺第二次来到吉林教书时,来到一个叫巴尔虎屯的地方,在那里与正在"骑兵营中当文书见习上士的萧军邂逅相遇,两人相谈甚欢"。他们交流中的一个重要话题,就是鲁迅的《野草》。文章这样写道:"徐玉诺说:'不管是旧体诗还是新体诗,只要能把真实的思想和感情朴素地表现出来就是好诗。'他由衷地称赞鲁迅的《野草》:'这才是真正的诗!'""这情景,给萧军留下难忘的印象。"对话的直接引语也有一定的故事色彩,但大概的情形应该是可以信任的,萧军的《江城诗话》也证明了这一情形。因此,萧军在七年后给鲁迅去信,谈的是对《野草》的喜欢而不是别的什么"掺入"类的话题。

至于秋吉收对徐玉诺创作成就的肯定,对徐在五四时期产生过的影响,本文并不想加以任何否认。本文针对的不是徐的创作成就高低,而是他与鲁迅究竟有过怎样的联系。

《豫报副刊》1925年5月4日、7日两期。上面刊登有徐玉诺作品。

《豫报副刊》1925年5月4日、7日两期。上面刊登有徐玉诺作品。

從品卽裏四來

靜芳

從品卽裏回來，已經十一點鐘了，微步街
衢，洋東向我招揭，謝絕了這些是，然向家中
走去。

晚風吹拂著，我的衣袂飄揚，薄紗從從我
的肩頭，漢着散髮，斜斜地吹向肩後，月兒將
時鐘簡答滿答地響。只有我一個生命
在這房裏，更加增重寂寞的幽默
，我想變叫女伴過來，我的手摟着當鈴，卻沒
有力量按下去。

一四，五，一，招旋。

我底精神因恍惚而呈疑，

呵，海洋似的青茫！
我底心意因思念而瘋狂。

這是玉諾最哀寒的悲音詩，他因於彼
一種綿迤的愁思以厚趨於悉哀要鼠伯的
故鄉了。這傷首詩並未得他的同意而先
行披露是隨胃對他道歉的。但是使人家能
知道他那戀戀於部鄉「齊婆老年人底哭泣
愛傷半死入底呻吟」的土酉懷是他底故鄉則
把來發表一下亦並不是枉然的。

着，惠好像惆悵這將要過去的開光，淒慘地，害
着一層衷威的薄霧。

到家裏，其實又何嘗是我的家呢，然而我
對於學校，對於家，已經認過為我的家了。
——激微的疲倦襲擊我，使我倒在皓椅上，女
僕給我酌了一杯茶，血僅得拿來喝，只是獨撑
地望着杯上鳥鳥的茶雲。

忽然，我們平時覺，這房子突處而寬寬像
這樣晚上嗎，已經不止一個了个長導。
我的心為什麼怨終追追呢。

若絲囚遊，這房麥，嬋娟而單美迎朧枸輕
柔。但是，我好像覺得，少了一點什麼似的
從這塔到那塔，遼達的，空澗的從這件東西到
那件東西，都看些太的間隔。

有一個音樂家從這裏過去
，於是嘆息地說着：「奏聚的東西，岩見了這事實
好奇的鼯他走的。一到你有權力的時候，從後
面聽算後，那件毫不费力地叫他走應該改的道
路了。若是沒有那鞭策的力最好是不走理他們
能。」

唉吟地喝！十一下，又斑甲
叫苦聲喊
了的悽戚啊聲音，夜深了，怎麼還不睡
撫然於懷，我從這個中憩醒了，過房子空蕩
而寂寞，晚氣想習中底波搖動的我的情緒，呵！
披得的我的心。

物語

宗紙

第四 農夫同誌的牛

農夫惡怒了他走到柵前拿起鞭子來劈送者
是牛梃規矩短走了。
農夫憂把他的牛倒出去，他站在前面，百朝迴
誇導，但是用盡了方法牛總不肯走而且與川角
拒他。

《豫报副刊》1925年5月4日、7日两期。上面刊登有徐玉诺作品。

除上述两文外,秋吉收还有一篇研究《野草》的文章,题为《〈野草〉与日本——关于两个"诗人"》,把《野草》的借鉴指向日本作家,推导出的结论是,鲁迅一直为自己的文学创作缺乏原创、不得不从各种人那里去"拿来"而烦恼着。由此,秋吉收关于《野草》的批评形成了"三部曲"。然而这个"三部曲",指向是很集中的。它们对于理解鲁迅作为现代中国最伟大的文学家,对于人们理解其作品的思想深度和艺术高度,均无法起到积极作用,却可能带来许多无由的干扰。对其中所涉事实的考据与分析,还需要做更多辨正的工作。我在文章里未能周全之处,特别是可能存在的错误和疏漏,也期待着秋吉收在内的研究专家们以及广大读者指教。

末 章

逐篇简释：
一点理解的"语丝"

题辞

当我沉默着的时候,我觉得充实;我将开口,同时感到空虚。

过去的生命已经死亡。我对于这死亡有大欢喜,因为我借此知道它曾经存活。死亡的生命已经朽腐。我对于这朽腐有大欢喜,因为我借此知道它还非空虚。

生命的泥委弃在地面上,不生乔木,只生野草,这是我的罪过。

野草,根本不深,花叶不美,然而吸取露,吸取水,吸取陈死人的血和肉,各各夺取它的生存。当生存时,还是将遭践踏,将遭删刈,直至于死亡而朽腐。

但我坦然,欣然。我将大笑,我将歌唱。

我自爱我的野草,但我憎恶这以野草作装饰的地面。

地火在地下运行,奔突;熔岩一旦喷出,将烧尽一切野草,以及乔木,于是并且无可朽腐。

但我坦然,欣然。我将大笑,我将歌唱。

天地有如此静穆,我不能大笑而且歌唱。天地即不如此静穆,我或者也将不能。我以这一丛野草,在明与暗,生与死,过去与未来之际,献于友与仇,人与兽,爱者与不爱者之前作证。

为我自己，为友与仇，人与兽，爱者与不爱者，我希望这野草的死亡与朽腐，火速到来。要不然，我先就未曾生存，这实在比死亡与朽腐更其不幸。

去罢，野草，连着我的题辞！

一九二七年四月二十六日，鲁迅记于广州之白云楼上。

【简释】从艺术上讲，这里拥有《野草》在语言表达上的所有特征。对立、叠加、递进、重复、回转。在厦门时就表达不大可能再继续《野草》写作，然而半年后仍然以洪荒之力做了一次壮美的接续和最后的华章。也是因为在白云楼上写作此文时的氛围，同在北京时极为相似的原因吧，一切又涌上了心头。作为"序文"，《题辞》不是一篇实用性很强的"导读"，那样的文章在没有出版的英文版序言中弥补了。《题辞》事实上就是一篇完整的散文诗，是《野草》正文里的一篇。感悟、感情、思考，对立的矛盾，临界的微妙，地火的运行，欲罢不能的躁动，箭在弦上，不，箭正离弦的紧张，全部都在其中了。

秋夜

在我的后园,可以看见墙外有两株树,一株是枣树,还有一株也是枣树。

这上面的夜的天空,奇怪而高,我生平没有见过这样的奇怪而高的天空。他仿佛要离开人间而去,使人们仰面不再看见。然而现在却非常之蓝,闪闪地映着几十个星星的眼,冷眼。他的口角上现出微笑,似乎自以为大有深意,而将繁霜洒在我的园里的野花草上。

我不知道那些花草真叫什么名字,人们叫他们什么名字。我记得有一种开过极细小的粉红花,现在还开着,但是更极细小了,她在冷的夜气中,瑟缩地做梦,梦见春的到来,梦见秋的到来,梦见瘦的诗人将眼泪擦在她最末的花瓣上,告诉她秋虽然来,冬虽然来,而此后接着还是春,胡蝶乱飞,蜜蜂都唱起春词来了。她于是一笑,虽然颜色冻得红惨惨地,仍然瑟缩着。

枣树,他们简直落尽了叶子。先前,还有一两个孩子来打他们别人打剩的枣子,现在是一个也不剩了,连叶子也落尽了。他知道小粉红花的梦,秋后要有春;他也知道落叶的梦,春后还是秋。他简直落尽叶子,单剩干子,然而脱了当初满树是果实和叶子时候的弧形,欠伸得很舒服。但是,有几枝还低亚着,护定他从打枣的竿梢所得的皮伤,而最直最长的几枝,却已默默地铁似的直刺着奇怪而高的天空,使天空闪闪地鬼映眼;直刺着天空中圆满的月亮,使月亮窘得发白。

鬼映眼的天空越加非常之蓝,不安了,仿佛想离去人间,避开枣树,只将月亮剩下。然而月亮也暗暗地躲到东边去了。而一无所有的干子,却仍然默默地铁似的直刺着奇怪而高的天空,一意要制他的死命,不管他各式各样地映着许多蛊惑的眼睛。

哇的一声,夜游的恶鸟飞过了。

我忽而听到夜半的笑声,吃吃地,似乎不愿意惊动睡着的人,然而四围的空气都应和着笑。夜半,没有别的人,我即刻听出这声音就在我嘴里,我也即刻被这笑声所驱逐,回进自己的房。灯火的带子也即刻被我旋高了。

后窗的玻璃上丁丁地响,还有许多小飞虫乱撞。不多久,几个进来了,许是从窗纸的破孔进来的。他们一进来,又在玻璃的灯罩上撞得丁丁地响。一个从上面撞进去了,他于是遇到火,而且我以为这火是真的。两三个却休息在灯的纸罩上喘气。那罩是昨晚新换的罩,雪白的纸,折出波浪纹的叠痕,一角还画出一枝猩红色的栀子。

猩红的栀子开花时,枣树又要做小粉红花的梦,青葱地弯成弧形了……。我又听到夜半的笑声;我赶紧砍断我的心绪,看那老在白纸罩上的小青虫,头大尾小,向日葵子似的,只有半粒小麦那么大,遍身的颜色苍翠得可爱,可怜。

我打一个呵欠,点起一支纸烟,喷出烟来,对着灯默默地敬奠这些苍翠精致的英雄们。

一九二四年九月十五日。

【简释】深夜静坐,所有的景观都在窗前。大到奇怪而高的天空,小到颜色苍翠的小青虫。天上窘得发白的月亮,桌前换了新罩的灯。脱了叶子的枣树,是刺向天空的战士,天地因它而变得不安,个个现出原形。在无果无叶的枣树面前,一切小粉红花式的颤动,在这深秋的夜里,只剩下瑟缩发抖的残梦。这是鲁迅在迁入新居后的第一篇创作类作品。从灯下的稿纸上出发,到最后,在《一觉》的结尾,又回到灯下,且都是借一缕"烟草的烟雾"让幻想升腾。

影的告别

人睡到不知道时候的时候，就会有影来告别，说出那些话——

有我所不乐意的在天堂里，我不愿去；有我所不乐意的在地狱里，我不愿去；有我所不乐意的在你们将来的黄金世界里，我不愿去。
然而你就是我所不乐意的。
朋友，我不想跟随你了，我不愿住。
我不愿意！
呜乎呜乎，我不愿意，我不如彷徨于无地。

我不过一个影，要别你而沉没在黑暗里了。然而黑暗又会吞并我，然而光明又会使我消失。
然而我不愿彷徨于明暗之间，我不如在黑暗里沉没。

然而我终于彷徨于明暗之间，我不知道是黄昏还是黎明。我姑且举灰黑的手装作喝干一杯酒，我将在不知道时候的时候独自远行。
呜乎呜乎，倘若黄昏，黑夜自然会来沉没我，否则我要被白天消失,如果现是黎明。

朋友,时候近了。

我将向黑暗里彷徨于无地。

你还想我的赠品。我能献你甚么呢？无已,则仍是黑暗和虚空而已。但是,我愿意只是黑暗,或者会消失于你的白天;我愿意只是虚空,决不占你的心地。

我愿意这样,朋友——

我独自远行,不但没有你,并且再没有别的影在黑暗里。只有我被黑暗沉没,那世界全属于我自己。

一九二四年九月二十四日。

【简释】这是一篇完全的告别书。倾听者并未出现,更没有机会辩白,只有影在倾诉。没有告别的事因,只有决绝的冲动。然而,"影"只有出走的勇气,却并不知道自己真正的方向和归宿。徘徊,犹豫,是一种没有前行方向的临界状态。在《野草》里,本篇的时序是最完整的,在黑暗与光明的循环之间,还有黄昏和黎明。最后的抉择是宁愿被黑暗沉没,与其说这是"影"最后要找到的归宿,不如说是不顾一切地要离开"形"的一种不计后果的表达。

求乞者

我顺着剥落的高墙走路,踏着松的灰土。另外有几个人,各自走路。微风起来,露在墙头的高树的枝条带着还未干枯的叶子在我头上摇动。

微风起来,四面都是灰土。

一个孩子向我求乞,也穿着夹衣,也不见得悲戚,而拦着磕头,追着哀呼。

我厌恶他的声调,态度。我憎恶他并不悲哀,近于儿戏;我烦厌他这追着哀呼。

我走路。另外有几个人各自走路。微风起来,四面都是灰土。

一个孩子向我求乞,也穿着夹衣,也不见得悲戚,但是哑的,摊开手,装着手势。

我就憎恶他这手势。而且,他或者并不哑,这不过是一种求乞的法子。

我不布施,我无布施心,我但居布施者之上,给与烦腻,疑心,憎恶。

我顺着倒败的泥墙走路,断砖叠在墙缺口,墙里面没有什么。

微风起来,送秋寒穿透我的夹衣;四面都是灰土。

我想着我将用什么方法求乞:发声,用怎样声调？装哑,用怎样手势？……

另外有几个人各自走路。

我将得不到布施,得不到布施心;我将得到自居于布施之上者的烦腻,疑心,憎恶。

我将用无所为和沉默求乞……

我至少将得到虚无。

微风起来,四面都是灰土。另外有几个人各自走路。

灰土,灰土,……

………………

灰土……

一九二四年九月二十四日。

【简释】相遇—对峙—告别。在极短的篇幅里,将这三种状态全部写出。还描述了不止一种的求乞的套路,(这里的两种具有不止一种的含义),更有一种强烈的"带入感":"我将用无所为和沉默求乞。""我"知道那样得到的结果,只能是"虚无",然而这或许正是"我"所要的。如此精短,却又如此丰富,有列举,更有反转,还极其流畅,并无跳跃的感觉。文章高低,真不在言之多少。

我的失恋

——拟古的新打油诗

　　　　我的所爱在山腰；
想去寻她山太高，
低头无法泪沾袍。
爱人赠我百蝶巾；
回她什么:猫头鹰。
从此翻脸不理我，
不知何故兮使我心惊。

　　　　我的所爱在闹市；
想去寻她人拥挤，
仰头无法泪沾耳。
爱人赠我双燕图；
回她什么:冰糖壶卢。
从此翻脸不理我，
不知何故兮使我胡涂。

我的所爱在河滨；
想去寻她河水深，
歪头无法泪沾襟。
爱人赠我金表索；
回她什么：发汗药。
从此翻脸不理我，
不知何故兮使我神经衰弱。

　　我的所爱在豪家；
想去寻她兮没有汽车，
摇头无法泪如麻。
爱人赠我玫瑰花；
回她什么：赤练蛇。
从此翻脸不理我，
不知何故兮——由她去罢。

一九二四年十月三日。

【简释】假如求爱也是一种求乞，"我的失恋"就是另一种"无所为和沉默"的求乞法，失败是注定了的。"我至少将得到虚无"的另一面是："由她去罢"。从本事而言，不过是一篇反情诗的"打油诗"；从发表而言，是被别的报刊撤版而进入《野草》系列，的确有点偶然，但精气神又是相通的。而且，因为它的被撤稿，最终导致《语丝》的创刊，并有了《野草》的系列发表。立体观察，《我的失恋》之于《野草》，意义多重而且特殊。

复仇

人的皮肤之厚,大概不到半分,鲜红的热血,就循着那后面,在比密密层层地爬在墙壁上的槐蚕更其密的血管里奔流,散出温热。于是各以这温热互相蛊惑,煽动,牵引,拼命地希求偎倚,接吻,拥抱,以得生命的沉酣的大欢喜。

但倘若用一柄尖锐的利刃,只一击,穿透这桃红色的,菲薄的皮肤,将见那鲜红的热血激箭似的以所有温热直接灌溉杀戮者;其次,则给以冰冷的呼吸,示以淡白的嘴唇,使之人性茫然,得到生命的飞扬的极致的大欢喜;而其自身,则永远沉浸于生命的飞扬的极致的大欢喜中。

这样,所以,有他们俩裸着全身,捏着利刃,对立于广漠的旷野之上。

他们俩将要拥抱,将要杀戮……

路人们从四面奔来,密密层层地,如槐蚕爬上墙壁,如马蚁要扛鲞头。衣服都漂亮,手倒空的。然而从四面奔来,而且拼命地伸长颈子,要赏鉴这拥抱或杀戮。他们已经豫觉着事后的自己的舌上的汗或血的鲜味。

然而他们俩对立着,在广漠的旷野之上,裸着全身,捏着利刃,然而也不拥抱,也不杀戮,而且也不见有拥抱或杀戮之意。

他们俩这样地至于永久,圆活的身体,已将干枯,然而毫不见有拥抱或杀戮之意。

路人们于是乎无聊;觉得有无聊钻进他们的毛孔,觉得有无聊从他们自己的心中由毛孔钻出,爬满旷野,又钻进别人的毛孔中。他们于是觉得喉舌干燥,脖子也乏了;终至于面面相觑,慢慢走散;甚而至于居然觉得干枯到失了生趣。

于是只剩下广漠的旷野,而他们俩在其间裸着全身,捏着利刃,干枯地立着;以死人似的眼光,赏鉴这路人们的干枯,无血的大戮,而永远沉浸于生命的飞扬的极致的大欢喜中。

一九二四年十二月二十日。

【简释】广漠的旷野,这是《野草》里重要的景象。这其中,往往会出现一个或两个孤独的人,还会有一群人,他们是看客,也是敌手。在本篇里,是一对"裸着全身"的男女,却以"无所为和沉默"令一群看客无聊,这无聊又成为对他们复仇的结果。在《其二》里,是以旷野上的赴死而复仇,在《这样的战士》里是掷出投枪而复仇。如果你觉得旷野太过辽阔,那就去玩味《复仇》是如何精微地描写了血液在皮肤下的奔涌。旷野上站立的赤身者,是木刻艺术在文字里的复活。

复仇（其二）

因为他自以为神之子，以色列的王，所以去钉十字架。

兵丁们给他穿上紫袍，戴上荆冠，庆贺他；又拿一根苇子打他的头，吐他，屈膝拜他；戏弄完了，就给他脱了紫袍，仍穿他自己的衣服。

看哪，他们打他的头，吐他，拜他……

他不肯喝那用没药调和的酒，要分明地玩味以色列人怎样对付他们的神之子，而且较永久地悲悯他们的前途，然而仇恨他们的现在。

四面都是敌意，可悲悯的，可咒诅的。

丁丁地响，钉尖从掌心穿透，他们要钉杀他们的神之子了，可怜的人们呵，使他痛得柔和。丁丁地响，钉尖从脚背穿透，钉碎了一块骨，痛楚也透到心髓中，然而他们自己钉杀着他们的神之子了，可咒诅的人们呵，这使他痛得舒服。

十字架竖起来了；他悬在虚空中。

他没有喝那用没药调和的酒，要分明地玩味以色列人怎样对付他们的神之子，而且较永久地悲悯他们的前途，然而仇恨他们的现在。

路人都辱骂他，祭司长和文士也戏弄他，和他同钉的两个强盗也讥诮他。

看哪,和他同钉的……

四面都是敌意,可悲悯的,可咒诅的。

他在手足的痛楚中,玩味着可悯的人们的钉杀神之子的悲哀和可咒诅的人们要钉杀神之子,而神之子就要被钉杀了的欢喜。突然间,碎骨的大痛楚透到心髓了,他即沉酣于大欢喜和大悲悯中。

他腹部波动了,悲悯和咒诅的痛楚的波。

遍地都黑暗了。

"以罗伊,以罗伊,拉马撒巴各大尼?!"(翻出来,就是:我的上帝,你为甚么离弃我?!)

上帝离弃了他,他终于还是一个"人之子";然而以色列人连"人之子"都钉杀了。

钉杀了"人之子"的人们的身上,比钉杀了"神之子"的尤其血污,血腥。

一九二四年十二月二十日。

【简释】来自异域经典的故事,却被"移植"成具有强烈中国现实感的紧张对峙。对文士等有身份者的仇恨,对路人们和同钉者施以的悲悯。一个赴死之人,却以灵魂的不可战胜而成为十字架上的复仇者。与仇恨同在的竟然是悲悯,而且仇恨本身也可以读出悲悯的意味。对立的两极在故事中融合为一体,这也是《野草》多见的手法,在本篇中达到极致。精神上是悲悯与仇恨,肉体上是受难的大痛楚,同时又是一种大欢喜。

希望

我的心分外地寂寞。

然而我的心很平安:没有爱憎,没有哀乐,也没有颜色和声音。

我大概老了。我的头发已经苍白,不是很明白的事么?我的手颤抖着,不是很明白的事么?那么,我的魂灵的手一定也颤抖着,头发也一定苍白了。

然而这是许多年前的事了。

这以前,我的心也曾充满过血腥的歌声:血和铁,火焰和毒,恢复和报仇。而忽而这些都空虚了,但有时故意地填以没奈何的自欺的希望。希望,希望,用这希望的盾,抗拒那空虚中的暗夜的袭来,虽然盾后面也依然是空虚中的暗夜。然而就是如此,陆续地耗尽了我的青春。

我早先岂不知我的青春已经逝去了?但以为身外的青春固在:星,月光,僵坠的胡蝶,暗中的花,猫头鹰的不祥之言,杜鹃的啼血,笑的渺茫,爱的翔舞……。虽然是悲凉漂渺的青春罢,然而究竟是青春。

然而现在何以如此寂寞?难道连身外的青春也都逝去,世上的青年也多衰老了么？

我只得由我来肉薄这空虚中的暗夜了。我放下了希望之盾，我听到Petöfi Sándor(1823—49)的"希望"之歌：

希望是甚么？是娼妓：

她对谁都蛊惑，将一切都献给；

待你牺牲了极多的宝贝——

你的青春——她就弃掉你。

这伟大的抒情诗人，匈牙利的爱国者，为了祖国而死在可萨克兵的矛尖上，已经七十五年了。悲哉死也，然而更可悲的是他的诗至今没有死。

但是，可惨的人生！桀骜英勇如Petöfi，也终于对了暗夜止步，回顾着茫茫的东方了。他说：

绝望之为虚妄，正与希望相同。

倘使我还得偷生在不明不暗的这"虚妄"中，我就还要寻求那逝去的悲凉漂渺的青春，但不妨在我的身外。因为身外的青春倘一消灭，我身中的迟暮也即凋零了。

然而现在没有星和月光，没有僵坠的胡蝶以至笑的渺茫，爱的翔舞。然而青年们很平安。

我只得由我来肉薄这空虚中的暗夜了，纵使寻不到身外的青春，也总得自己来一掷我身中的迟暮。但暗夜又在那里呢？现在没有星，没有月光以至笑的渺茫和爱的翔舞；青年们很平安，而我的面前又竟至于并且没有真的暗夜。

绝望之为虚妄，正与希望相同！

一九二五年一月一日。

【简释】新年第一天,如此亮眼的标题,充满其中的却是希望的反面绝望。然而绝望又并非全然是希望的对立面,因为它们同为虚妄。本是有感于青年的消沉而作,但又不甘心于青春的真的乌有。明知空虚会以无尽的数量袭来,仍然要以孤独之心抵抗暗夜,仍然不肯放弃希望之歌,虽然那希望之歌里也一样透着悲凉。耗尽青春也不会休止。在这个意义上,虽然希望还很微茫,但绝望也不可能占据成为永远。在"借用"的名目下,却是一个非凡的创造:绝望之为虚妄,正与希望相同。

雪

　　暖国的雨,向来没有变过冰冷的坚硬的灿烂的雪花。博识的人们觉得他单调,他自己也以为不幸否耶?江南的雪,可是滋润美艳之至了;那是还在隐约着的青春的消息,是极壮健的处子的皮肤。雪野中有血红的宝珠山茶,白中隐青的单瓣梅花,深黄的磬口的蜡梅花;雪下面还有冷绿的杂草。胡蝶确乎没有;蜜蜂是否来采山茶花和梅花的蜜,我可记不真切了。但我的眼前仿佛看见冬花开在雪野中,有许多蜜蜂们忙碌地飞着,也听得他们嗡嗡地闹着。

　　孩子们呵着冻得通红,像紫芽姜一般的小手,七八个一齐来塑雪罗汉。因为不成功,谁的父亲也来帮忙了。罗汉就塑得比孩子们高得多,虽然不过是上小下大的一堆,终于分不清是壶卢还是罗汉;然而很洁白,很明艳,以自身的滋润相粘结,整个地闪闪地生光。孩子们用龙眼核给他做眼珠,又从谁的母亲的脂粉奁中偷得胭脂来涂在嘴唇上。这回确是一个大阿罗汉了。他也就目光灼灼地嘴唇通红地坐在雪地里。

　　第二天还有几个孩子来访问他;对了他拍手,点头,嬉笑。但他终于独自坐着了。晴天又来消释他的皮肤,寒夜又使他结一层冰,化作不透明的水晶模样；连续的晴天又使他成为不知道算什么，而嘴上的胭脂也褪尽了。

但是，朔方的雪花在纷飞之后，却永远如粉，如沙，他们决不粘连，撒在屋上，地上，枯草上，就是这样。屋上的雪是早已就有消化了的，因为屋里居人的火的温热。别的，在晴天之下，旋风忽来，便蓬勃地奋飞，在日光中灿灿地生光，如包藏火焰的大雾，旋转而且升腾，弥漫太空，使太空旋转而且升腾地闪烁。

在无边的旷野上，在凛冽的天宇下，闪闪地旋转升腾着的是雨的精魂……

是的，那是孤独的雪，是死掉的雨，是雨的精魂。

一九二五年一月十八日。

【简释】以雪为意象，贯通了比大江南北还要广大的地域。然而非但绝无空洞，更有精致的细节描写。具有最充实的散文化叙事。文眼却在最后一节，"无边的旷野"上雪花奋飞，是一种精神的张扬，一种力量的彰显。但作者对江南的雪没有降格的意思，甚至暖国的雨也绝非更次等的陪衬。它们都源自天然，都是"适者生存"的造化的结果。所以不能变成雪花的暖国的雨未必单调，而壮美如朔方的雪花，其实倒是"死掉的雨"，是"雨的精魂"。仅就这样的作文法，足以让人叹服。

风筝

　　北京的冬季,地上还有积雪,灰黑色的秃树枝丫叉于晴朗的天空中,而远处有一二风筝浮动,在我是一种惊异和悲哀。

　　故乡的风筝时节,是春二月,倘听到沙沙的风轮声,仰头便能看见一个淡墨色的蟹风筝或嫩蓝色的蜈蚣风筝。还有寂寞的瓦片风筝,没有风轮,又放得很低,伶仃地显出憔悴可怜模样。但此时地上的杨柳已经发芽,早的山桃也多吐蕾,和孩子们的天上的点缀相照应,打成一片春日的温和。我现在在那里呢?四面都还是严冬的肃杀,而久经诀别的故乡的久经逝去的春天,却就在这天空中荡漾了。

　　但我是向来不爱放风筝的,不但不爱,并且嫌恶他,因为我以为这是没出息孩子所做的玩艺。和我相反的是我的小兄弟,他那时大概十岁内外罢,多病,瘦得不堪,然而最喜欢风筝,自己买不起,我又不许放,他只得张着小嘴,呆看着空中出神,有时至于小半日。远处的蟹风筝突然落下来了,他惊呼;两个瓦片风筝的缠绕解开了,他高兴得跳跃。他的这些,在我看来都是笑柄,可鄙的。

　　有一天,我忽然想起,似乎多日不很看见他了,但记得曾见他在后园拾枯竹。我恍然大悟似的,便跑向少有人去的一间堆积杂物的小屋去,推开门,果然就在尘封的什物堆中发现了他。他向着大方凳,坐在小凳上;便很惊惶地站了起来,失了色瑟缩着。大方凳旁靠着一个胡蝶风筝的竹骨,还没有糊上纸,凳上是一对做眼睛用的小风轮,正用红纸条装饰着,将要完工了。我在破获秘密的满足中,又很愤怒他的瞒了我的眼睛,这样苦心孤诣地来偷做没出息孩子的玩艺。我即刻伸手折断了胡蝶的一支翅骨,又将风轮掷在地下,踏扁了。论长幼,论力气,他是都敌不过我的,我当然得到完全的胜利,于是傲然走出,留他绝望地站在小屋里。后来他怎样,我不知道,也没有留心。

然而我的惩罚终于轮到了,在我们离别得很久之后,我已经是中年。我不幸偶而看了一本外国的讲论儿童的书,才知道游戏是儿童最正当的行为,玩具是儿童的天使。于是二十年来毫不忆及的幼小时候对于精神的虐杀的这一幕,忽地在眼前展开,而我的心也仿佛同时变了铅块,很重很重的堕下去了。

但心又不竟堕下去而至于断绝,他只是很重很重地堕着,堕着。

我也知道补过的方法的:送他风筝,赞成他放,劝他放,我和他一同放。我们嚷着,跑着,笑着。——然而他其时已经和我一样,早已有了胡子了。

我也知道还有一个补过的方法的:去讨他的宽恕,等他说,"我可是毫不怪你呵。"那么,我的心一定就轻松了,这确是一个可行的方法。有一回,我们会面的时候,是脸上都已添刻了许多"生"的辛苦的条纹,而我的心很沉重。我们渐渐谈起儿时的旧事来,我便叙述到这一节,自说少年时代的胡涂。"我可是毫不怪你呵。"我想,他要说了,我即刻便受了宽恕,我的心从此也宽松了罢。

"有过这样的事么?"他惊异地笑着说,就像旁听着别人的故事一样。他什么也不记得了。

全然忘却,毫无怨恨,又有什么宽恕之可言呢?无怨的恕,说谎罢了。

我还能希求什么呢?我的心只得沉重着。

现在,故乡的春天又在这异地的空中了,既给我久经逝去的儿时的回忆,而一并也带着无可把握的悲哀。我倒不如躲到肃杀的严冬中去罢,——但是,四面又明明是严冬,正给我非常的寒威和冷气。

一九二五年一月二十四日。

【简释】回到童年,却回不到童年的烂漫。心情在北京和故乡之间游走,倒不是为了在都市与乡村之间对比,而是心灵的无所归依让人难耐。因此,风筝事件产生的欲忏悔而不得,应该是不安宁的情绪中的一种,并非就是所有。但这一种已足够让人沉重,"很重很重地堕着,堕着"。要说彻底的悲哀,我觉得没有比《风筝》更甚的了。这里几乎感受不到"绝望之为虚妄"。但这是亲人间的疗伤需求,是一种对慰藉的渴求。可以说,这无尽的悲哀还不至于致命,是一种心灵失重的"无可把握的悲哀"。

好的故事

灯火渐渐地缩小了,在预告石油的已经不多;石油又不是老牌,早熏得灯罩很昏暗。鞭爆的繁响在四近,烟草的烟雾在身边:是昏沉的夜。

我闭了眼睛,向后一仰,靠在椅背上;捏着《初学记》的手搁在膝髁上。

我在蒙胧中,看见一个好的故事。

这故事很美丽,幽雅,有趣。许多美的人和美的事,错综起来像一天云锦,而且万颗奔星似的飞动着,同时又展开去,以至于无穷。

我仿佛记得曾坐小船经过山阴道,两岸边的乌桕,新禾,野花,鸡,狗,丛树和枯树,茅屋,塔,伽蓝,农夫和村妇,村女,晒着的衣裳,和尚,蓑笠,天,云,竹,……都倒影在澄碧的小河中,随着每一打桨,各各夹带了闪烁的日光,并水里的萍藻游鱼,一同荡漾。诸影诸物,无不解散,而且摇动,扩大,互相融和;刚一融和,却又退缩,复近于原形。边缘都参差如夏云头,镶着日光,发出水银色焰。凡是我所经过的河,都是如此。

现在我所见的故事也如此。水中的青天的底子,一切事物统在上面交错,织成一篇,永是生动,永是展开,我看不见这一篇的结束。

河边枯柳树下的几株瘦削的一丈红,该是村女种的罢。大红花和斑红花,都在水里面浮动,忽而碎散,拉长了,如缕缕的胭脂水,然而没有晕。茅屋,狗,塔,村女,云,……也都浮动着。大红花一朵朵全被拉长了,这时是泼刺奔进的红锦带。带织入狗中,狗织入白云中,白云织入村女中……。在一瞬间,他们又将退缩了。但斑红花影也已碎散,伸长,就要织进塔,村女,狗,茅屋,云里去。

现在我所见的故事清楚起来了,美丽,幽雅,有趣,而且分明。青天上面,有无数美的人和美的事,我一一看见,一一知道。

我就要凝视他们……。

我正要凝视他们时,骤然一惊,睁开眼,云锦也已皱蹙,凌乱,仿佛有谁掷一块大石下河水中,水波陡然起立,将整篇的影子撕成片片了。我无意识地赶忙捏住几乎坠地的《初学记》,眼前还剩着几点虹霓色的碎影。

我真爱这一篇好的故事,趁碎影还在,我要追回他,完成他,留下他。我抛了书,欠身伸手去取笔,——何尝有一丝碎影,只见昏暗的灯光,我不在小船里了。

但我总记得见过这一篇好的故事,在昏沉的夜……。

一九二五年二月二十四日。

【简释】真正的标题应该是"好的故事的幻灭"。在不正式的浅梦中见到的美好,更显得脆弱、虚幻,即使要记录下来的欲求也难以做到。流年碎影,回不去的从前只能在昏暗的灯下遥想。与《雪》《风筝》在结构上近乎同构,都是居住在北京而忆及故乡。我或可称之为"故乡三篇"。在《野草》里,它似乎并不那么哲学,但鲁迅本人似乎较为看重,《自选集》选了《野草》里的七篇,其中就有《好的故事》。

过客

时：
或一日的黄昏。
地：
或一处。
人：
老翁——约七十岁,白须发,黑长袍。
女孩——约十岁,紫发,乌眼珠,白地黑方格长衫。
过客——约三四十岁,状态困顿倔强,眼光阴沉,黑须,乱发,黑色短衣裤皆破碎,赤足著破鞋,胁下挂一个口袋,支着等身的竹杖。

东,是几株杂树和瓦砾;西,是荒凉破败的丛葬;其间有一条似路非路的痕迹。一间小土屋向这痕迹开着一扇门;门侧有一段枯树根。

（女孩正要将坐在树根上的老翁挽起。）
翁——孩子。喂,孩子！怎么不动了呢？

孩——(向东望着,)有谁走来了,看一看罢。

翁——不用看他。扶我进去罢。太阳要下去了。

孩——我,——看一看。

翁——唉,你这孩子!天天看见天,看见土,看见风,还不够好看么?什么也不比这些好看。你偏是要看谁。太阳下去时候出现的东西,不会给你什么好处的。……还是进去罢。

孩——可是,已经近来了。阿阿,是一个乞丐。

翁——乞丐?不见得罢。

(过客从东面的杂树间跄踉走出,暂时踌躇之后,慢慢地走近老翁去。)

客——老丈,你晚上好?

翁——阿,好!托福。你好?

客——老丈,我实在冒昧,我想在你那里讨一杯水喝。我走得渴极了。这地方又没有一个池塘,一个水洼。

翁——唔,可以可以。你请坐罢。(向女孩)孩子,你拿水来,杯子要洗干净。

(女孩默默地走进土屋去。)

翁——客官,你请坐。你是怎么称呼的。

客——称呼?——我不知道。从我还能记得的时候起,我就只一个人。我不知道我本来叫什么。我一路走,有时人们也随便称呼我,各式各样地,我也记不清楚了,况且相同的称呼也没有听到过第二回。

翁——阿阿。那么,你是从那里来的呢?

客——(略略迟疑,)我不知道。从我还能记得的时候起,我就在这么走。

翁——对了。那么,我可以问你到那里去么?

客——自然可以。——但是,我不知道。从我还能记得的时候起,我就在这么走,要走到一个地方去,这地方就在前面。我单记得走了许多路,现在来到这里了。我接着就要走向那边去,(西指,)前面!

(女孩小心地捧出一个木杯来,递去。)

客——(接杯,)多谢,姑娘。(将水两口喝尽,还杯,)多谢,姑娘。这真是少有的好意。我真不知道应该怎样感激!

翁——不要这么感激。这于你是没有好处的。

客——是的,这于我没有好处。可是我现在很恢复了些力气了。我就要前去。老丈,你大约是久住在这里的,你可知道前面是怎么一个所在么?

翁——前面?前面,是坟。

客——(诧异地,)坟?

孩——不,不,不的。那里有许多许多野百合,野蔷薇,我常常去玩,去看他们的。

客——(西顾,仿佛微笑,)不错。那些地方有许多许多野百合,野蔷薇,我也常常去玩过,去看过的。但是,那是坟。(向老翁,)老丈,走完了那坟地之后呢?

翁——走完之后?那我可不知道。我没有走过。

客——不知道?!

孩——我也不知道。

翁——我单知道南边;北边;东边,你的来路。那是我最熟悉的地方,也许倒是于你们最好的地方。你莫怪我多嘴,据我看来,你已经这么劳顿了,还不如回转去,因为你前去也料不定可能走完。

客——料不定可能走完?……(沉思,忽然惊起,)那不行!我只得走。回到那里去,就没一处没有名目,没一处没有地主,没一处没有驱逐和牢笼,没一处没有皮面的笑容,没一处没有眶外的眼泪。我憎恶他们,我不回转去!

翁——那也不然。你也会遇见心底的眼泪,为你的悲哀。

客——不。我不愿看见他们心底的眼泪,不要他们为我的悲哀!

翁——那么,你,(摇头,)你只得走了。

客——是的,我只得走了。况且还有声音常在前面催促我,叫唤我,使我息不下。可恨的是我的脚早经走破了,有许多伤,流了许多血。(举起一足给老人看,)因此,我的血不够了;我要喝些血。但血在那里呢?可是我也不愿意喝无论谁的血。我只得喝些水,来补充我的血。一路上总有水,我倒也并不感到什么不足。只是我的力气太稀薄了,血里面太多了水的缘故罢。今天连一个小水洼也遇不到,也就是少走了路的缘故罢。

翁——那也未必。太阳下去了,我想,还不如休息一会的好罢,像我似的。

客——但是,那前面的声音叫我走。

翁——我知道。

客——你知道?你知道那声音么?

翁——是的。他似乎曾经也叫过我。

客——那也就是现在叫我的声音么?

翁——那我可不知道。他也就是叫过几声,我不理他,他也就不叫了,我也就记不清楚了。

客——唉唉,不理他……(沉思,忽然吃惊,倾听着,)不行!我还是走的好。我息不下。可恨我的脚早经走破了。(准备走路。)

孩——给你!(递给一片布,)裹上你的伤去。

客——多谢,(接取,)姑娘。这真是……。这真是极少有的好意。这能使我可以走更多的路。(就断砖坐下,要将布缠在踝上,)但是,不行!(竭力站起,)姑娘,还了你罢,还是裹不下。况且这太多的好意,我没法感激。

翁——你不要这么感激,这于你没有好处。

客——是的,这于我没有什么好处。但在我,这布施是最上的东西了。你看,我全身上可有这样的。

翁——你不要当真就是。

客——是的。但是我不能。我怕我会这样:倘使我得到了谁的布施,我就要像兀鹰看见死尸一样,在四近徘徊,祝愿她的灭亡,给我亲自看见;或者咒诅她以外的一切全都灭亡,连我自己,因为我就应该得到咒诅。但是我还没有这样的力量;即使有这力量,我也不愿意她有这样的境遇,因为她们大概总不愿意有这样的境遇。我想,这最稳当。(向女孩,)姑娘,你这布片太好,可是太小一点了,还了你罢。

孩——(惊惧,退后,)我不要了! 你带走!

客——(似笑,)哦哦,……因为我拿过了?

孩——(点头,指口袋,)你装在那里,去玩玩。

客——(颓唐地退后,)但这背在身上,怎么走呢?……

翁——你息不下,也就背不动。——休息一会,就没有什么了。

客——对咧,休息……。(默想,但忽然惊醒,倾听。)不,我不能！我还是走好。

翁——你总不愿意休息么？

客——我愿意休息。

翁——那么,你就休息一会罢。

客——但是,我不能……。

翁——你总还是觉得走好么？

客——是的。还是走好。

翁——那么,你也还是走好罢。

客——(将腰一伸,)好,我告别了。我很感谢你们。(向着女孩,)姑娘,这还你,请你收回去。

(女孩惊惧,敛手,要躲进土屋里去。)

翁——你带去罢。要是太重了,可以随时抛在坟地里面的。

孩——(走向前,)阿阿,那不行！

客——阿阿,那不行的。

翁——那么,你挂在野百合野蔷薇上就是了。

孩——(拍手,)哈哈！好！

客——哦哦……。

(极暂时中,沉默。)

翁——那么,再见了。祝你平安。(站起,向女孩,)孩子,扶我进去罢。你看,太阳早已下去了。(转身向门。)

客——多谢你们。祝你们平安。(徘徊,沉思,忽然吃惊,)然而我不能！我只得走。我还是走好罢……。(即刻昂了头,奋然向西走去。)

（女孩扶老人走进土屋,随即阖了门。过客向野地里跄踉地闯进去,夜色跟在他后面。)

一九二五年三月二日。

【简释】即使放在今天,这也是上佳的先锋戏剧剧本。如果说《野草》里有寓言式象征,《过客》里的所有要素本身直接就是象征。路上的土屋是老翁停滞前行的处所,漫漫前路只有坟以及坟上的花是可知的,过往的路,前路的声音的召唤,小女孩的布片,一碗水的赠予,所有这些全都有象征的指向。连老翁、过客、小女孩三个角色都各自成为昨天、今天、明天的象征。相遇—对话—告别,《野草》的叙述策略在此达到"集大成"。精准的戏剧场面,诗性的独白与对话,无疑是"综合艺术"的高峰。

死火

我梦见自己在冰山间奔驰。

这是高大的冰山,上接冰天,天上冻云弥漫,片片如鱼鳞模样。山麓有冰树林,枝叶都如松杉。一切冰冷,一切青白。

但我忽然坠在冰谷中。

上下四旁无不冰冷,青白。而一切青白冰上,却有红影无数,纠结如珊瑚网。我俯看脚下,有火焰在。

这是死火。有炎炎的形,但毫不摇动,全体冰结,像珊瑚枝;尖端还有凝固的黑烟,疑这才从火宅中出,所以枯焦。这样,映在冰的四壁,而且互相反映,化为无量数影,使这冰谷,成红珊瑚色。

哈哈!

当我幼小的时候,本就爱看快舰激起的浪花,洪炉喷出的烈焰。不但爱看,还想看清。可惜他们都息息变幻,永无定形。虽然凝视又凝视,总不留下怎样一定的迹象。

死的火焰,现在先得到了你了!

我拾起死火,正要细看,那冷气已使我的指头焦灼;但是,我还熬着,将他塞入衣袋中间。冰谷四面,登时完全青白。我一面思索着走出冰谷的法子。

我的身上喷出一缕黑烟,上升如铁线蛇。冰谷四面,又登时满有红焰流动,如大火聚,将我包围。我低头一看,死火已经燃烧,烧穿了我的衣裳,流在冰地上了。

"唉,朋友!你用了你的温热,将我惊醒了。"他说。

我连忙和他招呼,问他名姓。

"我原先被人遗弃在冰谷中,"他答非所问地说,"遗弃我的早已灭亡,消尽了。我也被冰冻冻得要死。倘使你不给我温热,使我重行烧起,我不久就须灭亡。"

"你的醒来,使我欢喜。我正在想着走出冰谷的方法;我愿意携带你去,使你永不冰结,永得燃烧。"

"唉唉!那么,我将烧完!"

"你的烧完,使我惋惜。我便将你留下,仍在这里罢。"

"唉唉!那么,我将冻灭了!"

"那么,怎么办呢?"

"但你自己,又怎么办呢?"他反而问。

"我说过了:我要出这冰谷……。"

"那我就不如烧完!"

他忽而跃起,如红彗星,并我都出冰谷口外。有大石车突然驰来,我终于碾死在车轮底下,但我还来得及看见那车就坠入冰谷中。

"哈哈!你们是再也遇不着死火了!"我得意地笑着说,仿佛就愿意这样似的。

一九二五年四月二十三日。

【简释】 死火无疑是鲁迅固有的、深沉的意象,之前的《火的冰》还是寓言式的写法，较为简约，本篇里对死火的描绘之精微笔力非凡，我甚至以为，这里面透露出鲁迅深厚的矿物学知识基础，以及精细的美术功底，活化成文学语言又是综合的结果。悖论在精致的描写中渐成主题，最后的决绝又是一种战士式的选择，一种赴死前的复仇、悲悯、乐观。

狗的驳诘

我梦见自己在隘巷中行走,衣履破碎,像乞食者。

一条狗在背后叫起来了。

我傲慢地回顾,叱咤说:

"呔!住口!你这势利的狗!"

"嘻嘻!"他笑了,还接着说,"不敢,愧不如人呢。"

"什么!?"我气愤了,觉得这是一个极端的侮辱。

"我惭愧:我终于还不知道分别铜和银;还不知道分别布和绸;还不知道分别官和民;还不知道分别主和奴;还不知道……"

我逃走了。

"且慢!我们再谈谈……"他在后面大声挽留。

我一径逃走,尽力地走,直到逃出梦境,躺在自己的床上。

一九二五年四月二十三日。

【简释】因为篇幅极短,所以叙述的"封套"可以让人一目了然。从梦见自己在行走,到"直到逃出梦境,躺在自己的床上"。相遇—对峙—告别,《野草》的"母题"又一次"全程"出现。想想鲁迅杂文里对狗的态度,这一篇散文诗的定位可谓不同寻常。设问鲁迅笔下,人是不是真的对付不了狗,那就参考阅读鲁迅散文诗式的杂文《秋夜纪游》吧。

失掉的好地狱

我梦见自己躺在床上,在荒寒的野外,地狱的旁边。一切鬼魂们的叫唤无不低微,然有秩序,与火焰的怒吼,油的沸腾,钢叉的震颤相和鸣,造成醉心的大乐,布告三界:地下太平。

有一伟大的男子站在我面前,美丽,慈悲,遍身有大光辉,然而我知道他是魔鬼。

"一切都已完结,一切都已完结!可怜的鬼魂们将那好的地狱失掉了!"他悲愤地说,于是坐下,讲给我一个他所知道的故事——

"天地作蜂蜜色的时候,就是魔鬼战胜天神,掌握了主宰一切的大威权的时候。他收得天国,收得人间,也收得地狱。他于是亲临地狱,坐在中央,遍身发大光辉,照见一切鬼众。

"地狱原已废弛得很久了:剑树消却光芒;沸油的边际早不腾涌;大火聚有时不过冒些青烟,远处还萌生曼陀罗花,花极细小,惨白可怜。——那是不足为奇的,因为地上曾经大被焚烧,自然失了他的肥沃。

"鬼魂们在冷油温火里醒来,从魔鬼的光辉中看见地狱小花,惨白可怜,被大蛊惑,倏忽间记起人世,默想至不知几多年,遂同时向着人间,发一声反狱的绝叫。

"人类便应声而起,仗义执言,与魔鬼战斗。战声遍满三界,远过雷霆。终于运大谋略,布大网罗,使魔鬼并且不得不从地狱出走。最后的胜利,是地狱门上也竖了人类的旌旗!

"当鬼魂们一齐欢呼时,人类的整饬地狱使者已临地狱,坐在中央,用了人类的威严,叱咤一切鬼众。

"当鬼魂们又发一声反狱的绝叫时,即已成为人类的叛徒,得到永劫沉沦的罚,迁入剑树林的中央。

"人类于是完全掌握了主宰地狱的大威权,那威棱且在魔鬼以上。人类于是整顿废弛,先给牛首阿旁以最高的俸草;而且,添薪加火,磨砺刀山,使地狱全体改观,一洗先前颓废的气象。

"曼陀罗花立即焦枯了。油一样沸;刀一样铦;火一样热;鬼众一样呻吟,一样宛转,至于都不暇记起失掉的好地狱。

"这是人类的成功,是鬼魂的不幸……。

"朋友,你在猜疑我了。是的,你是人!我且去寻野兽和恶鬼……。"

一九二五年六月十六日。

【简释】这是一篇从寓言向象征主义跨越的散文诗。描写的环境之阔大堪比旷野却又不是。它对理解提出了难度上的挑战,象征不只是环境、器物、对话,而是故事走向本身变成了最高的隐喻。奇异的环境描写,有着奇幻小说也难达到的逼真。遣词造句、概念、称谓,又有着复杂、"专业"的水准。仿佛是独白,其实是对话的方式,将庞大、漫长的故事简约在精短的篇幅中,还突显了并非小说式的寓言色彩和象征性。

墓碣文

　　我梦见自己正和墓碣对立,读着上面的刻辞。那墓碣似是沙石所制,剥落很多,又有苔藓丛生,仅存有限的文句——
　　……于浩歌狂热之际中寒;于天上看见深渊。于一切眼中看见无所有;于无所希望中得救。……
　　……有一游魂,化为长蛇,口有毒牙。不以啮人,自啮其身,终以殒颠。……
　　……离开!……
　　我绕到碣后,才见孤坟,上无草木,且已颓坏。即从大阙口中,窥见死尸,胸腹俱破,中无心肝。而脸上却绝不显哀乐之状,但蒙蒙如烟然。
　　我在疑惧中不及回身,然而已看见墓碣阴面的残存的文句——
　　……抉心自食,欲知本味。创痛酷烈,本味何能知?……
　　……痛定之后,徐徐食之。然其心已陈旧,本味又何由知?……
　　……答我。否则,离开!……
　　我就要离开。而死尸已在坟中坐起,口唇不动,然而说——
　　"待我成尘时,你将见我的微笑!"

我疾走，不敢反顾，生怕看见他的追随。

一九二五年六月十七日。

【简释】也是"相遇"，却不是与人或动物，是与墓碣对立；也是"对峙"，却不是与哪怕死火式的石头对话，而是在阅读墓碣文中实现"对话"；也是"告别"，但既非因为尴尬，也非因为仇恨，是因为无解的谜面和恐怖的"微笑"而逃离。在这最惊悚的场面中，"我"却没有像《狗的驳诘》里一样逃出梦境，而只是在"疾走"，因为"生怕看见他的追随"。因为没有从噩梦中醒来的欣慰，所以这追随是否还在继续也未可知。单就这一点没有结局的收尾，就足见鲁迅笔力之"狠"。

颓败线的颤动

我梦见自己在做梦。自身不知所在,眼前却有一间在深夜中紧闭的小屋的内部,但也看见屋上瓦松的茂密的森林。

板桌上的灯罩是新拭的,照得屋子里分外明亮。在光明中,在破榻上,在初不相识的披毛的强悍的肉块底下,有瘦弱渺小的身躯,为饥饿,苦痛,惊异,羞辱,欢欣而颤动。弛缓,然而尚且丰腴的皮肤光润了;青白的两颊泛出轻红,如铅上涂了胭脂水。

灯火也因惊惧而缩小了,东方已经发白。

然而空中还弥漫地摇动着饥饿,苦痛,惊异,羞辱,欢欣的波涛……。

"妈!"约略两岁的女孩被门的开阖声惊醒,在草席围着的屋角的地上叫起来了。

"还早哩,再睡一会罢!"她惊惶地说。

"妈!我饿,肚子痛。我们今天能有什么吃的?"

"我们今天有吃的了。等一会有卖烧饼的来,妈就买给你。"她欣慰地更加紧捏着掌中的小银片,低微的声音悲凉地发抖,走近屋角去一看她的女儿,移开草席,抱起来放在破榻上。

"还早哩,再睡一会罢。"她说着,同时抬起眼睛,无可告诉地一看破旧的屋顶以上的天空。

空中突然另起了一个很大的波涛,和先前的相撞击,回旋而成旋涡,将一切并我尽行淹没,口鼻都不能呼吸。

我呻吟着醒来,窗外满是如银的月色,离天明还很辽远似的。

我自身不知所在,眼前却有一间在深夜中紧闭的小屋的内部,我自己知道是在续着残梦。可是梦的年代隔了许多年了。屋的内外已经这样整齐;里面是青年的夫妻,一群小孩子,都怨恨鄙夷地对着一个垂老的女人。

"我们没有脸见人,就只因为你,"男人气忿地说。"你还以为养大了她,其实正是害苦了她,倒不如小时候饿死的好!"

"使我委屈一世的就是你!"女的说。

"还要带累了我!"男的说。

"还要带累他们哩!"女的说,指着孩子们。

最小的一个正玩着一片干芦叶,这时便向空中一挥,仿佛一柄钢刀,大声说道:

"杀!"

那垂老的女人口角正在痉挛,登时一怔,接着便都平静,不多时候,她冷静地,骨立的石像似的站起来了。她开开板门,迈步在深夜中走出,遗弃了背后一切的冷骂和毒笑。

她在深夜中尽走,一直走到无边的荒野;四面都是荒野,头上只有高天,并无一个虫鸟飞过。她赤身露体地,石像似的站在荒野的中央,于一刹那间照见过往的一切:饥饿,苦痛,惊异,羞辱,欢欣,于是发抖;害苦,委屈,带累,于是痉挛;杀,于是平静。……又于一刹那间将一切并合：眷念与决绝，爱抚与复仇，养育与歼除，祝福与咒诅……。她于是举两手尽量向天，口唇间漏出人与兽的，非人间所有，所以无词的言语。

当她说出无词的言语时，她那伟大如石像，然而已经荒废的，颓败的身躯的全面都颤动了。这颤动点点如鱼鳞，每一鳞都起伏如沸水在烈火上；空中也即刻一同振颤，仿佛暴风雨中的荒海的波涛。

她于是抬起眼睛向着天空，并无词的言语也沉默尽绝，惟有颤动，辐射若太阳光，使空中的波涛立刻回旋，如遭飓风，汹涌奔腾于无边的荒野。

我梦魇了，自己却知道是因为将手搁在胸脯上了的缘故；我梦中还用尽平生之力，要将这十分沉重的手移开。

一九二五年六月二十九日。

【简释】也是在梦里，但"我"不参与故事，不干涉故事走向，"我"只是观者，是叙述者。在一篇散文诗里写了一个人的一生，她的生活，她的命运，她的精神世界。故事本身具有较强的小说性，氛围的描写又具有浓郁的诗意，妇人最后走向暗夜里的旷野，有如一幅壮观的油画，也有如一个凄美的电影画面，然而真正的源泉，也许是鲁迅对木刻艺术的深刻理解和不由自主的艺术"借用"。"我梦见自己在做梦"，这深沉的睡梦，让较长的故事叙述有了形式上的"前提"，也颇值得玩味。

立论

我梦见自己正在小学校的讲堂上预备作文,向老师请教立论的方法。

"难!"老师从眼镜圈外斜射出眼光来,看着我,说。"我告诉你一件事——

"一家人家生了一个男孩,合家高兴透顶了。满月的时候,抱出来给客人看,——大概自然是想得一点好兆头。

"一个说:'这孩子将来要发财的。'他于是得到一番感谢。

"一个说:'这孩子将来要做官的。'他于是收回几句恭维。

"一个说:'这孩子将来是要死的。'他于是得到一顿大家合力的痛打。

"说要死的必然,说富贵的许谎。但说谎的得好报,说必然的遭打。你……"

"我愿意既不谎人,也不遭打。那么,老师,我得怎么说呢?"

"那么,你得说:'啊呀!这孩子呵!您瞧!多么……。阿唷!哈哈!Hehe! he,hehehehe!'"

一九二五年七月八日。

【简释】这是比较"标准"的寓言,不用描写人物的内心,只通过他们的言语来"悟透"一个道理。这个道理颇有哲学的意味,虽然只是处世哲学的层面。但这个道理并不是抽象的,"今天天气哈哈哈"是鲁迅身处其时的现实见闻,甚至是当时社会的"流行文化",所以它又是有着强烈现实针对性的。这就是需要了解本事的必要性所在。

死后

我梦见自己死在道路上。

这是那里,我怎么到这里来,怎么死的,这些事我全不明白。总之,待到我自己知道已经死掉的时候,就已经死在那里了。

听到几声喜鹊叫,接着是一阵乌老鸦。空气很清爽,——虽然也带些土气息,——大约正当黎明时候罢。我想睁开眼睛来,他却丝毫也不动,简直不像是我的眼睛;于是想抬手,也一样。

恐怖的利镞忽然穿透我的心了。在我生存时,曾经玩笑地设想:假使一个人的死亡,只是运动神经的废灭,而知觉还在,那就比全死了更可怕。谁知道我的预想竟的中了,我自己就在证实这预想。

听到脚步声,走路的罢。一辆独轮车从我的头边推过,大约是重载的,轧轧地叫得人心烦,还有些牙齿龈。很觉得满眼绯红,一定是太阳上来了。那么,我的脸是朝东的。但那都没有什么关系。切切嚓嚓的人声,看热闹的。他们踹起黄土来,飞进我的鼻孔,使我想打喷嚏了,但终于没有打,仅有想打的心。

陆陆续续地又是脚步声,都到近旁就停下,还有更多的低语声:看的人多起来了。我忽然很想听听他们的议论。但同时想,我生存时说的什么批评不值一笑的话,大概是违心之论罢:才死,就露了破绽了。然而还是听;然而毕竟得不到结论,归纳起来不过是这样——

"死了?……"

"嗡。——这……"

"哼!……"

"啧。……唉!……"

我十分高兴,因为始终没有听到一个熟识的声音。否则,或者害得他们伤心;或则要使他们快意;或则要使他们加添些饭后闲谈的材料,多破费宝贵的工夫;这都会使我很抱歉。现在谁也看不见,就是谁也不受影响。好了,总算对得起人了!

但是,大约是一个马蚁,在我的脊梁上爬着,痒痒的。我一点也不能动,已经没有除去他的能力了;倘在平时,只将身子一扭,就能使他退避。而且,大腿上又爬着一个哩!你们是做什么的?虫豸!?

事情可更坏了:嗡的一声,就有一个青蝇停在我的颧骨上,走了几步,又一飞,开口便舐我的鼻尖。我懊恼地想:足下,我不是什么伟人,你无须到我身上来寻做论的材料……。但是不能说出来。他却从鼻尖跑下,又用冷舌头来舐我的嘴唇了,不知道可是表示亲爱。还有几个则聚在眉毛上,跨一步,我的毛根就一摇。实在使我烦厌得不堪,——不堪之至。

忽然,一阵风,一片东西从上面盖下来,他们就一同飞开了,临走时还说——

"惜哉!……"

我愤怒得几乎昏厥过去。

木材摔在地上的钝重的声音同着地面的震动,使我忽然清醒,前额上感着芦席的条纹。但那芦席就被掀去了,又立刻感到了日光的灼热。还听得有人说——

"怎么要死在这里?……"

这声音离我很近,他正弯着腰罢。但人应该死在那里呢?我先前以为人在地上虽没有任意生存的权利,却总有任意死掉的权利的。现在才知道并不然,也很难适合人们的公意。可惜我久没了纸笔;即有也不能写,而且即使写了也没有地方发表了。只好就这样地抛开。

有人来抬我,也不知道是谁。听到刀鞘声,还有巡警在这里罢,在我所不应该"死在这里"的这里。我被翻了几个转身,便觉得向上一举,又往下一沉;又听得盖了盖,钉着钉。但是,奇怪,只钉了两个。难道这里的棺材钉,是只钉两个的么?

我想:这回是六面碰壁,外加钉子。真是完全失败,呜呼哀哉了!……

"气闷!……"我又想。

然而我其实却比先前已经宁静得多,虽然知不清埋了没有。在手背上触到草席的条纹,觉得这尸衾倒也不恶。只不知道是谁给我化钱的,可惜!但是,可恶,收敛的小子们!我背后的小衫的一角皱起来了,他们并不给我拉平,现在抵得我很难受。你们以为死人无知,做事就这样地草率么?哈哈!

我的身体似乎比活的时候重得多,所以压着衣皱便格外的不舒服。但我想,不久就可以习惯的;或者就要腐烂,不至于再有什么大麻烦。此刻还不如静静地静着想。

"您好？您死了么？"

是一个颇为耳熟的声音。睁眼看时，却是勃古斋旧书铺的跑外的小伙计。不见约有二十多年了，倒还是那一副老样子。我又看看六面的壁，委实太毛糙，简直毫没有加过一点修刮，锯绒还是毛毿毿的。

"那不碍事，那不要紧。"他说，一面打开暗蓝色布的包裹来。"这是明板《公羊传》，嘉靖黑口本，给您送来了。您留下他罢。这是……。"

"你！"我诧异地看定他的眼睛，说，"你莫非真正胡涂了？你看我这模样，还要看什么明板？……"

"那可以看，那不碍事。"

我即刻闭上眼睛，因为对他很烦厌。停了一会，没有声息，他大约走了。但是似乎一个马蚁又在脖子上爬起来，终于爬到脸上，只绕着眼眶转圈子。

万不料人的思想，是死掉之后也还会变化的。忽而，有一种力将我的心的平安冲破；同时，许多梦也都做在眼前了。几个朋友祝我安乐，几个仇敌祝我灭亡。我却总是既不安乐，也不灭亡地不上不下地生活下来，都不能副任何一面的期望。现在又影一般死掉了，连仇敌也不使知道，不肯赠给他们一点惠而不费的欢欣。……

我觉得在快意中要哭出来。这大概是我死后第一次的哭。

然而终于也没有眼泪流下；只看见眼前仿佛有火花一闪，我于是坐了起来。

一九二五年七月十二日。

【简释】这是《野草》里最有小说品质的散文诗，因为所有的描写和叙述都很沉稳,并未有什么诗意语言,比起两周前的《颓败线的颤动》,这一篇少了情绪的点染,多了沉静中的略略的讽刺。框定在梦境中不难做到,真正难做到的,是在此"为所欲为"的"条件"下,却极精细地描写了"死后"的感受。一个假设的前提,又仿佛用文学手法调用了青年时代的医学知识。这是"梦七篇"的最后一篇,如何走出梦境,本是我们想看到的结局,然而看到的却是"我"竟然"坐了起来"。那在《墓碣文》里惊吓到"我"的,"我"也做到了。

这样的战士

要有这样的一种战士——

已不是蒙昧如非洲土人而背着雪亮的毛瑟枪的;也并不疲惫如中国绿营兵而却佩着盒子炮。他毫无乞灵于牛皮和废铁的甲胄;他只有自己,但拿着蛮人所用的,脱手一掷的投枪。

他走进无物之阵,所遇见的都对他一式点头。他知道这点头就是敌人的武器,是杀人不见血的武器,许多战士都在此灭亡,正如炮弹一般,使猛士无所用其力。

那些头上有各种旗帜,绣出各样好名称:慈善家,学者,文士,长者,青年,雅人,君子……。头下有各样外套,绣出各式好花样:学问,道德,国粹,民意,逻辑,公义,东方文明……。

但他举起了投枪。

他们都同声立了誓来讲说,他们的心都在胸膛的中央,和别的偏心的人类两样。他们都在胸前放着护心镜,就为自己也深信心在胸膛中央的事作证。

但他举起了投枪。

他微笑,偏侧一掷,却正中了他们的心窝。

一切都颓然倒地;——然而只有一件外套,其中无物。无物之物已经脱走,得了胜利,因为他这时成了戕害慈善家等类的罪人。

但他举起了投枪。

他在无物之阵中大踏步走,再见一式的点头,各种的旗帜,各样的外套……。

但他举起了投枪。

他终于在无物之阵中老衰,寿终。他终于不是战士,但无物之物则是胜者。

在这样的境地里,谁也不闻战叫:太平。

太平……。

但他举起了投枪!

一九二五年十二月十四日。

【简释】这是《野草》里最近杂文的一篇,"无物之阵"中的敌手们的称号、旗号,无不让人想到正在杂文里互撕的论敌。但它在《野草》里有位置是因为,鲁迅将现实中与论敌进行的斗争虚化了。"要有这样的一种战士"。"要有",是情态表达,"一种",是需要有更多。"太平"的表象不能阻止战士的战斗。这正是鲁迅希望的态度:韧性的战斗。就像天津火车站的青皮一样,死缠烂打都要两元钱。然而,战斗也有虚妄的一面,一是面对着的是无物之阵,二是战士在无休止的战斗中终究会老衰、寿终。这让人想起"盾后面也依然是空虚中的暗夜","然而就是如此,陆续地耗尽了我的青春"。但这就是战士的品格,最后的抉择仍然是举起投枪。这真是典型的"绝望之为虚妄,正与希望相同"。所以,很像杂文的《这样的战士》,同时也很"野草"。

聪明人和傻子和奴才

　　奴才总不过是寻人诉苦。只要这样,也只能这样。有一日,他遇到一个聪明人。

　　"先生!"他悲哀地说,眼泪联成一线,就从眼角上直流下来。"你知道的。我所过的简直不是人的生活。吃的是一天未必有一餐,这一餐又不过是高粱皮,连猪狗都不要吃的,尚且只有一小碗……。"

　　"这实在令人同情。"聪明人也惨然说。

　　"可不是么!"他高兴了。"可是做工是昼夜无休息的:清早担水晚烧饭,上午跑街夜磨面,晴洗衣裳雨张伞,冬烧汽炉夏打扇。半夜要煨银耳,侍候主人耍钱;头钱从来没分,有时还挨皮鞭……。"

　　"唉唉……。"聪明人叹息着,眼圈有些发红,似乎要下泪。

　　"先生!我这样是敷衍不下去的。我总得另外想法子。可是什么法子呢?……"

　　"我想,你总会好起来……。"

　　"是么?但愿如此。可是我对先生诉了冤苦,又得你的同情和慰安,已经舒坦得不少了。可见天理没有灭绝……。"

　　但是,不几日,他又不平起来了,仍然寻人去诉苦。

"先生！"他流着眼泪说，"你知道的。我住的简直比猪窠还不如。主人并不将我当人；他对他的叭儿狗还要好到几万倍……。"

"混帐！"那人大叫起来，使他吃惊了。那人是一个傻子。

"先生，我住的只是一间破小屋，又湿，又阴，满是臭虫，睡下去就咬得真可以。秽气冲着鼻子，四面又没有一个窗……。"

"你不会要你的主人开一个窗的么？"

"这怎么行？……"

"那么，你带我去看去！"

傻子跟奴才到他屋外，动手就砸那泥墙。

"先生！你干什么？"他大惊地说。

"我给你打开一个窗洞来。"

"这不行！主人要骂的！"

"管他呢！"他仍然砸。

"人来呀！强盗在毁咱们的屋子了！快来呀！迟一点可要打出窟窿来了！……"他哭嚷着，在地上团团地打滚。

一群奴才都出来了，将傻子赶走。

听到了喊声，慢慢地最后出来的是主人。

"有强盗要来毁咱们的屋子，我首先叫喊起来，大家一同把他赶走了。"他恭敬而得胜地说。

"你不错。"主人这样夸奖他。

这一天就来了许多慰问的人，聪明人也在内。

"先生。这回因为我有功，主人夸奖了我了。你先前说我总会好起来，实在是有先见之明……。"他大有希望似的高兴地说。

"可不是么……。"聪明人也代为高兴似的回答他。

一九二五年十二月二十六日。

【简释】这又是一则寓言故事。在一种直接给定的情境中,让类型化的人物去扮演各自的角色。需要说明的是,这仍然是鲁迅本人特意看重的作品,《自选集》的七篇里也有这一篇。鲁迅似乎格外看重有点傻气的青年。比如对出版《野草》的北新书局"老板"李小峰,虽然到上海后不久因版税问题徒生闷气,但仍然念他还有一股傻气,终于在调停后继续与之合作。1927年12月26日致共同的朋友川岛信中就说过:"小峰却还有点傻气。前两三年,别家不肯出版的书,我一绍介,他便付印,这事我至今记得的。虽然我所绍介的作者,现在往往翻脸在骂我,但我仍不能不感激小峰的情面。"果真是融文品与人品为一体。他认为中国人最缺这样一种傻气,也少有不计功利、不懂圆滑的傻子。所以他才格外看重这则寓言吧。

腊叶

灯下看《雁门集》，忽然翻出一片压干的枫叶来。

这使我记起去年的深秋。繁霜夜降，木叶多半凋零，庭前的一株小小的枫树也变成红色了。我曾绕树徘徊，细看叶片的颜色，当他青葱的时候是从没有这么注意的。他也并非全树通红，最多的是浅绛，有几片则在绯红地上，还带着几团浓绿。一片独有一点蛀孔，镶着乌黑的花边，在红，黄和绿的斑驳中，明眸似的向人凝视。我自念：这是病叶呵！便将他摘了下来，夹在刚才买到的《雁门集》里。大概是愿使这将坠的被蚀而斑斓的颜色，暂得保存，不即与群叶一同飘散罢。

但今夜他却黄蜡似的躺在我的眼前，那眸子也不复似去年一般灼灼。假使再过几年，旧时的颜色在我记忆中消去，怕连我也不知道他何以夹在书里面的原因了。将坠的病叶的斑斓，似乎也只能在极短时中相对，更何况是葱郁的呢。看看窗外，很能耐寒的树木也早经秃尽了；枫树更何消说得。当深秋时，想来也许有和这去年的模样相似的病叶的罢，但可惜我今年竟没有赏玩秋树的余闲。

一九二五年十二月二十六日。

【简释】这一篇的含义包藏很深,不是鲁迅后来自己出来解释,很难从中精确地读到是送给许广平的寄语。"一叶知秋",原来并不能等同于"窥斑见豹",也不意味着目光如炬,而是对由青葱而变黄蜡的生命变化的无可奈何,不可把握。从中看到只能在极短暂中与美好相对,有着令人绝望的感伤,但同时,又看到"病叶的斑斓"比起"葱郁"来,也自有其沉稳、缓衰的"优势"。《野草》的主旋律随时可以听得到。

淡淡的血痕中

——记念几个死者和生者和未生者

目前的造物主,还是一个怯弱者。

他暗暗地使天变地异,却不敢毁灭一个这地球;暗暗地使生物衰亡,却不敢长存一切尸体;暗暗地使人类流血,却不敢使血色永远鲜秾;暗暗地使人类受苦,却不敢使人类永远记得。

他专为他的同类——人类中的怯弱者——设想,用废墟荒坟来衬托华屋,用时光来冲淡苦痛和血痕;日日斟出一杯微甘的苦酒,不太少,不太多,以能微醉为度,递给人间,使饮者可以哭,可以歌,也如醒,也如醉,若有知,若无知,也欲死,也欲生。他必须使一切也欲生;他还没有灭尽人类的勇气。

几片废墟和几个荒坟散在地上,映以淡淡的血痕,人们都在其间咀嚼着人我的渺茫的悲苦。但是不肯吐弃,以为究竟胜于空虚,各各自称为"天之僇民",以作咀嚼着人我的渺茫的悲苦的辩解,而且悚息着静待新的悲苦的到来。新的,这就使他们恐惧,而又渴欲相遇。

这都是造物主的良民。他就需要这样。

叛逆的猛士出于人间;他屹立着,洞见一切已改和现有的废墟和荒坟,记得一切深广和久远的苦痛,正视一切重叠淤积的凝血,深知一切已死,方生,将生和未生。他看透了造化的把戏;他将要起来使人类苏生,或者使人类灭尽,这些造物主的良民们。

造物主,怯弱者,羞惭了,于是伏藏。天地在猛士的眼中于是变色。

一九二六年四月八日。

【简释】可以看作是《记念刘和珍君》的"余波",又是在它之上的思想延展。造物主—天地—地球—生物—人类—鲜血—荒坟——苦酒,这由大到小,由茫远到切近的过渡,有一种环环相扣的密集感,又有一种强大的情感逻辑和批判力量贯穿其中。最后,这一切又浓缩成一杯"微甘的苦酒",让一切处于欲死方生的难耐中。但这绝不是一种末世悲情的宣泄。"叛逆的猛士出于人间",于是又从荒坟出发,到人类,到天地,到造物主。逻辑线索又从小到大推演回去了。这种镜头感的无限延伸和远近变化,以猛士为"轴心",呈对称状。由旷野到天地的描写中,却从来不缺乏精微的细节,深沉的情感,理性的批判。

一觉

飞机负了掷下炸弹的使命,像学校的上课似的,每日上午在北京城上飞行。每听得机件搏击空气的声音,我常觉到一种轻微的紧张,宛然目睹了"死"的袭来,但同时也深切地感着"生"的存在。

隐约听到一二爆发声以后,飞机嗡嗡地叫着,冉冉地飞去了。也许有人死伤了罢,然而天下却似乎更显得太平。窗外的白杨的嫩叶,在日光下发乌金光;榆叶梅也比昨日开得更烂漫。收拾了散乱满床的日报,拂去昨夜聚在书桌上的苍白的微尘,我的四方的小书斋,今日也依然是所谓"窗明几净"。

因为或一种原因,我开手编校那历来积压在我这里的青年作者的文稿了;我要全都给一个清理。我照作品的年月看下去,这些不肯涂脂抹粉的青年们的魂灵便依次屹立在我眼前。他们是绰约的,是纯真的,——阿,然而他们苦恼了,呻吟了,愤怒,而且终于粗暴了,我的可爱的青年们!

魂灵被风沙打击得粗暴,因为这是人的魂灵,我爱这样的魂灵;我愿意在无形无色的鲜血淋漓的粗暴上接吻。漂渺的名园中,奇花盛开着,红颜的静女正在超然无事地逍遥,鹤唳一声,白云郁然而起……。

这自然使人神往的罢,然而我总记得我活在人间。

我忽然记起一件事:两三年前,我在北京大学的教员预备室里,看见进来了一个并不熟识的青年,默默地给我一包书,便出去了,打开看时,是一本《浅草》。就在这默默中,使我懂得了许多话。阿,这赠品是多么丰饶呵!可惜那《浅草》不再出版了,似乎只成了《沉钟》的前身。那《沉钟》就在这风沙澒洞中,深深地在人海的底里寂寞地鸣动。

野蓟经了几乎致命的摧折,还要开一朵小花,我记得托尔斯泰曾受了很大的感动,因此写出一篇小说来。但是,草木在旱干的沙漠中间,拼命伸长他的根,吸取深地中的水泉,来造成碧绿的林莽,自然是为了自己的"生"的,然而使疲劳枯渴的旅人,一见就怡然觉得遇到了暂时息肩之所,这是如何的可以感激,而且可以悲哀的事!?

《沉钟》的《无题》——代启事——说:"有人说:我们的社会是一片沙漠。——如果当真是一片沙漠,这虽然荒漠一点也还静肃;虽然寂寞一点也还会使你感觉苍茫。何至于像这样的混沌,这样的阴沉,而且这样的离奇变幻!"

是的,青年的魂灵屹立在我眼前,他们已经粗暴了,或者将要粗暴了,然而我爱这些流血和隐痛的魂灵,因为他使我觉得是在人间,是在人间活着。

在编校中夕阳居然西下,灯火给我接续的光。各样的青春在眼前一一驰去了,身外但有昏黄环绕。我疲劳着,捏着纸烟,在无名的思想中静静地合了眼睛,看见很长的梦。忽而惊觉,身外也还是环绕着昏黄;烟篆在不动的空气中上升,如几片小小夏云,徐徐幻出难以指名的形象。

一九二六年四月十日。

【简释】 从飞机的轰炸中感受死的威胁,同时又在小书斋里感受生命的热度。一册小小的《浅草》如何能承载得起魂灵的重量,实在是敏感到极致才会产生如此重大的联想。仅只是一位青年"默默地给我一包书"的动作中的"默默",就足以让人"懂得了许多话"。有论者说《一觉》就是《野草》的跋,除去位置的压轴,意象元素上也确有不经意间的"收束"感。青年的魂灵,回答了《希望》中关于"身外的青春固在"的半信半疑;"人海的底里寂寞地鸣动",这微薄的力量却照见了感激,也印证着悲哀。然而,这痛感和热度恰恰证明,"我""是在人间活着"。让一切过往,包括梦痕里的故乡,暗夜里的旷野,"皮外的笑容","眶外的眼泪",一切相遇、对峙、告别,统统收束到这最后的"一觉"中。书桌前的灯火,捏着的纸烟,无名的思想,很长的梦,徐徐上升的烟篆……场景仿佛又回到《野草》的开篇《秋夜》:"我打一个呵欠,点起一支纸烟,喷出烟来,对着灯默默地敬奠苍翠精致的英雄们。"两篇作品的结尾简直可以互换而并不改变实质。这是一个遥远的呼应,因为它们是在同一个"灰棚"("老虎尾巴")的窗前所做的思考。时间虽然过去将近两年,身外的现实和内心的感受却似乎并没有太大的差别。这也就是《野草》的一致性吧。

附录一
鲁迅关于《野草》的自述辑录

1.文章部分

1924年11月17日
《"说不出"》
　　所以,我以为批评家最平稳的是不要兼做创作。假如提起一支屠城的笔,扫荡了文坛上一切野草,那自然是快意的。但扫荡之后,倘以为天下已没有诗,就动手来创作,便每不免做出这样的东西来:
　　宇宙之广大呀,我说不出;
　　父母之恩呀,我说不出;
　　爱人的爱呀,我说不出。
　　阿呀阿呀,我说不出!
　　这样的诗,当然是好的,——倘就批评家的创作而言。

1925 年 3 月 18 日

(《两地书·四》)

但我的作品,太黑暗了,因为我常觉得惟"黑暗与虚无"乃是"实有",却偏要向这些作绝望的抗战,所以很多着偏激的声音。其实这或者是年龄和经历的关系,也许未必一定的确的,因为我终于不能证实:惟黑暗与虚无乃是实有。

1925 年 4 月 27 日

《通讯(致孙伏园)》

但他究竟是好意,所以我便将它寄奉了。排了进去,想不至于像我去年那篇打油诗《我的失恋》一般,恭逢总主笔先生白眼,赐以驱除,而且至于打破你的饭碗的罢。但占了你所赏识的琴心女士的"阿呀体"诗文的纸面,却实不胜抱歉之至,尚祈恕之。

1925 年 5 月 30 日

《两地书·二四》

凡有死的同我有关的,同时我就憎恨所有与我无关的……,而我正相反,同我有关的活着,我倒不放心,死了,我就安心,这意思也在《过客》中说过。

1927 年 5 月 1 日

《朝花夕拾小引》

前天,已将《野草》编定了;这回便轮到陆续载在《莽原》上的《旧事重提》,我还替他改了一个名称:《朝花夕拾》。

1927年9月4日

《答有恒先生》

我觉得我也许从此不再有什么话要说,恐怖一去,来的是什么呢,我还不得而知,恐怕不见得是好东西罢。但我也在救助我自己,还是老法子:一是麻痹,二是忘却。一面挣扎着,还想从以后淡下去的"淡淡的血痕中"看见一点东西,誊在纸片上。

1927年10月10日

《怎么写——夜记之一》

记得还是去年躲在厦门岛上的时候,因为太讨人厌了,终于得到"敬鬼神而远之"式的待遇,被供在图书馆楼上的一间屋子里。白天还有馆员,钉书匠,阅书的学生,夜九时后,一切星散,一所很大的洋楼里,除我以外,没有别人。我沉静下去了。寂静浓到如酒,令人微醺。望后窗外骨立的乱山中许多白点,是丛冢;一粒深黄色火,是南普陀寺的琉璃灯。前面则海天微茫,黑絮一般的夜色简直似乎要扑到心坎里。我靠了石栏远眺,听得自己的心音,四远还仿佛有无量悲哀,苦恼,零落,死灭,都杂入这寂静中,使它变成药酒,加色,加味,加香。这时,我曾经想要写,但是不能写,无从写。这也就是我所谓"当我沉默着的时候,我觉得充实,我将开口,同时感到空虚"。

莫非这就是一点"世界苦恼"么?我有时想。然而大约又不是的,这不过是淡淡的哀愁,中间还带些愉快。我想接近它,但我愈想,它却愈渺茫了,几乎就要发见仅只我独自倚着石栏,此外一无所有。必须待到我忘了努力,才又感到淡淡的哀愁。

1927年11月7日

《厦门通信(二)》

我虽然在这里,也常想投稿给《语丝》,但是一句也写不出,连"野草"也没有一茎半叶。现在只是编讲义。为什么呢?这是你一定了然的:为吃饭。吃了饭为什么呢?倘照这样下去,就是为了编讲义。吃饭是不高尚的事,我倒并不这样想。然而编了讲义来吃饭,吃了饭来编讲义,可也觉得未免近于无聊。

1928年1月16日

《海上通信》

至于《野草》,此后做不做很难说,大约是不见得再做了,省得人来谬托知己,舐皮论骨,什么是"入于心"的。但要付印,也还须细看一遍,改正错字,颇费一点工夫。因此一时也不能寄上。

1928年4月10日

《路》

"地火在地下运行,奔突;熔岩一旦喷出,将烧尽一切野草,以及乔木,于是并且无可朽腐。

"但我坦然,欣然。我将大笑,我将歌唱。"(《野草》序)

还只说说,而革命文学家似乎不敢看见了,如果因此觉得没有了出路,那可实在是很可怜,令我也有些不忍再动笔了。

1928年4月10日

《通信》(并Y来信)

那些革命文学家,大抵是今年发生的,有一大串。虽然还在互相标榜,或互相排斥,我也分不清是"革命已经成功"的文学家呢,还是"革命尚未成功"的文学家。不过似乎说是因为有了我的一本《呐喊》或《野草》,或我们印了《语丝》,所以革命还未成功,或青年懒于革命了。这口吻却大家大略一致的。这是今年革命文学界的舆论。对于这些舆论,我虽然又好气又好笑,但也颇有些高兴。因为虽然得了延误革命的罪状,而一面却免去诱杀青年的内疚了。

1929年12月22日

《我和〈语丝〉的始终》

"我辞职了。可恶!"

这是有一夜,伏园来访,见面后的第一句话。那原是意料中事,不足异的。第二步,我当然要问问辞职的原因,而不料竟和我有了关系。他说,那位留学生乘他外出时,到排字房去将我的稿子抽掉,因此争执起来,弄到非辞职不可了。但我并不气愤,因为那稿子不过是三段打油诗,题作《我的失恋》,是看见当时"阿呀阿唷,我要死了"之类的失恋诗盛行,故意做一首用"由她去罢"收场的东西,开开玩笑的。这诗后来又添了一段,登在《语丝》上,再后来就收在《野草》中。而且所用的又是另一个新鲜的假名,在不肯登载第一次看见姓名的作者的稿子的刊物上,也当然很容易被有权者所放逐的。

但我很抱歉伏园为了我的稿子而辞职,心上似乎压了一块沉重的石头。

1932年4月29日

《鲁迅译著书目》

《野草》(散文小诗。北新书局印行。)

1932年12月14日

《〈自选集〉自序》

然而我那时对于"文学革命",其实并没有怎样的热情。见过辛亥革命,见过二次革命,见过袁世凯称帝,张勋复辟,看来看去,就看得怀疑起来,于是失望,颓唐得很了。民族主义的文学家在今年的一种小报上说,"鲁迅多疑",是不错的,我正在疑心这批人们也并非真的民族主义文学者,变化正未可限量呢。不过我却又怀疑于自己的失望,因为我所见过的人们,事件,是有限得很的,这想头,就给了我提笔的力量。

"绝望之为虚妄,正与希望相同。"

1936年1月28日

《〈凯绥·珂勒惠支版画选集〉序目》

(11)《凌辱》(Vergewaltigt)。同上的第二幅,原大35×53cm。男人们的受苦还没有激起变乱,但农妇也遭到可耻的凌辱了;她反缚两手,躺着,下颔向天,不见脸。死了,还是昏着呢,我们不知道。只见一路的野草都被蹂躏,显着曾经格斗的样子,较远之处,却站着可爱的小小的葵花。

2.书信部分

1925年4月8日

《致赵其文》

你说"青年的热情大部分还在",这使我高兴。但我们已经通信了好几回了,我敢赠送你一句真实的话,你的善于感激,是于自己有害的,使自己不能高飞远走。我的百无所成,就是受了这癖气的害,《语丝》上《过客》中说:"这于你没有什么好处",那"这"字就是指"感激"。我希望你向前进取,不要记着这些小事情。

1925年4月11日

《致赵其文》

我现在说明我前信里的几句话的意思,所谓"自己",就是指各人的"自己",不是指我。无非说凡有富于感激的人,即容易受别人的牵连,不能超然独往。

感激,那不待言,无论从那一方面说起来,大概总算是美德罢。但我总觉得这是束缚人的。譬如,我有时很想冒险,破坏,几乎忍不住,而我有一个母亲,还有些爱我,愿我平安,我因为感激他的爱,只能不照自己所愿意做的做,而在北京寻一点糊口的小生计,度灰色的生涯。因为感激别人,就不能不慰安别人,也往往牺牲了自己,——至少是一部分。

又如,我们通了几回信,你就记得我了,但将来我们假如分属于相反的两个战团里开火接战的时候呢?你如果早已忘却,这战事就自由得多，倘你还记着，则当非开炮不可之际，也许因为我在火线里面，忽而有点踌躇，于是就会失败。

《过客》的意思不过如来信所说那样，即是虽然明知前路是坟而偏要走，就是反抗绝望，因为我以为绝望而反抗者难，比因希望而战斗者更勇猛，更悲壮。但这种反抗，每容易蹉跌在"爱"——感激也在内——里，所以那过客得了小女孩的一片破布的布施也几乎不能前进了。

1926年11月21日
《致韦素园》

《野草》向登《语丝》，北新又印《乌合丛书》，不能忽然另出。《野草丛刊》亦不妥。

1927年10月21日
《致廖立峨》

我于七日曾发一信，后又寄《野草》一本，想亦已到。

1927年12月9日
《致章廷谦》

《华续》，《野草》他日寄上。《野草》初版，面题"鲁迅先生著"，我已令其改正，所以须改正本出，才以赠人。

1933年11月5日
《致姚克》

对于《评传》之意见……

第十七段 Sato只译了一篇《故乡》，似不必提。《野草》英译，译者买[卖]给商务印书馆，恐怕去年已经烧掉了。

1934年5月16日
《致郑振铎》
不动笔诚然最好。我在《野草》中，曾记一男一女，持刀对立旷野中，无聊人竟随而往，以为必有事件，慰其无聊，而二人从此毫无动作，以致无聊人仍然无聊，至于老死，题曰《复仇》，亦是此意。但此亦不过愤激之谈，该二人或相爱，或相杀，还是照所欲而行的为是。因为天下究竟非文氓之天下也。

1934年10月9日
《致萧军》
我的那一本《野草》，技术并不算坏，但心情太颓唐了，因为那是我碰了许多钉子之后写出来的。我希望你脱离这种颓唐心情的影响。

1935年11月23日
《致邱遇》
《野草》的题词，系书店删去，是无意的漏落，他们常是这么模模胡胡的——，还是因为触了当局的讳忌，有意删掉的，我可不知道。

1936年2月19日
《致夏传经》
《竖琴》的前记，是被官办的检查处删去的，去年上海有这么一个机关,专司秘密压迫言论,出版之书,无不遭其暗中残杀,直到杜重远的《新生》事件,被日本所指摘,这才暗暗撤消。《野草》的序文,想亦如此,我曾向书店说过几次,终于不补。

3.日记部分

1925年
一月二十八日。
作《野草》一篇。

1928年
三月八日。
晚以《唐宋传奇集》、《野草》寄魏建功于北京。以同前二书寄紫佩及淑卿。夜小雨。

十一月十五日。
傍晚又往交《彷徨》、《野草》各一本托代赠长谷川如是闲。

1929年
十一月三十日。
下午寄徐诗荃以《奔流》、《语丝》及《野草》共一包。

1931年
八月二十七日。

下午赠同文书院《野草》等共七本。

十一月六日。
与冯余声信并英文译本《野草》小序一篇,往日照相两枚。

1933年
八月三十一日。

午后姚克来访,并赠五月六日所照照相二种各一枚,赠以自著《野草》等十本,《两地书》一本,选集二种二本。

附录二
主要参考书目

野草(初版本影印),外文出版社,2013年6月版
野草(中英文对照本),杨宪益、戴乃迭译,外文出版社,2010年10月版
语丝(原版影印本,全11册),上海文艺出版社,1982年6月版

鲁迅《野草》探索,卫俊秀,泥土社,1954年12月版
鲁迅《野草》注解,李何林,陕西人民出版社,1975年11月版
地狱边沿的小花,闵抗生,陕西人民出版社,1981年5月版
《野草》诠解,许杰,百花文艺出版社,1981年6月版
《野草》二十四讲,孙玉石,中信出版社,2014年6月版
鲁迅六讲,郜元宝,北京大学出版社,2007年1月版
独行者与他的灯——鲁迅《野草》细读与研究,张洁宇,北京大学出版社,2013年4月版
在"我"与"世界"之间——语丝社研究,陈离,东方出版社,2006年6月版

关于鲁迅与中国现代文学,李何林,天津人民出版社,1996年4月版

中国鲁迅学通史,张梦阳,广东教育出版社,2001年8月版

鲁迅批判,李长之,北京出版社,2003年1月版

鲁迅散论,雪苇,华东人民出版社,1951年8月版

读鲁迅书,何满子,上海古籍出版社,2002年12月版

许广平文集,江苏文艺出版社,1998年1月版

周作人自编集(系列),北京十月文艺出版社,2012年2月版

鲁迅故家的败落,周建人,湖南人民出版社,1984年7月版

鲁迅作品方言词典,谢德铣编,重庆出版社,1993年8月版

我也是鲁迅的遗物——朱安传,乔丽华,上海社会科学院出版社,2009年12月版

八道湾十一号,黄乔生,三联书店,2015年1月版

鲁迅与他的北京,萧振鸣,北京燕山出版社,2015年4月版

国外鲁迅研究论集,乐黛云编,北京大学出版社,1981年10月版

鲁迅《野草》全释,[日]片山智行著,李冬木译,吉林大学出版社,1993年7月版

耻辱与恢复——《呐喊》与《野草》,[日]丸尾常喜著,秦弓、孙丽华译,北京大学出版社,2009年11月版

鲁迅世界,[日]山田敬三著,韩贞全、武殿勤译,山东人民出版社,1983年1月版

从"绝望"开始,[日]竹内好著,靳丛林编译,三联书店,2013年3月版

鲁迅与终末论，[日]伊藤虎丸著，李冬木译，三联书店，2008年8月版

难以直说的苦衷——鲁迅《野草》探秘，[加拿大]李天明，人民文学出版社，2000年12月版

存在主义，考夫曼编著，陈鼓应、孟祥森、刘崎译，商务印书馆，1987年9月版

权力意志，尼采著，张念东、凌素心译，商务印书馆，1991年5月版

哲学寓言集，克尔凯郭尔著，杨玉功编译，商务印书馆，2000年5月版

散文诗，屠格涅夫著，巴金译，浙江文艺出版社，2019年1月版

巴黎的忧郁，波德莱尔著，郭宏安译，上海译文出版社2009年5月版

恶之花，波德莱尔著，郭宏安译，上海译文出版社2009年5月版

说明：

1.以上书目是曾经阅读或片段阅读，写作过程中曾经引用、参考或给予过启示的主要著作，事实上，浏览的资料还要更多。抱歉没有一一列出。

2.大量的文章、文史资料在写作中提供了极多帮助。由于数量庞大，恕不能逐一列举。一些研究资料汇集几成"工具书"随时翻读、查阅。这些半"工具书"主要包括：《鲁迅研究学术论著资料汇编》(1913—1983)，《鲁迅回忆录》(全六册)，《鲁迅研究资料》，《上海

鲁迅研究》《绍兴鲁迅研究》《鲁迅大辞典》,以及各类报刊。

  3.大量回忆文章和研究论文,都曾为我的写作给予众多启示。与《野草》发表、出版,以及鲁迅生活相关的人士的记述极为珍贵,现当代学者、作家关于《野草》的论述文章更是多得无法列数。凡引用者,均已在引用处加以标注。在此特致诚挚感谢。若有引用及标注不准确、不规范等错谬、疏漏处,谨表真诚歉意。